ジウX

誉田哲也

中央公論新社

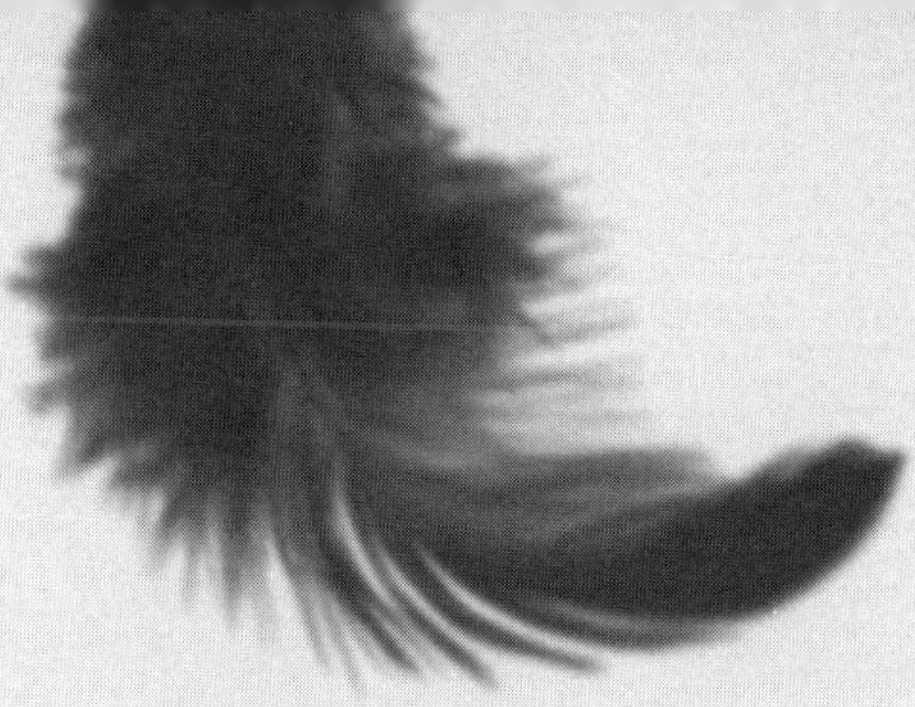

目次

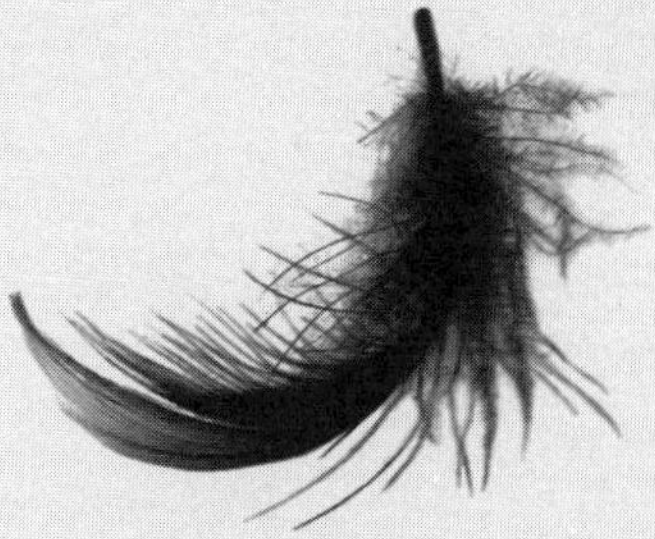

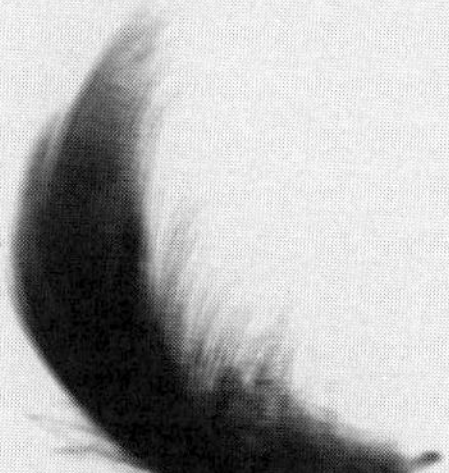

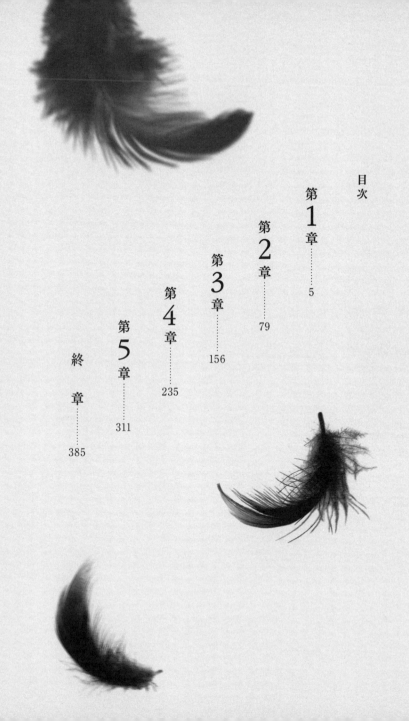

ジウX

第1章

1

教授のコネも使って、特別に予約してもらった個室ダイニング。

だが、あいにくの雨。新宿の夜景は白々とぼやけ、光量はオフィシャルサイトにあった写真の半分にも満たない。

それを「詐欺」とまで、言うつもりはないが。

「崇彦《たかひこ》のせいじゃないんだから。そんな顔しないで」

こっちにはこっちのプランがあった。夜景を前提にした台詞《せりふ》だって考えてあった。それでも「台無し」で終わりにするわけにはいかない。ここから軌道修正して、なんとしても今夜、ゴールを決めなければならない。

「じゃあ、まあ……とりあえず、乾杯」

「乾杯」

シャンパンはアンリ・ジロー。他の銘柄とどう違うのかは分からないが、値段とは、市場における評価だ。即《すなわ》ち、それこそが「価値」だ。「さすが四万七千円」と分かったような顔をする必要はない。「これが四万七千円」と理解し、記憶することが重要なのだ。幸い暗記は得意中の得意だ。

「……ん、美味《おい》しい。トリュフと玉子って、意外と合うんだね。びっくり」

ウニも入っているはずだが、玉子の黄身と混じってしまって、もはや見分けは全くつかない。この、微《かす》かに香る「磯」がそれなのだと、今日のところは思っておこう。

コース中盤までは、いつも通りの会話でいいと思っていた。

でも、そろそろ。メニューに書いてある「エチュベ」が何を意味するのかは知らないが、エビ料理が出てきた辺りで、今夜のテーマをやんわりと示しておく。

「実は、先々週、かな……この春から、どうだって、教授に言われたんだよね」

教授からの「どうだ」は、つまり大学院を出て、他大学の助教になってみてはどうか、という意味だ。里香《りか》とは長い付き合いだから、そう言えば分かるはずだった。

「え……あ、それは、おめでとう」

すぐ満面の笑みになることはないだろう、というのも、もちろん想定済みだ。

「うん。ありがと」

「……で、どこ？」

そう。それが問題だ。

「うん……静岡、なんだよね」

住むところが決まっていない今の段階では、本当にざっくりとしか言えないが、まあ、都内からだと片道一時間半くらいの距離、と考えておくのが妥当だろう。

これが、交際中の男女が抱える問題として大きいのか、小さいのかは、ケース・バイ・ケースといったところだ。

果たして、里香はどう応えるだろう。

「そっか、静岡か……なんか、遠いような近いような、だね」

「うん……そう、なんだよな」

「ってことは、少なくとも今までみたいに、仕事終わりにご飯行こう、みたいには、できなくなるわけだ」

里香は、二つ下の二十八歳。

外資系投資銀行に就職して、六年。

里香はこの間、自分は社会人なのにカレシは学生というギャップに、少なからずストレスを感じてきたはずである。会社の同僚や後輩に「原田《はらだ》のカレシって何してんの」「里香さんのカレシって、どんな方ですか」と訊《き》かれたのは、一度や二度ではあるまい。こんなに美人で、頭もよくて、語学堪能で仕事もできるのだ。口説くつもりでそう訊いてきた先輩社員も相当数いたに違いない。

それに里香はどう答えてきたのか。今まで、そういう話は一度も聞いたことがない。こっちが訊かないから、里香もあえて言わなかったのだろうが、いま考えると、それもストレスだったのでは、と思う。「俺のこと訊かれたら、里香はなんて答えんの」くらい、軽く話題にすべきだったのかもしれない。

だが、そんな些末なことはもう気にしなくてよくなる。

俺はこの夜景より、煌《きら》めく君の笑顔が見たいんだ、という台詞はすっ飛ばして、もう結論を言ってしまおう。

「里香……一緒に、静岡に、来てもらうっていうのは、駄目かな」

しまった。指輪をカバンから出しておくのを忘れた。

里香はほとんど迷う様子もなく、「ありがとう」と指輪を受け取ってくれた。もしかしたら、四月から一緒に行くのは難しいかもしれないけど、遅くとも夏までには行けると思う、と言ってくれた。目元にハンカチを当てながら、満面の笑みを見せてくれた。

会計は、さすがに見たことのない桁数になっていたが、後悔はない。その価値は充分にありましたよ、とシェフにお伝え願いたい。

店を出て、少し待ったがエレベーターに乗って。あとから同年代の、やはりカップルが乗ってきて。

だが、その後の記憶がない。

気がついたらまず、両脚が痛かった。両方の膝から脛《すね》、足首から爪先《つまさき》に至るまで、膝下が全面的に痛かった。

目を開けると、実に見慣れた下半身がそこにあった。

ジムに通ったり、毎朝走ったりしているわけではないので、お世辞にも引き締まっているとは言い難い、とはいえ決して太っているわけでもない、言わば中肉の下腹部。前屈みになっているので、多少の弛《たる》みは致し方ないと思う。それと、陰毛。碌《ろく》にムダ毛処理もしていない両腿。その間にある、しょぼくれたジュニア。

ちょっと待て。なんだこれは。

「……おや、お目覚めになりましたよ、先生が」

聞き覚えのない声。そっちを向こうとしたが、すぐには首も動かせなかった。痛いというほどではないが、脳天が何かしらで圧迫されている。両腕も後ろに回っていて動かせない。いや、分かった。両手首を後ろで縛られ、両足首も縛られた上で正座させられ、その状態で、正面にあるコンクリートの壁に頭をつけていたのだ。上半身を起こしたら、とりあえず脳天への圧迫はなくなった。

ただし、自由を奪われたまま、全裸でコンクリート床に座らされている状況は変わらない。

建築途中のビル。そんな様子だった。

目の端で確認すると、壁は右側三メートルほどのところで折り返しており、後ろの方に続いている。左は、二メートルほど先で切れており、向こう側に行けるようになっている。

照明器具は、背後のわりと低い位置にあるのだろう。決して明るくはないが、状況が分からないほど暗くもない。

「おーい、先生がお目覚めですよぉ」

それだけでは性別の分かりづらい声だった。女性の嗄《しゃが》れ声にも、男性の裏声にも聞こえる。

すると、すぐだった。

「……いやッ」

里香の声がした。

どこだ。里香はどこにいる。

そう訊こうと思い、顔を左に向けた。その瞬間、砂交じりの靴音がし、辺りが暗くなった。誰かがすぐ後ろに立ったのだ。

「先生。先生は、フィアンセのこと、愛してる？」

里香の抵抗する声は続いている。壁の向こうだ。里香はこの壁の向こう側にいる。

「おい、彼女には手を出すな」

「出しませんよ、手なんて。そんなこと、するはずがないでしょう」

「嫌がってるじゃないか。やめろ、やめさせろ」

「だから、何もしてませんって」

「じゃあ、なんであんな声を出すんだ。おい、こんなことをして、ただで済むと思うなよ」

「何もしてませんってば。どうしてそんなふうに思うのかな」

革を絞るような音がし、左に、黒い下半身が現われた。後ろにいた誰かが、すぐ隣にしゃがんだのだ。穿《は》いているのは黒いレザーパンツ。上半身は白いシャツ。顔は、直《じか》に見ても性別が分からなかった。ただ、とてつもない美形ではある。髪は、金と銀と黒が混じったような、複雑な色をしている。無理やりひと言で言ったら、シャンパンゴールド、となるだろうか。

「先生が何もしなければ、誰も何も、先生にはしませんよ」

何を言っているんだ、こいつは。

「何もしてないじゃないか、俺は」

「はい」

「だから、彼女には手出ししないでくれ」

「だから、してませんって。手出しなんて」

「なに言ってんだ、してる……」

じゃないか、まで言うことはできなかった。

突如、後頭部に強烈な一撃を喰らい、玉突き事故を起こすように、自らコンクリートの壁に頭突きをする恰好《かっこう》になった。

額《ひたい》が潰れた。針の束で刺されたような痛みが走った。頭蓋骨が軋《きし》み、脳が揺れ、視界が揺れ、ネガポジが反転したように明暗が乱れた。思考も飛びかけた。全ての音がこもり、吐き気がした。

それでも幸か不幸か、失神には至らなかった。

「……んアッ……ガ……」

少し離れたところで、誰かが低い笑い声を漏らしている。今の一撃は、鈍器で殴られたとか、そういうのではない。たぶん、蹴られたのだ。後頭部を足蹴にされた、というのが一番近い。だから、蹴ったのはこの、シャンパンゴールドの美形ではない。こいつは動かなかった。蹴ったのは別の誰かだ。

ここには一体、何人いるのだ。

「イヤァァアーッ」

もう、悪い想像しかできなかった。最悪の状況しか思い浮かばない。今夜、里香が何を着ていたかはすぐに思い出せないが、でもそれを引き裂く容赦のない音は、リアルに聞こえた。

「頼む……里香に、手出しは」

「ですから、してませんってば、先生」

今度は、背骨に鉄球を打ち込まれたような衝撃が走った。膝蹴り、かもしれない。

下半身、腰の辺りから足先まで、冷たい痺《しび》れが下りながら広がっていく。

「くアッ……あぁ……」

とうとう、シャンパンゴールドも笑いを堪《こら》えきれなくなったようだ。

「先生はね、まず、平和を愛するボクらの、公正と信義に、信頼してくれなくちゃ」

ゾッ、とした。

下半身の麻痺に乗じて、そこにあった血が一斉に、逆流を始めたかのようだった。

公正と、信義「に」って。

「きみ、それは……」

「先生はね、こうやってマッパになって、両手も両足も縛られてんですから……」

また後ろの方で下卑た笑いが起こる。だが、自ら真っ裸に「なった」わけではない。気づいたら、身ぐるみ剝《は》がされていただけだ。

シャンパンゴールドが続ける。

「武器なんて何も持ってないことは、見れば分かりますよ。なんか、ちっちゃな大砲はそこに、イッコだけぶら下がってますけど」

笑っていた奴が「ちっちゃいんだ」と余計な茶々を入れる。

「先生はマッパになることによって、自分の安全と生存を保持しようって、決意したんでしょ？　だったら大丈夫ですよ。誰も先生を傷つけたりしないし、彼女にイタズラしたりもしませんって」

滅茶苦茶だ、そんなのは屁理屈にもなっていない、と思いはしたが、口に出すことはできなかった。

また、里香が叫んだ。

やめて、やめて。崇彦、助けて、ねえ、崇彦。アアッ。

「頼む、や……やめてくれ」

「何を。そんなの変でしょう。先生はフルチンで、縛られて正座してるだけなんですから」

すぐに後ろから「フルチンって言っちゃったよ」とツッコミが入る。

「先生が攻撃の意思を見せなければ、誰も先生を攻撃なんてしないんですよ。知ってるでしょう？　だから、大丈夫なんです」

耳元で、カチカチ、と何かが鳴った。

嫌な予感しかしなかったが、その通りだった。

シャンパンゴールドは、刃を出したカッターナイフを、指先で弄《もてあそ》んでいた。

「仮にね、相手がこういう武器を持っていたとしても、ですよ。先生だけは、話し合いで解決しましょうって、胸を張って言いましょうよ。そう言ってきたじゃないですか、今まで。こういうさ……あ、ごめんなさい、カッターだけじゃありませんでした。他にもあるんでした」

里香の声の調子が、いつのまにかおかしくなっている。

湿った吐息に、あっ、あっ、と短く交じっている。

柔らかな肌を、一定の間隔で叩く音もしている。

パン、パン、パン、パン、パン。

「……よいしょ」

本物か偽物かは分からないが、シャンパンゴールドが腰から抜き出したのは、銀色の拳銃だった。

「ね。相手はこういうモノを持ってるんですから、『やめてくれ』なんて、そんな、相手を刺激するような言い方はしちゃ駄目ですよ。ここはちゃんと、冷静になって、もしよかったら、僕のフィアンセをレイプするの、やめていただけませんかね、って。丁寧な交渉を心がけなきゃ」

シャンパンゴールドが、こめかみに銃口を押し付けてくる。

「ほら、早く交渉を始めないと」

里香。

「……お、願い、します」

「何を？」

「ぼ、僕の……フィアンセを、れ……」

「ほい、もうひと息。集中集中」

「……レイプ、するの、やめて、いただけませんで、しょうか」

「もう、一発姦《や》っちゃってるみたいですけど、どうします？　中出しはやめてくださいって交渉に、切り替えます？　それとも、二人も三人もは勘弁してくださいとか、動画撮ってネットに晒《さら》すのだけはやめてくださいとか、頼んでみます？　百万円払いますから、とか、一千万円払いますから、とか、そういう大人の交渉も、有効だとは思いますけど……こういうとき、どうするのがベストだって、学校で習いました？　大学で習いました？　お勉強は得意なんでしょう？　これからは教える側になるんでしょう？　だったら今、予行演習だと思って教えてくださいよ、先生よォッ」

ドスッ、とまた、鈍い――。

×

民自《みんじ》党衆議院議員の、石橋紀行《いしばしのりゆき》から連絡があった。

是非とも、中辻《なかつじ》先生にご相談申し上げたいことがある、と。

日時と場所を尋ねると、いつでも、どこでもいいという。昼でもいいかと訊くと、構わないという。なので、秘書に言って、よく使う赤坂《あかさか》の料亭を予約させた。

当日、少し早いかと思ったが、暖簾《のれん》をくぐると、迎えに出てきた女将《おかみ》に「もうお見えになっています」と言われた。

だが部屋の前まで案内され、障子が開くと、そこにいたのは石橋ではなかった。見た顔ではあるが、すぐには名前が出てこない。歳の頃は六十か、その半ば。白髪頭を七三に分けている。羨ましい毛量だが、それでも分からないものは分からない。

「……部屋を、間違えましたかな」

相手は深々と座礼をし、顔を上げた。

「大変申し訳ございません、中辻先生。石橋は本日、こちらに参ることができなくなりました」

「ほう。失礼ですが」

あなたはどなたですか、まで言う必要はなかった。

「こちらこそ、大変失礼をいたしました。私、石橋の第一秘書をしております、マエダと申します」

立とうとするので、それには及ばないと手で制した。彼の向かいに腰を下ろしてから、差し出してきた名刺を受け取る。

【衆議院議員　石橋紀行　第一秘書　前田久雄《まえだひさお》】

字面でようやく思い出した。この名刺なら見たことがある。

だとしても、だ。

「私に是非ともというお話でしたが、本人が来られないのでは、仕方ないですな。また日を改めて、仕切り直しといたしますか」

「いえ、それにつきましては、代わって私から、お話しさせていただきたく存じます」

代理で済むような話なら秘書同士でやってくれ、と言いたいのは山々だったが、すでに上座に腰を下ろしてしまっている。「無礼だろう」と席を立つのも大人げないし、何より腹が減っている。ここの煮穴子は絶品だ。食い逃すのは惜しい。

結局、この前田と昼飯を共にすることになった。いつもの和定食と、ビールを二本。

前田が恭《うやうや》しく、傾《かたむ》けた瓶を差し出してくる。

「私のような者で大変恐縮ですが、何卒、よろしくお願いいたします」

何を「よろしく」なのか皆目分からないが、注《つ》がれたビールに罪はない。昼酒ほど贅沢《ぜいたく》なものは、この世にない。

「さあ、前田さんも」

「いえ、私は」

「まさか、車じゃないでしょう」

「はい、運転は致しませんが」

「なら構わんでしょう。ほら」

互いに酒を酌み交わし、多少は季節やゴルフといった挨拶代わりの無駄話もしたが、次第に、話題は政策金利や国会運営、安全保障や選挙協力といった、政治屋らしい内容のそれに移っていった。

そうなると、相手の茶碗の中身を箸《はし》でつつくように、ひと言ひと言が肚《はら》の探り合いになる。

私が煮穴子の、最後のひと切れを口にした瞬間に、前田は切り出してきた。

「ご相談申し上げたいと申しましたのは、まさに、それについてでございます」

前田の言う「それ」が何を指しているのか、その瞬間は分からなかった。

すると前田は、上着の胸ポケットから何やら取り出し、広げ、こちらに向けてきた。Ａ４のコピー紙を六、七枚、ホチキスで綴じたものだ。

民自党内の、部会資料か何かか。

「これが、なんだね」

まさか、ここで熟読しろとは言うまい。これがどういう筋の話なのか。立場からしても、前田が率先して説明すべきだろう。

それくらいは、当人も心得ているようだった。

「はい。中辻先生も、お聞き及びのこととは存じますが、今回ご相談申し上げたく、お時間を頂戴いたしましたのは、そこにもございます……いわゆる『ソウスイ法案』について、是非とも公民《こうみん》党さんにもご検討いただき、もちろん充分な国会審議を経た上で、ではございますが、何卒ご賛同いただきたいと、そのお願いでございます」

そんな重要な話を、公設とはいえ秘書如きがするかと、汁の残った小鉢を投げつけてやりたくなった。分を弁《わきま》えろ、いい気になるな、私を誰だと思っている、公民党代表の中辻克朗《かつろう》だぞ。語気を荒らげてよいのなら、台詞はいくらでも思い浮かんだ。

だが、何一つ声にはならなかった。

前田の目が、とてもではないが、そこらの秘書だとか、代議士だとか、要はこの界隈の人間のものとは思えない、奇怪な色をしていたからだ。

喩《たと》えるとしたら、なんだろう。

鮫《さめ》の目、だろうか。

どこを見ているのか分からない、だが確実に見られている、そう感じさせる目だ。見ること、それ自体が「脅し」のメッセージになる。そういう視線だ。

思い出した。「ソウスイ法」というのは、アレか。

「……いや、こんな法案に、公民党は、賛成なんて、できませんよ」

「そういうわけには参りません。必ずや賛成していただきます」

「しかし、これは、おたくだって……民自党さんだって、明和会《めいわ》系はともかく、創志会《そうし》がうんとは言わないでしょう。野党からの反発だって、相当激しいものになります……いや、無理ですよ、これは、いくらなんでも」

「いいえ。必ず創志会にも公民党さんにも、うんと言わせ……これは口が滑りました。失礼いたしました。うんと、言っていただきます」

何者だ、こいつ。

2

東弘樹《あずまひろき》警部補は、もうかれこれ二ヶ月も赤坂署に登庁していない。

別に仕事をサボっているわけではない。病気療養しているのでもない。隣接する渋谷署管内で女性の死体が発見され、その捜査に応援要員として駆り出されたはいいが、二ヶ月経ってもまだ、マル害（被害者）の身元さえ割れない。なので、なかなか赤坂に戻れずにいる、というのが、今の東の状況だ。

死体の発見現場となったのは、渋谷区広尾《ひろお》にある広尾中央公園。ゆるくカーブする坂道に沿って造られた同園は、内部が段々畑のような三つの階層に分かれている。

坂下から入って階段を上ったところにあるのが、最初の広場だ。清涼飲料水の自動販売機があるだけの、いわば大人向けの休憩スペースだ。以前は灰皿などもあったのだろうが、今はない。代わりに【公園内禁煙】という黄色いノボリが立っており、携帯灰皿持ってきてんだからいいだろう、という理屈は通用しないようになっている。

さらに正面奥の階段を上っていくと、中段の広場に出る。左手には公衆トイレ。他には花壇と、オブジェを兼ねた時計台があるくらいで、見たところ「手洗い」以外の用途はこれといって思い浮かばない。休憩ならわざわざ公衆トイレの周りではなく、一段下の広場でするだろう。子供なら遊具のところに行くだろう。

その、いかにも公園らしい遊具は、一番上の広場にまとめられている。とはいっても、あるのは象の形をした滑り台と、金網で囲われた砂場のみ。その金網には【犬猫等を入れないでください。】との注意書きがある。確かに、子供用の砂場に動物の糞尿というのはよろしくない。しかし、飼い主と一緒の犬ならまだしも、猫にこの金網というのはどうだろう。こんな腰高の囲いで、野良猫の侵入が防げるとは到底思えない。これぞまさに「やるだけはやりましたよ」という「お役所仕事」の典型ではないのか。

公園の西側は片側一車線、対向二車線の坂道になっている。その両側の歩道にはケヤキ並木。まさに「広尾」という地名が持つイメージそのもの、緑豊かな高級住宅街といった眺めだ。周辺には高層マンションのほか、駐日大使館も多い。

マル害女性の死体は、公園中段の公衆トイレで発見された。

三つ並んだ女性用トイレの、真ん中の個室から。

三月八日の発見時、マル害が着用していたのは白地に花柄のワンピースだったが、腹部から裾にかけては大量出血で真っ赤に染まっていた。便座には腰掛けておらず、ドア口から見たら左側、便器と仕切り壁の間にはまり込むようにして倒れていた。

発見したのはケヤキ並木の向こうにあるマンションの住人、二歳の娘を連れて遊びにきた三十歳の女性だ。

午前十時頃。女性は、同園に着くなり便意を催した。幸い懇意にしている「ママ友」も園内におり、娘はそのママ友に預け、一人でトイレに向かった。

三つある個室のドアは全て開いていたが、真ん中の一つだけ開き方が中途半端だった。ドアが壊れているのかと思ったが、隙間からパンプスを履いた足が見えている。気分でも悪くなって倒れたのなら気の毒だと思い、「大丈夫ですか」と声をかけた。しかし、何回訊いても反応がない。かなりの重症と判断し、ドア口から覗き込むと、下半身を血だらけにした女性が倒れていた。

一一〇番通報を受け、まず日赤病院前交番の渋谷署地域課係員二名が現着。続いて臨場した刑事課係員が奇妙に思ったのは、マル害の着衣だったという。

多量の出血があるにしては、着衣にそれらしい破損個所がない。むろん、皺《しわ》を伸ばしたり捲《まく》ったりしてみれば、ちゃんと刺し傷もあるのかもしれない。だがパッと見、それらしい生地の破れや穴は見当たらない。

その見立ては、実は正しかった。

司法解剖の結果、マル害女性は失血死したものと判明した。ただし、刃物で刺されたり、なんらかの事故で多量の出血をするような損傷を負った、ということではないという。

女性は、死亡する前に子宮を摘出されていた。その縫合が充分でなく、多量の内出血を起こし、時間経過と共に外部にも血液が漏れ出し、最終的にあの公衆トイレで死亡するに至ったのであろうとの見解が示された。

報告もここまでだと、本件はいわゆる「事件」ではなく、医療ミスのような「事故」の一種であろうと思われるかもしれない。他ならぬ東自身がそのように思った。

だが、そうではなかった。

司法解剖を担当した帝都大学法医学教室の教授は、所見にこう付け加えている。

【子宮の摘出は医師によるものではなく、医療技術も知識もない一般人が、調理器具等を用いて行ったものと推測できる。】

つまり、女性は素人《しろうと》に、生きながらにして子宮を摘出され、中途半端な縫合をされただけで解放された。「解放」という表現が正しいかどうかは分からないが、とにかく術後にどこかからやって来て、最終的に広尾中央公園の公衆トイレにたどり着いたのであろう、というのが東の描いたイメージだった。

だが、それもまた違っていた。

中段広場への入り口は全部で三ヶ所。上下広場からの階段に加えて、西側の歩道からも直接入ることができる。女性はそこから園内に入り、トイレに向かったことが分かっている。鑑識作業の結果、それと示す足痕《そっこん》と血痕が検出されたからだ。

しかし、追跡できたのはトイレから歩道までで、その地点から坂の上方にも、下方にも、女性が歩いてきたことを示す痕跡は見つけられなかった。

であるならば、女性は公園西側の歩道まで、徒歩以外の手段を用いて移動してきたと考えるべきだろう。タクシーか、誰かに車で送られて、あるいは連れられてきたのか。もしくは自分で運転してきたけれど、これ以上は困難と判断して自身は降車し、車両は同乗してきた者に委《ゆだ》ねた、という可能性もないとは言いきれない。公園西側道路に放置車両がなかったことは言うまでもない。

ただ、解剖した医師は【麻酔を使用したとは考えづらい】との見解も示している。

麻酔もせずに子宮を摘出され、碌に止血も縫合もされぬままだったら、まず自分で運転というのは無理だろう。あれだけの出血をしているのだから、タクシーも考えづらい。普通、運転手なら「大丈夫ですか」と訊くだろうし、運転日報にも何かしら記すだろう。程度によっては通報もするだろう。

よって、マル害は何者かに、おそらく麻酔なしの素人オペをした相手に連れられて、公園西側道路で車から降ろされ、公衆トイレに連れ込まれたと見るのが、最も自然であるように思われる。

不可解な点はまだある。

発見されたのは三月八日。前日の最高気温は十五度、最低は四度。常識的に言ったら、ワンピース一枚で外出できる陽気ではない。ダウンジャケットとまでは言わないが、何かしらの上着は必要な気温だ。

なぜマル害は、あんなに薄着だったのか。

加えてマル害は、身元を示すような品を一切所持していなかった。遺留品は、まさに着衣のみ。ワンピース、黒いパンプス、上下の下着、ストッキング、以上。携帯電話も化粧ポーチも、財布もなかった。それからしても、タクシーを利用したとは考えづらい。指紋照合もしたが、警察庁のデータベースに一致するものはなし。自身の前科も、なんらかの事件に関与した記録も見つからなかった。ＤＮＡ鑑定に関しても結果は同様だった。

渋谷署は、俗に「戒名《かいみょう》」と呼ばれる捜査本部名をどうするか、相当悩んだらしい。公衆トイレに死体が持ち込まれたのであれば「死体遺棄《いき》事件」だが、マル害のパンプスと一致する足痕がある以上、自身で歩いてきたと考えられる。よって発見現場に着いた段階では「死体」ではなかったことになる。また子宮を摘出した経緯が分からない以上、その行為を「殺人」と断定することもできない。捜査開始の段階で分かっていたのは、マル害の死因が、違法性の高い子宮摘出オペであった可能性が高い、という点のみだった。

結果、戒名は「広尾中央公園内女性傷害致死事件」と決まった。公園内で傷害行為があったわけではないので、「傷害致死は不適当」という意見もあったが、「死に至ったのは公園内のトイレ」という点を重視し、これに決めたのだという。

その代わり、警視庁刑事部は本件を「殺人事件相当」と判断し、特別捜査本部の設置を決定した。

これが、全く以《もっ》て楽な捜査ではなかった。

昨今は、ＳＳＢＣ（捜査支援分析センター）が周辺の防犯カメラ等の画像・映像を徹底収集、徹底分析した結果、数日で犯人を逮捕するに至った、という事例が非常に多い。そこまで上手《うま》くはいかなくても、何かしらの手掛かりは得られ、比較的短時間で事件解決に漕ぎつけるというケースが大半だ。

だが今回は、何一つ上手くいかない。

まず、公園内に設置されていた防犯カメラが機能していなかった。

まさに死体の発見された中段広場。公衆トイレのすぐ近くにある、オブジェを兼ねた時計台の内部には、実は防犯カメラが仕掛けられていた。それが機能していれば、事件前後の映像データは渋谷区役所のサーバーに保存されているはずだった。だが残念なことに、雨漏りによるオブジェ内部の錆《さび》が原因で、一部の配線が腐食、断線しており、映像はどこにも送信されず、また記録もされていなかった。

これが得られなかったのが、非常に痛かった。

逆に、周辺の高級マンション敷地内には、比較的多めに防犯カメラが設置されている。しかし高級なだけに、とにかく緑地が多い。歩道からすぐ建物、とはなっていない。まず緑地やアプローチがあって、それから建物、という構造に必ずなっている。そのため、公園西側の様子などこのカメラアングルにも入っていない。駅近くの繁華街とも距離があるため、警視庁所管の防犯カメラも設置されていない。防カメの線は、他の事例のようには期待できなかった。

マル害が何者かも分からない。着衣から身元を割るのも難しい。防カメ映像も碌にない。

そうなると「不審者や不審車両は見かけませんでしたか」という、昔ながらの地味な地取り捜査に期待するしかなくなる。

だがそれも、成果に乏しかった。

大雑把にいうと、そういう二ヶ月だった。

死体の顔写真を「こんな女性なんですけど、ご存じありませんか」と直に見せて回るのは、いろんな意味でマズい。

一般市民に「死体の顔写真なんですけど、見てもらえますか」と言ったところで、「分かりました」と応じる人は少ないだろうし、なんの断わりも入れずに見せたら、のちにどんな訴えを起こされるか分からない。写真を見せられた市民も、判明すればその被害者遺族も黙ってはいまい。よって、絵心のある鑑識係員などに似顔絵を描かせるというのが従来の手法だったが、昨今は大学の法医学教室が、まるでオプションサービスのようにマル害の顔写真を作成してくれる。遺体の顔写真を撮影して、コンピュータで加工して目を開けさせ、肌色と髪形を整えるだけだから、さして手間でもないのだという。

東の相方、捜査一課（警視庁刑事部捜査第一課）の山本卓司《やまもとたくじ》警部補は、ことあるごとに写真を眺めては呟く。

今は、自販機で缶コーヒーを購入しての休憩中だ。

「しかし、いい女ですよね……実際に、こんなにいい女だったんですかね。死に顔より、断然美人じゃないっすか」

確かに東も、この写真の顔は美形だと思う。

「黒目の大きさも、色も、遺体から割り出して、正確に反映させているらしいですよ」

「私なんか、こんな女性がいる店だったら、足繁く通っちゃいますけどね……でも高いか、そういう店は……東係長だったら、どうしますか。たとえば、セット料金で三万だったら、通いますか」

民間企業の感覚からすると、東と山本は同じ警部補なのだから、東が赤坂署の係長だったら、山本も捜査一課の係長に違いない、と思うだろう。ところがこれが、警視庁では違う。

正確に言うと、東は警視庁赤坂警察署刑事課強行犯捜査係の担当係長だが、山本は、警視庁刑事部捜査第一課殺人犯捜査第四係の担当主任だ。所轄署では「担当係長」になるヒラ警部補でも、警視庁本部では一つ下の「担当主任」という役職になる。要は、所轄と本部では一つずつ役職がズレるのだ。それだけ警視庁本部の役職は「重い」ということだ。

ただ、山本はまだ四十二歳。東の方がひと回り以上も歳が上だ。だからだろう。たとえ東が所轄署員でも、同じヒラ警部補でも、山本は東に対してぞんざいな口は利かない。普通に「年功序列」で扱ってくれている。

三万で、この女のいる店に行くかどうか、という質問だったか。

「……いえ、行きませんね」

「じゃあ、風俗だったらどうですか。ソープで、この子が三万」

この「子」とは言うが、マル害は二十代半ばから三十代半ばと見られている。血液型はB型。

「山本主任だったら、行きますか」

「行きますね。指名予約が取れたら、確実に行きますね」

「指名料込みで三万、ということですか」

「いや、指名料は別で。指名料込みだったら、もう三千円出してもいいです。どうですか、東係長は」

「いや……行きませんね」

「興味ないですか、こういう子」

そもそも、死体から起こしたＣＧの顔写真で、よくもそこまで話を広げられるものだ、と思う。

「どんなによくても、その後に子宮を抉《えぐ》り出されて、公衆便所で行き倒れですよ。そんな子とお店で、って考えたら……私はちょっと、気の毒になっちゃうかな」

山本が、いかにも「つまんねーな」という顔をする。

「そこはもうちょっと、軽くいきましょうよ。たとえ話なんですから。あくまでも、仮の話ですから」

だとしても、被害者の人権を軽んじるべきではない。


手掛かりなし、進捗なしの捜査会議なら、当然報告も「なし」になりがちだ。

「ええ、本日は……東四丁目、▲△のマンション『フラール常磐松《ときわまつ》』の住人を中心に、聞き込みをいたしました。一〇三号の……」

特捜本部設置当初なら、地取り班からそれらしい情報が上がってこなくても「まだまだ」と思える。一週間、十日くらいなら、もうすぐ何かが出てくるような「予感」を「期待」する空気もある。しかし、捜査の「一期」と数えられる三週間に近くなってくると、徐々に焦りが見えてくる。上席に座る幹部たちは言うに及ばず、捜査員の顔にも苛立《いらだ》ちの色が挿し始める。

だが焦り、苛立つくらいならまだマシだ。

一ヶ月が過ぎ、一ヶ月半、二ヶ月と時間が経ってしまうと、もはや諦めの方が色としては濃くなってくる。

犯人逮捕、事件解決は地道な捜査の積み重ねでしか実現できないと、幹部に言われるまでもなく捜査員は全員肝に銘じている。各々に割り当てられた捜査範囲で、しつこくしつこく、細かく細かく、それが手掛かりになるならば砂粒一つも見逃すまいと、市民一人ひとりに頭を下げては話を聞き、また頭を下げては次に向かう。ときには現場に戻り、犯人逮捕に至らないことを被害者の霊に詫び、事件解決に向かう気持ちを新たにし、また持ち場へと戻る。

それでもやはり、不安は重く伸《の》し掛かってくる。

このまま何も出てこなかったら、どうなる。

何か一つでも判明すれば、そこを起点に捜査を展開させることができる。だが、被害者が何者なのかも分からない。行方不明者届の中にも該当者はいない。タクシー会社も当たったが、死体発見当日及び前日にそんな女性を乗せたという運転手は見つからない。ワンピースは有名ファストファッションブランドのもので、店舗でもネット通販でも大量に販売されており、絞り込みは極めて困難。パンプスも同様、万単位の足数が売られており、取扱店舗を当たるだけで「一年半かかる」と担当捜査員はボヤいていた。下着に関しても状況は似たようなものだった。

東と山本は、例の写真の雰囲気から、キャバレーやナイトクラブといった接待を伴う飲食店、及び風俗店を当たることになった。

初めは近場の麻布《あざぶ》周辺。さらに渋谷の道玄坂《どうげんざか》と円山町《まるやまちょう》、新宿、池袋、銀座、鶯谷《うぐいすだに》や吉原《よしわら》にも足を延ばした。

　だから、山本の「実際に、こんなにいい女だったんですかね」という呟きも、捜査と全く関係がないわけではない。セット料金三万円クラスの店でも通用するのでは、という具体的想像にも意味はある。ただ、自分だったら「足繁く通っちゃいます」「指名予約が取れたら確実に行く」というのは不要だろうと、あくまでも東個人は思う、という話だ。

　そんな山本も、会議では大真面目に、報告に立っている。

「ええ、次です……今年の一月中旬、円山町のラウンジ『リラ』から、西麻布のクラブ『フェリス』に移った、奥田沙月《おくださつき》という女性によく似ているとの情報が得られましたので、まず円山町『リラ』に出向き、在籍時の、奥田沙月の写真を確認しましたところ、非常に雰囲気が近かったため、西麻布『フェリス』に問い合わせましたところ、奥田沙月は三月八日以降も継続的に出勤しており、生存しているとのことでした。念のため、明日の出勤時間に合わせて同店に確認に行く予定にしております……本日は、以上です」

　派手な顔立ちだからホステスではないか、キャバクラ嬢ではないか、いや風俗嬢ではないかと訊いて回るのが、極めて差別的で偏見に満ちた行為であることは承知の上だ。しかし、他の可能性については、他の捜査員がちゃんと調べている。

　ネット上に似た女性の顔写真はアップロードされていないか。身長が百七十センチ前後と高く、体型もスリムなのでモデル業をしていたのではないか。プロダクションに所属こそしていなくても、スカウトくらいされたことはあるのではないか、など。思いつく可能性については、必ず何組かの捜査員を割り当てて調べさせていた。

だが、同じような捜査を二ヶ月も続けていると、さすがにネタも尽きてくる。かといって当てずっぽうに「この顔に見覚えは」と訊いて回るのにも限界はある。あとはもう、このCG顔写真を一般公開するしかないのではないか。そんな意見もちらほら出てきている。

しかしもう一つ、特捜本部がマスコミに明かしていない重要情報がある。これだけは、被疑者が確保できたときの「秘密の暴露」用に温存しておきたい、というのが幹部の方針だった。そのため、各捜査員は保秘を徹底するよう、これも毎日のように言われている。

被害女性は、麻酔なしで子宮を摘出されていた。

この情報を公開し、世論を喚起し、情報提供を募る。

そろそろ、その決断のしどころではないかと、東も思い始めている。

3

陣内陽一《じんないよういち》は自身の店「エポ」のカウンター内で、自家製ハムをスライスしながら考えている。

あれは、いつ頃見たのだったか。

伝説級に有名な男性タレントの、確か、深夜バラエティだ。彼は番組の企画でマシュマロの手作りにチャレンジし、完成したそれをひと口食べて、こう言った。

《世の中には、買った方が早くて、美味《うま》いものがある》

陣内も、当時は「そりゃそうだ」とひと笑いしただけだったが、資本主義経済ってそういうもんだよな、と最近になって思う。

規模の大小はあれど、誰かが資金を投入して設備を整え、個人では難しい品質のものを製造したり、大量に生産したりする。それを売って儲けるのは当然として、買った方も生産者に感謝する。

なぜなら、世の中には買った方が早くて、高品質なものが溢《あふ》れているからだ。

生産者と消費者。両者の境界線は、どこかしらに必ずある。

理由は節約のためでも趣味でもいいが、とにかく自分で何か作ってみる。最初は買ってきた方が早いし、味や使い勝手、耐久性なんかも市販品の方が上だろう。でも徐々に、こっちの腕も上がってくる。食べ物だったら余計な添加物が入ることもないし、味も自分好みに調節できる。こと「満足感」という点においては、比較的短時間で市販品に追いつき、ひょっとしたら追い越せるかもしれない。陣内のように、店で客に提供して評判がよければ、次はもっと上手く作ってやろうと気合いも入る。

問題は、ここから先だ。

自家製ハムに関していえば、圧力鍋など、今ある調理器具でできる工夫は、もう全てし尽くした。これ以上を望むなら、もう薫製器を買うしかない。昨今は煙の出ないタイプもあるらしい。それなら陣内のように、自宅も店舗も賃貸という境遇でも薫製料理に挑戦できる。値段もそんなにはしない。一万円も出せば充分いいものが買える。

常連客のアッコが、圧力鍋で作ったハムを頬張って言う。

「……いいじゃん、これで。すっごい美味しいよ。っていうか、ジンさんの料理はなんでも美味しいよ」

一つ空けて座っている、新宿署の小川幸彦《おがわゆきひこ》がそれに頷《うなず》いてみせる。

「ええ。僕なんて、ハムってこんなに優しい味がして、美味しいんだって、初めて思いましたもん。感動しました」

そういう問題ではない。

「そう言ってもらえるのは嬉しいけど、でもさ、薫製器買ったら、ハムだけじゃなくて、ソーセージだって、スモークチーズだって作れるんだぜ。ただの6Pチーズが『スモーク6Pチーズ』になるんだぜ」

アッコが眉をひそめる。

「じゃあ、買えばいいじゃん」

まさに、そこだ。

「ああ……買うのはね、そりゃ簡単だよ。でもさ、どんなタイプの買っても、まあまあデカいんだよ、薫製器って。今どきは『スモーカー』って言うらしいけど」

小川が首を傾《かし》げる。

「『スモークマシン』、ではなくて？」

アッコが、ぐづっ、と鼻を鳴らす。飲み食いしている途中でなくてよかった。口に何か入っていたら、確実に吹き出していただろう。

「おニイさん……『スモークマシン』じゃ、あのステージとかに、ドライアイスの白い煙を出す機械になっちゃうよ」

小川が「そうか」と手を叩く。

「確かに、あれ『スモークマシン』って言いますね。そうかそうか、確かにそうですね」

すると、アッコは急に「ヤバ、もうこんな時間だ」とスツールから下り、財布から抜いた千円札一枚をカウンターに置き、「またね」と手を振って出ていった。

「ありがとうございました……」

厚底サンダルの音が、階段板を低く鳴らしながら下っていく。その音は、アスファルトに出たところで変わる。パカパカと、いかにも中身のなさそうな音になり、新宿区役所の方に遠ざかっていく。

小川が、ハイボールのグラスを布製のコースターに戻す。

「今の女性、お酒、飲まなかったですね」

一つ、頷《こ》いておく。

「あの娘、ソープ嬢なんだよ。だから、今くらい……俺が店開けると同時くらいに来て、白飯はコンビニで、自分で買ってきてさ、俺が作ったツマミをオカズに、腹拵《はらごしら》えしてから出勤するんだ。月曜以外は、ほぼ毎日」

小川が、いかにも優しげな笑みを浮かべる。この男はいつだってそうだ。陣内からしたら、お前そんなんじゃいつか痛い目に遭うぞ、と説教したくなるくらい、根っから気持ちが優しい。

「陣内さんの手料理、確かに美味しいですからね」

「へえ、お世辞でも嬉しいよ」

「お世辞じゃないですよ。本当に、そう思ってます……あれ、陣内さん、なんか言いかけてませんでしたっけ。薫製器の話で」

もうどうでもいい、と言えば、どうでもいいのだが。

「ああ、いや……別に、買うのはいいんだけどさ、買っても、ここには置いておけないでしょう、って話だよ。置いとくには、ちょっと邪魔だよなってくらいには、大きいんだ。ああいうのって」

カウンターが六席。あとは階段で上がったところ、違法増築した三階のロフトに二人か、無理やり詰めれば三人。最大でもせいぜい九人の店だから、余計な物を置いておくスペースなど端《はな》からない。

「だからって、アパートに置いておくのもな……もう、いっぱいあるんだよ、鍋とかフライパンとか。ル・クルーゼの鍋なんて、サイズ違いで四つも買っちゃったし。それ考えると、薫製器って、薫製料理作るときしか要らないじゃない、当たり前だけど。だからさ、ちょっとね……決心がつかないんだ」

話しながら、陣内は少し「変だな」と思い始めていた。

小川の「優しい笑み」が、微妙に曇って見えた。

曇った「優しい」は、どこか「悲しい」に似ている。

「そりゃそうと、なんか俺に、話でもあったんじゃないの」

小川が、はっと視線を上げる。

「あ……ええ、その」

相変わらず分かりやすい男だ。

むろん、いい意味でだ。

「こんな早い時間に君が来るなんて、珍しいと思ってたんだ……いいよ、なんでも聞くよ。金銭トラブルと色恋沙汰と、あと警察沙汰以外だったら、なんでも相談に乗るから」

ふっ、と小川の曇りが晴れる。

「じゃあ、ほとんど何も相談できないじゃないですか……とは思いましたけど、幸か不幸か、今回はそのどれでもないです」

小川が、出入り口の方を気にする。

「……少し、込み入った話でもいいですか」

小さく頷いてみせる。

声も、できるだけ小さく。

「誰か来たら、足音で分かるし。ここ、けっこういい盗聴器発見器も仕掛けてあるから。大きな声出さなきゃ、たいてい大丈夫だよ」

小川が、長めに息を吐く。

「はい。あの、実は……ってこれは、前々から分かってはいたことなんですけど、なんとなく、言いづらくて……でも、四月も過ぎて、いろいろ落ち着いてきたんで、一応、お知らせしておいた方が、いいかなと思いまして」

なんの話か。大体の想像はついたが、ここは小川の言葉を待ちたい。

「うん、どうした」

「あの、僕……今年の秋で、異動になります。新宿署を、離れることになります」

「秋って、具体的には」

「十月です」

あと五ヶ月、か。

でもそれは、陣内も、その他のメンバーも分かっていたことだ。

陣内たち「歌舞伎町《かぶきちょう》セブン」は、その名の通り七人で活動する決まりになっている。元締めが一人、「目」と呼ばれる後方支援要員が三人、「手」と呼ばれる実行部隊要員が三人。その七人全員の同意が得られて初めて、俗に「始末」と呼ばれる暗殺を「歌舞伎町セブン」は実行に移すことができる。

そこに「永遠」はない。

セブンとは関係ない事件に巻き込まれ、命を落とした者もいる。裏切られて殺された者もいる。陣内は、袂《たもと》を分かった昔の仲間と殺し合ったこともある。小川のように、表の仕事の都合で新宿を離れることだって、当然あり得る。

だとしても、もう、半年もないのか。

「……次、どこに行くかは、決まってんの」

「いえ、まだです。そういうのは、わりと直前にならないと、決まらないんです。僕なんて、全然下《した》っ端《ぱ》なんで」

「じゃあ、離島とかに行っちゃう可能性も、あるわけ」

「ああ、八丈島《はちじょうじま》とか、三宅島《みやけじま》とかですか……一応、行政区分で言うと、東京都八丈町、東京都三宅村、ってことになりますけどね……まあ、可能性は低いですけど、絶対にないとは、言いきれないですかね」

離島の、真《ま》っ直《す》ぐな畑道を自転車で走る、小川の姿が目に浮かぶ。

ワイシャツをびっしょり、汗で濡らしながら。

それでも、優しい笑みを浮かべながら。

「そっか……じゃあ、寂しくなるな」

小川が、驚いたように目を見開き、陣内を見る。

「それだけ……ですか」

「それだけって、何が」

「寂しくなる、って……いや、その、セブンを抜けるって、そんなに、簡単なことなんですか。もっと、ケジメとか、裏切ったら粛清とか、そういう、なんかもっと、厳しい『掟《おきて》』みたいなものは、ないんですか」

陣内は「ないない」とかぶりを振ってみせた。

「そんな、俺たちはヤクザじゃないし、ＣＩＡとかＫＧＢでもないんだからさ。『粛清』なんて、そんな物騒なことはしないよ」

そうは言っても、陣内自身は人殺しだ。世間で言うところの「物騒」そのものだ。

もう何十人も、ひょっとしたら百人よりもっと殺してきたかもしれない。だがいつの頃からか、数えるのをやめてしまった。殺人犯だって、三人以上はたいてい死刑だ。だったら十人目以降、いや、五人を超えたらもう、数えても意味はない。

小川が片頬を吊り上げ、意味ありげな笑みを浮かべてみせる。

「陣内さん……それ、古いです」

「何が」

「『ＫＧＢ』は旧ソ連の情報機関です。ロシアになってからは『ＳＶＲ』ですよ」

知らないよ、そんなことは。

歌舞伎町にはそんなの、関係ないから。


小川が帰ったあとはしばらく暇だったが、九時半頃になって、脚本家をやっている男性常連客が、最近できたというカノジョを連れて入ってきた。

「ジンさんには、いろいろ心配かけちゃったんで、真っ先に紹介したくて」

「そりゃよかった。じゃあ、俺から一杯奢《おご》るよ」

そのカップルが帰ったのが、零時ちょうどくらい。以後はまた暇になったが、そろそろ閉めようかという午前二時になって、また下で足音がした。

細めのヒール。体重は五十キロ、あるかないか。おそらく初めての客ではない。あの細くて急な階段に、少なからず慣れている足取りだ。

たぶんあの女だろう、と思っていたら、案の定だった。

「……こんばんは。今からでも、いいですか？」

やはり、土屋昭子《つちやあきこ》だった。セブンのメンバーから、最も嫌われている女だ。

「はい、もちろんです。どうぞ」

今夜は、セミロングの髪を後ろで一つに括《くく》っている。今まで気づかなかったが、意外と耳が大きい。全体にほっそりしているので、なんとなく耳も小さいように思っていた。

土屋は陣内の正面、奥から三番目のスツールに座った。

「何になさいますか」

「んー、何にしようかな……ジンの、ソーダ割りがいいかな」

「最近、流行《はや》ってますもんね。かしこまりました」

土屋昭子と、陣内。及び「歌舞伎町セブン」。

この関係は、どう説明したらよいのだろう。

俗に「歌舞伎町封鎖事件」と呼ばれた、大規模テロ事件が起こったのは十年前。いや、もう十一年前になるか。

あれを首謀したのは「新世界秩序／ＮＷＯ」という巨大犯罪組織だった、と世間一般では言われている。「だった」と過去形で言うのは、ＮＷＯは「歌舞伎町封鎖事件」の失敗によって壊滅したと、これまた世間一般では認識されているからだ。

だがそうではないことを、陣内たち「歌舞伎町セブン」のメンバーは知っている。セブン「第二の手」であるミサキは事件当時、ＮＷＯの一員として「歌舞伎町封鎖」に関わった。彼女は複数件の殺人容疑で逮捕され、のちに死刑判決を受けている。にも拘《かか》わらず、今現在は自由の身となり、新宿六丁目で仲間のジロウと暮らしている。

なぜ、そんなことが可能だったのか。

法曹界に入り込んでいるＮＷＯの残党が手を回し、ミサキを東京拘置所から連れ出したからだ。ＮＷＯは、ミサキを戦闘員として再利用しようとしたのだろうが、紆余曲折《うよきょくせつ》あって、今は「歌舞伎町セブン」のメンバーと共に、ＮＷＯとは敵対する立場にある。

土屋昭子も、それに近いと言えば、近い位置にいる。

ＮＷＯに関わった期間は、土屋の方が圧倒的に長い。いや、今現在も完全に関係が切れたわけではないのかもしれない。ただ、本人はＮＷＯを抜けたがっている。そのためにも「歌舞伎町セブン」に守ってもらうわけにはいかないだろうか、という相談を、陣内は直にされたことがある。

「レモンは、お付けしますか」

「いえ、けっこうです」

「では、このままで……お待たせいたしました」

「ありがとうございます。いただきます」

表向き、土屋はフリーライターということになっている。いや、陣内がよく知らないだけで、仕事はけっこう、ちゃんとやっているのかもしれない。そういえば以前、陣内も一緒に、有名出版社の本社内にあるカフェラウンジに行ったことがあった。果たしてそれが「出版業界人の証《あかし》」と言えるのかどうかは、陣内には分からないが。

店に来れば、陣内も普通に、客として扱う。

「へえ……出版社から自動的に、口座に振り込んでもらえるんじゃないんだ」

「そう。イチイチこっちから、請求書を送らなきゃいけないの。もう、ほんと面倒臭い」

愚痴《ぐち》を聞いたり、他愛ない世間話をしたりする。

だが、他人に聞かれてはマズい話も、もちろんする。

「……一つ、ジンさんにお願いがあるんだけど」

そんな予感はしていた。ライター仕事の話をしていても、今夜の土屋は、どこか上の空なところがあった。

「なんでしょう。金銭トラブルと色恋沙汰と、あと警察沙汰以外だったら、たいていの相談には乗りますよ」

土屋は、クスリともしなかった。

「ちょっと、裏仕事を手伝ってほしいの。ジンさんか、ジロウさんのどっちかに」

ここは、迂闊《うかつ》に反応してはいけない場面だ。

ジロウはセブン「第三の手」。徒手空拳《としゅくうけん》での戦闘能力は、陣内よりもミサキよりも高い。いわば殺人格闘術の使い手だ。

陣内は土屋に対し、自分がセブンのメンバーであることを認めてしまっている。だが、ジロウについてはまだだ。ジロウ自身も認めていない。土屋は、むろん分かってはいる。分かってはいるが、証拠はない。そんな状況だ。

いったん、往《い》なしておこう。

「……ジロウさん、というのは」

「惚《とぼ》けないで。常連のマッチョマンのこと」

「マッチョな常連さんは、何人かいらっしゃいます」

「お願い。どうしてもサポートが必要なの。助けてよ」

どんな内容かを、陣内から訊くのは得策ではない。

黙っておいて、土屋が勝手に話し始めるのを待った方がいい。

土屋も、そんなに辛抱強い性格ではない。

「……同業者が、ちょっとヤバい相手にインタビューすることになってるの。結果的に、何事もなければそれでいい。インタビューする部屋から無事出てきて、タクシーで帰れるような状況だったら、そこで撤収でいい。何もしなくても、拘束時間分のギャラはちゃんと払います。でも何かあったら、ガードしてほしいの。具体的には、車で待機していてほしい。で、いざとなったら乗せて、安全なところまで、連れて逃げてほしいの。そういう仕事……ねえ、お願い。こんなこと頼めるの、ジンさんしかいないのよ」

その「何か」があった場合、追ってくるのは何者なのだ。

まさか、またＮＷＯか。


翌日、ジロウに連絡をとると、秋葉原《あきはばら》まで来てもらえるなら会える、と言われた。

「秋葉原の、どこ」

『外神田《そとかんだ》三丁目にある、ムラオカ通商、パーツセンター』

午後三時。陣内は、メールで送られてきた住所まで行ってみた。

「ここ……か？」

なかなか趣《おもむき》のある、昭和レトロな外観の四階建てビルだった。

確かに一階店舗部分、日焼けで色褪《いろあ》せた軒先テントには【村岡通商パーツセンター】の文字が、かつてあったような痕跡が残っている。だが、今もそこが村岡通商パーツセンターかと訊かれたら、百人中百人が「もうやってなさそうだね」と答えるだろう。

それでも、ここで間違いなかったようだ。

左横にある、ビルの出入り口からジロウが顔を覗かせた。

「……こっち」

「おう」

そのまま階段で、二階に案内された。

やけに天井の低い、邪魔なところに柱が二本も立っている、空っぽの事務所スペース。椅子もなければ、デスクも書棚もない。西日を遮《さえぎ》るブラインドもない。

しかし「こんなとこで何してんの」という質問すら、ジロウの背中は受け付けない。

盛り上がった背筋、白いタンクトップ、硬そうな尻、薄汚れたカーゴパンツ。

銜《くわ》えたタバコは、ナチュラル・アメリカン・スピリット。

「……話って」

「ああ」

陣内は、土屋から受けた相談事について手短に伝えた。ジロウがセブンのメンバーか否かについては明言せず、引き受けるかどうかも保留にしてある、とも付け加えた。

じろりと、ジロウがこっちを見る。

「あんた……あの女のこと、信頼してんの」

そう訊きたくなる気持ちは、よく分かる。だが一方で、二年前か。ジロウは土屋昭子が自宅に監禁されたとき、その監禁した男の方を始末する手助けをしてくれた。セブンの中では比較的、彼女をフラットに見てくれている方だと思っていた。

そんなジロウでも、やはり、そうか。

「うん、それについては……前にも言ったけど、彼女は上岡《かみおか》が殺されたとき、俺たちに、セブンに協力してくれたじゃないか。俺はそれを……」

「そんなことは訊いてない。あんたは土屋を信頼してるのか、してないのか、それを訊いてるだけだ」

珍しい。ジロウが他人の発言を遮ってまで、何かを言うなんて。

「ああ、まあ……信頼という意味では、イエスとも、ノーとも言えない。俺にも、はっきりとは答えられない……じゃあ、逆に聞かせてくれよ。ジロウは俺のこと、信頼してくれてるのか」

黙っていた。ジロウは黙って、陣内を真っ直ぐに見ていた。

一ミリも目を逸《そ》らさず、深々とひと口吸って、吐き出す。

吸い止《さ》しは足元に落とし、踏みつける。

「俺が信頼してるのは……自分だけだ」

そんなはずはない。

「ミサキは」

「あいつだって同じだ。いざとなったら、ちゃんと俺を見捨てて逃げる。それができる女だ」

「そういうのを『信頼』って言うんじゃないのか」

「言葉遊びなら他所《よそ》でやってくれ」

ジロウがもう一本銜える。

でも、火は点《つ》けない。

「……あんた、小川がいなくなったら、代わりに誰を入れるつもりなんだ」

なんだ、いきなり。

「小川から、異動の話、されたのか」

「俺だって元はサツカンだ。そんなの、されなくたって分かる。ノンキャリの所轄勤務なんざ、五年満期って決まってんだ。小川の場合、余程のことがなけりゃ、この十月で新宿勤務は終わりになる。そうなったら、もう一緒にはやれない。誰か別のを入れなきゃならない。あんたはそこに、土屋昭子を考えてるんじゃないのか」

これまた、イエスともノーとも言いづらかった。

あの女は、敵なのか、味方なのか。

陣内にも、本当に分からないのだ。

なぜだろう。ふいにジロウが、鼻から笑いを漏らした。

「……分かった。じゃあ、俺がテストしてやるよ」

どういう意味だ。

「テスト？」

「さっきの話、ジャーナリストのボディガードだか、送り迎えだか知らねえけど、俺がやってやるよ。そん中で……あの女がチクリとでもおかしな真似をしたら、あんたもいい加減、肚括って、あの女とは手を切ってくれ。いつまでも、ＮＷＯの手先とダラダラ関係を続けるのはよくない」

「ダラダラ、って……」

「とにかくそうしてくれ。その代わり、一件一緒にやってみて、信頼できるって分かったら……そういう局面になったらの話だが、俺も、賛成に回ってやるよ。土屋に、一票入れてやる」

なるほど。テストか。

4

捜査員は全員、特捜本部のある警察署に泊まり込み――というのは、捜査のごく初期段階に限られている。

休みなんぞ解決まではなくて当たり前、それどころか、まず家にも帰らない。そんな時代も確かにあったらしいが、それはもうかなり昔の話だ。今はある程度、捜査中でも交替で休みが取れるシステムになっている。

ただ制度上「休みが取れる」のと、実際に「休みを取る」かどうかは別問題ではある。そこは、今も昔も同じかもしれない。

休みをもらって、本当にしなければならないのは洗濯とクリーニング屋の往復くらいのもの。それが終わったら、あとはどうする。自宅でゴロゴロして過ごすか。そんなことは、東はもう何十年もした覚えがない。

一緒に休みを取った、相方の山本警部補が何をしているのかは知らない。連絡をとり合うつもりもない。こんな日は、一人でもできる捜査をするだけだ。

いや、一人の方がやりやすい捜査をする、と言った方がいいか。

マル害女性の顔には、美容整形の手術痕がある。検死報告書にそのような記載があった。むろん、その線は山本・東組ではない、別の捜査員たちが担当している。都内のあらゆる美容整形外科やクリニックを、虱潰《しらみつぶ》しに当たっているはずである。

だから、東は少し違った角度で当たろうと考えた。

新宿、歌舞伎町。

北は職安通り、南は靖国通り、東は明治通りで、西がＪＲ中央線の線路。これらに囲まれた、約六百メートル四方の街。それでいて「アジア最大の歓楽街」と呼ばれるこのエリアでは、常識では考えられないことが、当たり前のようにまかり通っている。

ひと頃「歌舞伎町浄化作戦」と称された一斉取締りにより、暴力団も不良外国人もその数を大いに減らしたが、それでも歌舞伎町から違法薬物がなくなったわけではないし、様々な形態の違法営業が姿を消したわけでもない。ほんの一時消えたように見えても、ほとぼりが冷めたら、また必ず歌舞伎町に戻ってくる。

その中の一つに、違法医療行為がある。

喧嘩がエスカレートし、相手が拳銃を出してきた。まさか本物とは思わず、撃てるもんなら撃ってみろ、と啖呵《たんか》を切ったら、なんと脚を撃たれた。だからといって、救急車を呼ぶわけにはいかない。状況的にも立場的にも、警察沙汰にだけは絶対にできない。結局、理由を訊かずに治療してくれる馴染《なじ》みの医者を訪ね、そこで弾を抜いてもらった、という話を、東は撃たれた本人から直に聞いたことがある。

他にも、違法風俗店の外国人女性従業員の妊娠中絶手術とか。違法薬物でぶっ倒れた仲間の応急処置だとか。偽造処方箋の発行だとか。それらは必ずしも歌舞伎町特有の事象ではないが、一つの違法行為がその他の違法行為に連鎖していくのはよくあること。歌舞伎町のように違法行為の数が多い街では、その連鎖もより広く深く波及していく。

東は、新宿署時代に知り合った形成外科医を訪ねた。

「どうも。ご無沙汰してます」

「おやおや、これは珍しい方がお見えだ」

もう七十近いはずだが、それでも裏社会での通り名が「ジョニー」である以上、東もそう呼ばざるを得ない。

「今日はジョニー先生に、少しお訊きしたいことがありまして」

雑居ビルの三階にある、小さな小さな診療所。

ジョニーは今も、診察室で普通にタバコを吸うようだ。

「なんだよ。今んなって、俺を薬機法でしょっ引こうってのか」

薬機法は、昔で言う「薬事法」のことだ。

こんな脱法医師でも、その程度の知識はあるらしい。

「あいにく、私はそこまで暇じゃないんですよ」

「そりゃよかった。あんたも歌舞伎町の皆さまの健康と、ますますの発展を祈念する気になったってわけだな」

「……とは、ちょっと違いますね」

言葉遊びには付き合わない主義なので、ここらで本題に入らせてもらう。

「すみません。ちょっと何枚か、先生に見ていただきたい写真があるんですが。よろしいですか」

「はい、よろしいですよ」

最初に見せるのは、例のＣＧ顔写真だ。

「……ほう。なかなかの別嬪《べっぴん》さんだが、でもこりゃ、アニメだろう」

言いたいことは、分からなくもない。

「確かに、そんな絵面ではありますが、アニメではないです。これは、とある事件で亡くなられた方で、しかしいまだに、身元が分からない。よって生前の写真が、我々の手元にはないものですから」

「なるほど。じゃあこれは、死体から起こした合成写真ってこったな」

「仰《おっしゃ》る通りです」

ジョニーが、タバコをアルミ製の灰皿に潰す。

「……いいよ。元の写真を、拝見しますよ」

さすが、話が早い。

「恐れ入ります」

厳密に言ったら、脱法医師に対する警察官の服務規程違反捜査ということになるが、構うことはない。

検死時に撮影された顔写真を、ジョニーに差し出す。血の気のない、目を閉じた顔の写真だが、殴打されたり、切りつけられたりしたような痕はない。腐敗もしていない。死体の顔としては比較的綺麗な部類に入る。

「……これが、なに」

「ここ、この瞼《まぶた》のところ。あと鼻の、この辺りと、唇。美容整形手術を受けた痕があるんですが、どうも、なかなかこの女性に施術したという医師に、行き当たりませんで。それで、もしこの界隈で手術を受けた可能性があるのだとしたら、ジョニー先生にお尋ねするのが一番早かろうと思い、それで、お伺いしたわけです」

「え、俺がやったんじゃねえかってこと?」

それには、かぶりを振ってみせた。

「いえ、先生は美容整形が苦手、というのは伺っておりますので、先生が直接、というのは考えていませんでしたが……まあ、パッと見て、これくらいの手術ができる、同業者の方にお心当たりはありませんか」

ジョニーが首を捻《ひね》る。

「心当たり、ってなあ……なんだかんだ、これやったの、けっこう上手い人だよ。亡くなって化粧も落ちてるから、こういうふうに見りゃ、メス入れたのは分かるけど、これ、ちょっと化粧したら全然分かんないよ。上手いよ、この人。この界隈で、モグリでやってる奴にこんな腕はないよ。こんな腕があったら、モグリでやる必要ねえもん。そうだろう」

なるほど。これは腕のいい部類に入る仕事なのか。


せっかく歌舞伎町まで来たので、ゴールデン街にも寄っていくことにした。

ゴールデン街は歌舞伎町の外れ、新宿区役所の向こうにある、一周しても三百メートル足らずの狭いエリアだ。そこに建ち並んだ木造長屋に、三百軒近くの飲み屋が入り込んで営業しているのだから恐れ入る。

街を区切る路地には、それぞれ「G1通り」「G2通り」「あかるい花園一番街」「あかるい花園三番街」「あかるい花園五番街」「あかるい花園八番街」「まねき通り」と名前があり、昨今は海外からの観光客にも知られ、それなりに賑わっていると聞く。

東が目指すのは花園三番街。その真ん中辺りにある「ババンバー」という店の上。「epo」と小さなネオンサインの掛かった入り口から、幅の狭い階段を上って二階にある、バー「エポ」だ。

「……こんばんは」

十九時。こんな時間だからまだ空いているだろうと思って引き戸を開けると、案の定だった。

「いらっしゃいませ」

店内にいるのは、マスターの陣内陽一だけだった。バーカウンターの向こうで、一人にこやかにグラスを磨いている。

東は戸口で、小さく頭を下げた。

「ご無沙汰しております」

「こちらこそ、ご無沙汰しております。どうぞ」

六つあるスツールの奥から三番目、陣内のほぼ正面の席を勧められた。

陣内は、東より十センチほど背が高い。それもあり、スツールに腰かけると、ちょうど目線が同じくらいになる。

不思議な男と、不思議な縁ができたものだと、つくづく思う。

東は、陣内が「歌舞伎町セブン」のメンバーであることを知っている。その世界での通り名が「欠伸《あくび》のリュウ」であることも、おそらく殺人に手を染めたことがあるであろうことも、承知している。それも一度や二度ではない。何度も、何度もだ。

その一方で、東は陣内に命を助けられたことがある。人質の救出に手を貸してもらったこともある。借りがある、などという言葉では表わせないほどの恩義がある。

あると、東自身は思っている。思ってはいるけれども、その感謝を、そのままは伝えられない関係にある。

仮に「あのときはありがとう」と東が言ってみたところで、陣内は「なんのことですか」とはぐらかすに決まっている。それ以上重ねて言うほど東も野暮《やぼ》ではないし、唐変木《とうへんぼく》でもないつもりだ。

陣内が、磨き終わったグラスを後ろの棚に戻す。

「今日は、何にいたしましょう」

「いつもの、ありますか」

「ございます。マッカラン、今は十二年のシェリーオークと、十八年のファインオークがございます。この前いらしていただいたときとは、ちょうど反対になりますか」

「ずばり、どちらがお高いですか」

「両方とも、同じお値段でご提供させていただいております」

昨今の「させていただいております」をはじめとする丁寧語の乱発には、正直かなり食傷気味ではあるのだが、この陣内に言われると、不思議とさほど不快には感じない。存在そのものが嘘《うそ》で塗り固められた異世界の住人だから、言葉遣いに多少違和感があるくらいは、むしろ自然に聞こえてしまうのかもしれない。

「じゃあ、この前いただいて美味しかったので、シェリーオークの方を、ロックで」

「はい、かしこまりました」

お通しに出てきたのは、チーズや野菜をハムで巻き、爪楊枝で留めたものだった。陣内の料理にしてはお手軽というか、正直、手抜き感が否めない。

その想いが、顔に出てしまっていたようだ。

陣内が、ニヤリと頬を持ち上げる。

「……そのハム、自家製なんですよ」

そうきたか。

「ほう、さすがですね。ハムまで手作りですか」

「今、薫製器を買おうかどうか迷ってるんです。そうしたら、ソーセージなんかも作れますでしよう。あとね、お醤油《しょうゆ》。醤油を薫製すると、美味しいらしいんですよね……」

東自身は全く料理をしないし、興味もない。それなのに、陣内の料理自慢は、なんとなく聞いてしまう。基本的に、声がいいのだと思う。歌もそうだろう。大した曲でなくても、声がいい人が唄うと、それなりにいい曲に聞こえる。それと同じで、陣内が話すと、興味のない話題でもなんとなく面白く感じる。

だが、聞いてばかりではこちらの商売が上がったりだ。

「陣内さん、ちょっと、見ていただきたいものがあるんですが」

「はい。なんなりと」

いつものCG顔写真を見せる。

「この女性に、見覚えは」

陣内が眉をひそめる。分かりやすく首も傾げる。

「東さん……その前にですね、なんでこれ、CGなんですか」

陣内まで「アニメ」と言い出したら笑うしかないが、さすがにそれはなかった。

「いや、この方が、似顔絵よりリアルでいいかな、と」

まだ陣内は首を傾げている。

「リアル……んん、リアルなのかも、しれませんが、なんて言うんですかね……血が通ってないっていうか、なんかこう、綺麗過ぎて、逆にリアルさがないというか……すみません。そもそもこの女性に心当たりがないのに、こんなことを申し上げるのは甚《はなは》だ失礼だとは思うんですが、これは……感覚の個人差もあるとは思うんですけど、私は、あくまでも私は、ですよ。私は……従来の、手描きの似顔絵の方が、いいと思うんですけどね」

もう少しこの話を続けたかったのだが、間の悪いことに電話がかかってきてしまった。

「失礼」

「いえ、どうぞ」

ディスプレイを見ると【吉崎巌《よしざきげん》】と出ている。

あまり、人前でこの男からの電話には出たくないが、致し方ない。

「……はい、東です」

『おう、俺だ。吉崎だ。主任、今どこにいる』

東はもう捜査一課の主任ではないが、それを訂正すべき相手ではない。

「はい、新宿におります」

『ちょうどいいや。じゃあ今夜中に、ウチに寄ってくれや』

吉崎の自宅は品川区大崎四丁目。

新宿からだと車で三十分、電車だと四十分くらい。

ちょうどいい、か。


吉崎巌と出会ったのは十年ほど前。東がまだ捜査一課にいた頃だ。

当時の吉崎は警視庁刑事部長、階級は警視監。東は捜査一課殺人班（殺人犯捜査）六係の担当主任。今と同じヒラ警部補だから、吉崎は当時ですでに、東の六階級も上の上官だったことになる。

あれは、まさに「歌舞伎町封鎖事件」の後処理に追われていた時期で、東は三日に一度は刑事部長室に呼ばれ、「査問」という名の事情聴取を受けていた。

そこで吉崎が、自分の何を気に入ったのかは分からない。

吉崎はその後も何かというと東を呼び出し、今はなんの捜査をしている、部長はどうだ、課長は誰だと、気が済むまで東を「査問」した。それは、吉崎が警察庁長官になっても変わらなかった。退官した現在でも、実を言うと変わっていない。

おそらく、今日もそんな類《たぐい》だろう。

二十時半には、吉崎宅前に着いた。

《……はい、どちらさまでしょう》

「こんばんは。東です」

《あら、東さん。はい、今お開けいたします》

夫人の奈苗《ななえ》に迎えられ、東はそのまま吉崎の書斎まで案内された。

「ごめんなさいね。また急にお呼びしたんでしょう」

「いえ」

「何かっていうと、そうだ、東に訊いてみようって、思いつきで電話しちゃうんですよ。ご迷惑だからおやめなさいって、私は言うんですけど……そしたら最近は、私に隠れて電話するんです。

だから、ごめんなさいね。東さんがいらっしゃるの、聞いてなかったものですから」

「大丈夫です。お気遣い、ありがとうございます」

「そんなね、迷惑だったら迷惑って、ちゃんと断わってくださっていいんですよ、本当に……あなた、東さんがお見えになりましたよ」

奈苗がドアを開けると、吉崎は応接セットのソファで、ブランデーだろうか、グラスに入った琥珀《こはく》色の酒を弄んでいた。

着ているのは茶緑の丹前。退官後、自宅ではもっぱらこの恰好らしい。

「おお、東主任。急に呼び付けてすまなかったな」

「あなた、謝るくらいなら急にお呼びするのはおやめなさいって」

とりあえず頭を下げておく。

「ご無沙汰して……」

「いいから、東主任はこっち、こっち来て座って」

「あなた、私の話聞いてます？」

そうは言いながらも、奈苗は出汁《だし》巻き玉子だの刺身だの、次から次へと料理を運んできてくれた。

あと、水割りのセットも。

「奥様、どうぞお構いなく」

「そうだよ。お前が出たり入ったりしてると、こっちは落ち着いて話ができないんだよ」

「はいはい、これが最後ですから。あとでお茶と、水菓子を少しお持ちしますけども」

「いいから」

「それまでは参りませんから」

「うん、いいよ来なくて」

「何かありましたら、お呼びください」

「呼ばないってば。もういいって」

いつものやり取りが終わったら、いよいよ本題だ。

「そういえば、お前、アレだって、いま渋谷の、あの身元不明死体の、特捜にいるんだって？」

「ええ。よく、ご存じで」

「ご存じなんじゃないんだよ。ちょっと用があってな、本部に電話したら、そこの特捜には東がいるっていうから、じゃあいいよ、お前じゃなくて東主任に訊くからって、それで呼び出したんだよ」

吉崎が最初に電話をした相手は誰なのか。東には分からないし、分かりたくもない。

「……と、仰いますと」

「マル害の身元、まだ割れてないんだろ」

「はい。初動に、完全に失敗しました。あんなに防カメ映像が拾えないとは、誤算でした」

「お、いきなり幹部批判か」

「如何《いか》ようにも」

吉崎が「けっ」と何かを吐く真似をする。

「ちなみにお前、いま俺が何やってるか、知ってたっけ」

「はい。内閣官房参与をお引き受けになったというのは、伺いましたが」

外交安保や経済財務の専門家が多い中で、元警察官僚の参与起用は珍しいケースと言えるが、かといって前例がないわけでもない。

吉崎が、テーブルの端に置いていたタバコに手を伸ばす。

「あれ……東主任は、イソタニとは面識あったかな」

「いえ。どちらの方ですか」

「本籍は警備局だが、去年かな、もう一昨年かな、防衛省に出向になって、そっから今、内調に転出してる。正確にはなんだ……内閣官房、内閣参事官か」

タバコと一緒に置いてあった名刺入れから、一枚抜いて東に向ける。

【内閣情報調査室　内閣官房内閣参事官　磯谷勝《いそたにまさる》】

磯谷が本籍を置く警察庁警備局は、全国の警察本部の警備部及び警視庁公安部を指揮、統括する部署だ。局内には公安課もある。

そこから防衛省に出向、内閣情報調査室に転出ということは、つまり諜報《ちょうほう》・防諜のエキスパート、なのだろう。

東が大嫌いな、公安畑の人間というわけだ。

「……警備局からの出向で、いま内調ということは、お歳は四十代半ばくらいですか」

「鋭いね。四十五か六だよ」

「その磯谷さんが、何か」

「うん。今、お前が渋谷でやってる件について、知りたがっててね。お前が、そういうの嫌いだってのは俺も分かってんだけどさ、誰か一人ってなったら、絶対に信用できる人間を選ぶだろう、誰だって」

そう言われて、悪い気はしないが。

「しかし、先に長官が仰った通り、いまだにマル害の身元も割れておりませんので。何か知りたいと言われましても、何もお話しできるようなことは、ないんですがね」

正確には「元長官」だが、東もなんとなく、吉崎のことは「長官」と呼んでしまう。総理大臣経験者を、関係者がいつまでも「総理」と呼ぶ感覚に近い。

吉崎が小さく頷く。

「そう、かもしれないけどさ、とりあえず一遍、会ってやってくれよ。向こうはお前の名前、知ってたぜ。『歌舞伎町封鎖事件』を手掛けた方ですね、って」

その言い方が、まさにそうだ。

「それは、長官がそういうふうに言い触らすからでしょう」

「俺は言い触らしたりしないよ」

「私の名前と例の事件を紐付けて覚えている方に、どなたから聞いたのかを尋ねると、十人に七人は『吉崎さんです』とお答えになります」

「そらお前、大袈裟《おおげさ》だよ……十人に、せいぜい一人か二人だろう」

いや、本当は十人全員だ。

5

ジロウは、ずっと考えている。

なぜ、あんなことを引き受けてしまったのだろうと。

陣内以外の「歌舞伎町セブン」メンバー、全員が土屋昭子のことを嫌っている。嫌っているというか、利害が対立する相手、極めて「敵」に近い存在だと認識している。それはジロウも同じだ。

いや、同じだった、か。

陣内が言うように、土屋昭子は確かに、セブンのメンバーだった上岡が殺されたとき、NWO側ではなく、セブンの側に付いていてくれた。だがそれによって、NWOの脅威が排除できたわけでは全くない。ミサキはいまだ実の息子を人質に取られたままだし、その他のメンバーもいつ命を狙われるか分からない状況下にある。NWOが現状、セブンの皆殺しを目論《もくろ》むことはないだろうと思えるのは、ひとえに、あの「名簿」がこちら側にあるからだ。

正確にいつのものかは分からないが、NWOのメンバーや協力者の名前が記された名簿。そこには大物政治家はもとより、有名企業や新聞社の幹部、省庁のキャリア官僚、有名大学の教授など、錚々《そうそう》たる肩書と氏名が列挙されている。これのコピーデータは、元締めの斉藤杏奈《さいとうあんな》、陣内、関根組《せきねぐみ》組長の市村光雄《いちむらみつお》と、ジロウがそれぞれ保存しているが、紙ベースのオリジナルは、あの警視庁の東弘樹が持っている。その一点において、セブンと東は一蓮托生と見ることもできる。

要は、これがセブンの側にあるから、土屋昭子は陣内に「守ってくれ」と言うのだ。自分も、その抑止力の傘に入れてほしいと。

しかし中に入れた途端、土屋が内側から傘に穴を開けようとする可能性は充分ある。ジロウの感覚的には、半々だ。それくらい、土屋昭子という女は信用が置けない。

それでも、という思いもある。「半々」の、もう半分の方だ。

土屋昭子は、以前ジロウが張込みをしていたとき、その車に勝手に乗り込んできたことがある。目的はセブンへの情報提供だったようだが、ジロウ自身がセブンのメンバーであることを否定すると、彼女はその態度をがらりと変えた。

「……そういう、下手糞な芝居、要らねえからよ」

あんな下品な表情、軋むような濁《にご》った声で、なお下劣な言葉を吐く土屋昭子は初めてだった。正直、驚いた。驚きはしたが一方で、ある種の親近感を覚えたのも事実だった。

彼女の半生がどんなものだったのかは知らない。ただ、それなりの地獄を見てきたのであろうことは理解できた気がした。彼女自身に戦闘能力はないに等しい。あるのは情報収集と分析の能力。あとは男を誑《たら》し込む体と、窮地に陥っても冷静さを失わない精神力だろうか。

一度、監禁されている土屋を、陣内に頼まれて助けに行ったことがあるが、あれは、なかなか過酷な状況だった。あそこで密かに写真を撮り、それを陣内に送信し、なお陣内の助けを待つのには相当な精神力が要ったはずだ。あのときも、良し悪しは別にして、ジロウは彼女のことを「大した女だな」と思った。

いや、思わされてしまった。

だから、今も待っている。

陣内が土屋から預かったという携帯電話を持って、新宿二丁目東の交差点に立っている。夜十一時に電話を入れるというので、営業を終えたとんかつ屋の前で待機している。

着信は、まさに二十三時ちょうどにあった。

「もしもし」

『……ジロウさん、ですか』

今のところ外向きの、いつもの土屋の喋り方だ。

「ああ」

『この度は、無理なお願いを聞いていただき、ありがとうございます。心から、御礼申し上げます』

どういう心境なのか分かりづらいが、まあいい。

「本当に引き受けるかどうかは、詳しく聞いてからだ」

『もちろんです。今から、詳細をお伝えいたします……まず、お時間をいただきたいのは、五月十六日、来週の月曜日です。赤坂三丁目にあるホテルの部屋で、とあるインタビューが行われます。ジロウさんにはそれが終わるまでの間、大体、夕方の四時から六時くらいまで、近くでの待機をお願いしたいんです。話が終わって、インタビュアーがそのままタクシーで帰れるようなら、それで終了。でも、少しでも身の危険を感じるようであれば、ジロウさんの運転で、安全なところまで送っていってほしいんです』

とりあえず、陣内から聞いた話と食い違うところはない。

「……で？」

『とりあえず、以上です』

惚けやがって。

「ギャラは」

『ああ、十……』

ジロウが途中で「ア？」と挟むと、土屋は慌てて言い直した。

『二十……』

「おい」

『ちょっと待って。いきなり三十万は高くないですか』

フザケるな。

「高いか安いかを決めるのはこっちだ。そもそも、ヤバい相手ってのは何者なんだ」

『それは……ちょっと』

具体的に言わなくても、交渉相手を納得させることはできるだろう。

「あんたも少しは考えろよ。相手が米軍やＣＩＡってのと、北朝鮮の工作員ってのじゃ、話は全く違ってくるだろう」

土屋が『ああ』と挟む。

『そこまで危険な相手、ではないです』

「じゃあ、どれくらい危険な相手なんだ」

『北朝鮮の工作員の、半分くらいです』

まるで説明になってない。


土屋との話を終えて「エポ」に寄ると、よりによって最悪の二人が顔を揃えていた。

元締めの斉藤杏奈と、ミサキだ。

普段、ミサキは杏奈のことを「小娘」と呼んで憚《はばか》らないが、今夜は少々様子が違う。席を空けず、肩を組まんばかりに寄り添って座っている。

ミサキがジロウを横目で見る。

「なに、そんなとこ突っ立ってんだよ。こっち来て座れや」

杏奈も、尖《とが》った目でジロウを見ている。

陣内は、いつも通りのポーカーフェイスだ。

「……どうぞ。お掛けください」

何が「どうぞ」だ、そもそもこれはアンタが振った話だろう、なぜ俺がこんな気マズい思いをしなければならない、と言いたいのは山々だったが、確かに立ったままというのは不自然だ。

ジロウはミサキから一つ空けて、やや出入り口に近いところに座った。

ポケットからタバコの包みを出す。

「……なんだよ。元締めを通さねえで、仕事を受けたのがそんなに気に喰わねえか」

杏奈が、ミサキの向こうから顔を覗かせる。

「そんなこと、私は言ってません」

「じゃあなんで、そんなおっかねえ顔してんだ」

ミサキが、小馬鹿にしたように鼻息を吹く。

「まさかお前まで、あの糞女に尻尾振るとは思ってなかったよ」

陣内が「待てよ」と割って入る。

「俺もジロウも、別に、土屋昭子に尻尾なんか振ってねえぜ」

「ああそうかい。じゃあ、チンポおっ立てて腰でも振っとけや」

「よせよ」

そう言うと、ミサキは遠慮なくジロウを睨みつけた。

「どういうつもりなんだよ。説明しろよ」

ジロウが見ると、陣内は小さく頷き返してきた。

ある程度の話はしてある、ということらしい。

致し方ない。

「……まあ、今回のことに限って言えば、土屋は少々危ない筋の人間に、インタビューする機会を得た。土屋はそれを記事にまとめるライター役で、インタビュアーは別にいるらしい。相手が相手なだけに、尾行がついたり、そのまま連れ去られる可能性もないとは言いきれない。だから、終わるまで近くで待機していてくれ、ヤバくなったら逃げる手伝いをしてくれと、そういうことだ」

ミサキが顎《あご》でしゃくる。

「ヤバいって、どんな」

「それは聞いてない。ただ……」

親指と人差し指を立ててみせる。まんま「ピストル」の意味だ。

「こっちが出てくる可能性も、ないとは言いきれないそうだ」

考えられる筋としては、日本のヤクザ、密輸拳銃に絡む国のマフィア、それらと結託している各国の諜報部員。具体的にはアメリカ、中国、ロシア、フィリピン辺りだろうか。

もちろん、ＮＷＯという線もないではないが、個人的には、ＮＷＯがインタビューに応じる可能性は海外マフィアより低いと思う。

杏奈が、スツールを回してこっちに向き直る。

「今回に限って……じゃないとしたら、どういうことですか」

さすがは元締め。よく人の話を聞いている。

「あんただって分かってんだろ。近々、小川は新宿を離れることになる。そうなったら、もうセブンのメンバーではいられない。早晩、別の人間を入れることになる」

ミサキまでこっちに向き直る。

「その後釜に、あの女を据えようってのか」

「違う。そういう話が出る前に、俺が先んじてテストしてやるって言ったんだ、この人に」

目で示すと、陣内が頷いてみせる。

「……前にそんな話をしたとき、市村は決して否定的ではなかった。シンちゃんは、どうだか知らないけど」

「掃除屋のシンちゃん」は、現場清掃と死体処理を担当する、セブン「第三の目」だ。果たして、彼と土屋昭子とは面識があるのだろうか。

ミサキがカウンターに身を乗り出す。

「おい、いつからこの『人殺し愛好会』は多数決制になったんだよ」

陣内がかぶりを振る。

「分かってるよ、全会一致が原則なのは。誰も多数決だなんて言ってないだろ。ジロウもさ、今回の件と小川の異動を直接結び付けるなよ、ややこしくなるから……いいじゃないか、ジロウは市村の仕事だって受けてるんだし、何も、誰かを的にかけようって話じゃない。セブンで動く話でもない。ジロウだって、ただ働きするわけじゃないんだろ」

一応、頷いておく。決して満足のいく額ではなかったが。

陣内が続ける。

「そんな、ごちゃごちゃ揉めるんだったら……いいよ、俺がやるよ。そもそも、俺が土屋から頼まれた話なんだし。ジロウに振った、俺が悪かったよ」

杏奈は、少し表情に冷静さを取り戻していた。

「別に、こっちも揉めたいわけじゃないから……やるのがジンさんでもジロウさんでも、私はいいと思うけど、でも、土屋昭子の向こうにはNWOがいる、それだけは忘れないで。彼女がどっちに転んでも、セブンとNWOの、今の均衡は必ず崩れる。必ず、誰かが傷つくことになる……私はもう、上岡さんのときみたいな思いはしたくないの」

そこは少し、ジロウと考えが違う。

「元締め。俺は……今のまま、土屋昭子と付かず離れずの関係を続ける方が、むしろ危険だと思う。そのことはジンさんにも話した。こっちに、入れるなら入れる、入れないならスッパリ関係を断つ。そうしないと、土屋自身にそのつもりがなくても、俺たちの動きを探るための『浮き』にされかねない」

陣内が頷く。

「土屋昭子に可能性がないんだったら、他の誰かを考えなきゃならない。小川の離脱は、避けようのない決定事項なんだから」

ミサキがカウンターに両肘を突く。

手元にはショットグラスが二つある。たぶん、二杯ともI・W・ハーパーだろう。

それらを立て続けに、口に放り込む。

四十度のアルコールが、喉《のど》から食道、胃へと落ちきるのを待って、ミサキが頷く。

「……分かった。あたしも付き合うよ」

杏奈が「えっ」と顔を覗き込む。

「ミサキさん、付き合うって、ミサキさんが行って、何するんですか」

「何って、手伝うんだよ」

「何をですか。これって暴れたり、殴ったり撃ったりする仕事じゃないんですよ」

「分かってるよ。車の運転だろ。要はカーチェイスだ。得意中の得意だよ。任せとけって」

やっぱり最悪だ。


車は、関根組関連の裏仕事で知り合った中古車ディーラーから借りることにした。

『もしもし、お待たせいたしました……ええと、月曜に、レクサスの黒で……はい、ご用意できます。ナンバーはどうしましょ』

「天ぷらで」

あとで調べられてもいいように、ナンバープレートも偽造品にしておいた方がいい。

『かしこまりました。いつ、取りにこられます?』

「月曜の昼頃」

『承知いたしました。では、月曜の午前中には、ご用意しておきます』

そして月曜の、午後二時。

その練馬《ねりま》区豊玉《とよたま》にある中古車ディーラーでレクサスを借り、

「お珍しい。カノジョさんですか」

「馬鹿、仕事仲間だよ。恐《こえ》えぞ」

ミサキを助手席に乗せて出発。

まず環状七号線に出て、高円寺《こうえんじ》方面に向かった。

不気味なことに、ミサキは妙に上機嫌だ。

「なあ、これってレンタカーじゃないんだよな」

「ああ」

「じゃあ、タバコ吸ってもいいよな」

「駄目だ」

「なんでだよ」

「あとで売るからに決まってるだろ。タダ同然で借りてるんだから、余計なことするな」

高円寺陸橋下で左折。青梅《おうめ》街道に入り、東に走る。

「あー、急にビール飲みたくなってきた」

「お前、何しに来たんだよ」

幸い、道はどこも空いていた。この分なら、予定よりも早く着きそうだ。

青梅街道から靖国通りへ。もう、まもなく新宿歌舞伎町だ。

当然、今は素通りする。

「そこでビール買ってくか」

「嫌なら帰れよ」

富久町西《とみひさちょうにし》の交差点を右折。四谷《よつや》四丁目を左折。新宿通りを四谷三丁目方面に向かう。

「あたしさ……昔、同じ部署の先輩に、『女尾崎豊《おざきゆたか》』って言われたこと、あるんだ」

「はあ」

「白Tシャツに、ジーパンばっか穿いてたから」

「浜田省吾《はまだしょうご》じゃないんだ」

「……なんだって？」

四谷見附《みつけ》で右折したら、ひたすら南下していく。

「……なんで急に、尾崎豊の話なんかしたんだ」

「今、ラジオで流れてたじゃん」

「今の曲は、山崎《やまざき》まさよしだぞ」

「嘘だぁ」

午後三時過ぎには、目的地付近に到着した。

東京都港区赤坂三丁目。ネット情報によると、この道は「エスプラナード赤坂通り」というらしい。

決して広くはない一方通行、その両側は歩道。地面は、車道も歩道もレンガ調のタイル敷きになっている。それだけで、歌舞伎町とはだいぶ印象が異なる。

浮かぶ単語は「清潔」「高級」「上品」「おしゃれ」。

軒を連ねる飲食店の看板を一つひとつ見ていけば、「料理も飲み物も三百円均一」みたいな店もあるので、決して高級店ばかりでないのは分かる。だが平均値というのだろうか、街全体のイメージが、歌舞伎町なんかよりは桁違いにいい。空気までさらりと乾いているように見える。

「インタビューやるっていう、ホテルはどこ」

「もう、五十メートルくらい先の右側。『ミラージュ・イン赤坂』」

指差してはみたが、ここからでは看板も見えない。

左右に並ぶ建物は十階以下のビルが多い。それもあってか、道が狭いわりに閉塞感はさほどない。

こう見えて、ミサキは意外とお喋りだ。

「やっぱさ……ボクシングはボクシングで、極めたら凄いと思うんだけど……その、ステップワークがさ、総合格闘技とは根本的に違うわけじゃん。ましてや路上の喧嘩とは」

相槌なんぞ打たなくても、構わず一人で喋り続ける。

「だから、タックルだよな。あとローキック。そういうのを警戒しながら、ちゃんと手の技術に集中できるのか、ってことじゃん。早い話が」

話題も思いつくまま、次から次へと変えていく。

「あたしだってさ、何回かはやめようと思ったことあんだよ……タバコ。いや、マジで」

土屋とは昨日、事前打ち合わせをしておいた。

ホテルから交差点を一つ挟んで、五十メートルほど手前で待機するようにしておく。車は黒のレクサス。前進した方がよければ携帯電話にメッセージをくれ。ホテル前まで詰める。

土屋は『分かりました、よろしくお願いします』と言っていた。嫌らしい芝居もしなかったし、下品な口も利かなかった。最初からずっとこの調子だったら、今ほど嫌われることもなかっただろうに、と思う。

「アジサイの色ってさ、土の成分で決まるって知ってた？　あたし、そんなこと全然知らなくてさ」

「……シッ」

別に、ミサキを黙らせる必要はなかったのかもしれないが、集中したかったので、つい口に出してしまった。

ルームミラーの中。どことなく、土屋昭子に似た雰囲気の女がこっちに歩いてくるのが見える。サイドミラーでも確認する。女の左隣には、同じくらいの上背の男がいる。それも、かなり若い。まだ少年と言ってもいい歳に見える。

「なんだよ」

「黙ってろ。周りも見るな」

たぶん間違いない。土屋昭子だ。なぜホテルのある前方ではなく、後方から歩いてくる。二人の背後はどうだ。誰か追ってきているように、見えなくもないが、定かではない。

あと二十メートル、というところまで来て、土屋が走り始めた。隣の少年も歩調を合わせる。

後ろの人込みから三人、いや四人、人影が飛び出してくる。
ジロウはエンジンを掛けた。
土屋がレクサスのすぐ後ろまで来る。だがそこで、土屋は少年に立ち位置を譲った。
自ら後部左のドアを開け、少年を座席に押し込む。
「ジロウさん、この子だけお願い」
そう言って乱暴にドアを閉め、自分はさらに先の交差点に向かって走っていく。
おい、どういうことだ。

第2章

1

午後二時。

「お疲れさまでした。ありがとうございました」

ファッション誌「ヴィヴィッド」の撮影を終え、渋谷区千駄ヶ谷《せんだがや》のカフェで軽く昼食をとり、

「あ、もうこんな時間。そろそろ行きましょうか」

「はいはい……」

千代田区平河町《ひらかわちょう》にある「FM80」の収録スタジオに入ったのが、三時半を少し回った頃。

「おはようございます。よろしくお願いします……あー、高山《たかやま》さん、お久し振りです」

レギュラー番組を三週分まとめ録りして、ブースから出たのが夜七時。その次は、下の階にある会議室に移動して、PR誌のインタビュー。

それが終わったのが、夜八時半過ぎ。

「お疲れさまでした……お疲れさまでした。また、よろしくお願いします……焼き肉、はい。今度、絶対」

地下の駐車場に下りて、マネージャーの河中千絵《かわなかちえ》が運転する車に乗り込む。

「お疲れさまでした」

「お疲れぇ。今日、このあとさ……」

「はい。Ｐマックスだから、中目黒ですよね」

Ｐマックスは、キックボクシングも教えてくれるパーソナル・トレーニングジム。いわゆる「芸能人御用達」というやつだ。

「うん。九時半からだから、間に合うよね」

「はい、余裕です」

担当になってまだ半年だが、この河中は地頭がいいのか呑み込みが早く、うっかりとかぼんやりとか、そういうことが全くない。今までの担当マネージャーの中でも、一番優秀かもしれない。

「でも双葉《ふたば》さん、本当に何も食べなくていいんですか」

本名は「徳永恵子《とくながけいこ》」だが、もはや芸名である「小倉《おぐら》双葉」の方が、自分的にもしっくりきている。「恵子」としてのアイデンティティなんて、地元の友達と電話で話すときか、実家に帰ったときくらいしか脳内に浮上してこない。

「大丈夫。さっき前室でお菓子つまんだから」

「ハッピーターンとチョコじゃないですか」

「うん。でも今から食べたら、却《かえ》って気持ち悪くなっちゃうし」

「まあ、確かに」

まだ九時十分。余裕余裕。

「河中さん、今日は待ってなくていいからね。降ろしたら、もう帰っちゃっていいから」

「はい。岡田《おかだ》さんたちとご飯ですもんね」

岡田はＰマックスのトレーナー。本当は「たち」ではなく「二人で」の予定。

「うん、だから……明日は、八時半？」

「八時、二十分には下にお願いします。六時五十分には、一度お電話入れますけど」

「はい、オッケーです」

そんな話をしているうちに、着いた。

「……ありがと。じゃ、お疲れ」

「お疲れさまでした。くれぐれも、飲み過ぎないようにお願いします」

「はいはい、分かってます」

Ｐマックスが入っている建物は、見た目はごく普通のマンション。でも、先輩モデルの森永《もりなが》サクラから「セキュリティは万全だし、車寄せとエントランスは外から見えないようになってるから、芸能人でも安心して使えるよ」と聞いたので、ぜひにとお願いして紹介してもらった。実際、出入りで不安な思いをしたことは一度もないし、マスコミが張込んでたみたいな話も全く聞かない。

まず、エントランスのオートロックに認証画面を表示した自分の携帯電話をかざして、マンションに入る。エレベーターの中でも、七階に着いてPマックスのドア前でも同様の認証が必要だけど、部屋番号を口に出す必要はないし、どこで誰が聞いてるかも分からないのに「小倉双葉です」みたいに言わなくていいというのは、非常にありがたい。

認証されて、七一八号室のドアロックが解除される。

「こんばんは、失礼しまーす」

芸能人だからって、いつでもどこでも「おはようございます」なわけではない。こういうところに入るときは、普通に「こんにちは」「こんばんは」だ。

ところが、ここで予想外のことが起こった。

「……あ、小倉さん、お待ちしてました」

短い通路の先、トレーニングルームから顔を覗かせたのは見知らぬ女性。それもかなりの長身。百七十センチ、オーバーか。

「あ、はい、小倉です……よろしく、おね……」

お願いします、まで言えなかった。

その女性が、さもすまなそうに両手を合わせながら、こっちに出てきたからだ。

「本当に申し訳ございません。岡田なんですが、それもついさっきなんですけど、ここに来る前に、歯科医に予約を入れていたらしく、そこでなんか、麻酔が合わなかったんだか、急に気分が悪くなってしまったみたいで。それで急遽、小倉さんにキャンセルか、もしくは私が……」

怪訝《けげん》に思っていることが、彼女にも伝わったのだろう。

「あ……申し遅れました。私、Ｐマックス、チーフトレーナーの、フジヨシと申します」

渡された名刺には【藤吉澪《ふじよしみお》】とあった。そういえば「藤吉」という名前は、岡田からも聞いていたかもしれない。

でも、こんな人だとは知らなかった。

背が高いうえに、スタイルが抜群にいい。長い手脚には、柔らかそうな筋肉が過不足なく付いている。

しかも、胸が厚い。バストそのものも大きいのだろうが、背中からバストトップまでの、体の厚みが凄い。それでいて、腰回りは細い。上はスポーツブラ、下はハイウエストのショーツなので、一切の誤魔化しが利かないのは言うまでもない。唯一、野暮ったいのは左右の膝下に着けたレガースだが、キックボクシングも教えるジムなのだから、そこは致し方ない。

その完成されたボディと比べると、お顔は、ちょっとミスマッチなくらいに童顔だ。

垂れ気味の目、丸っこい鼻、厚めの唇。輪郭も、まあまあ丸い方だ。髪は黒でショートボブ。でもこの、顔と体のミスマッチが逆に「エロい」のだと思う。岡田も言っていた。「スタイルがいいのに童顔って、エロいですよね」と。そのときは、自分のことを言われたのだと思っていたが、違ったのか。

岡田は、この藤吉澪のことを言っていたのか。

藤吉が、身を屈めるようにして覗き込んでくる。

「いかがいたしましょう。もちろんキャンセルということでしたら、お日にちの振り替えをさせていただきますし、せっかくお越しいただいたのですから、私でよければ本日の、予定通りのコースを担当させていただきます」

顔は可愛いし、体はカッコいいし、雰囲気もすごく明るくていいのだけど、この女に二時間、ああしろこうしろ言われるのは、はっきり言って嫌だ。

「そう、ですか……でもなんか、私、いろいろ不器用なんで、初めての方だと、ちょっと緊張しちゃうかもしれないので」

そこら辺は、彼女もプロだった。嫌な顔なんて一ミリもしない。

「承知いたしました。では、こちらにお願いいたします」

トレーニングルームに入って、左手にある受付カウンター。携帯電話の認証登録とか、予約の相談とか、各種の支払いなんかもするところだ。

だから、一つも変には思っていなかった。

なのに、

「なーんてねッ」

後ろからそう聞こえ、右膝の外側、関節のちょっと下辺りで、バチンッ、という破裂音がした。

痛い、というより、急に力が入らなくなった。右足の踏ん張りが利かなくなり、前のめりに、カウンターに手を突こうとした。

でも、できなかった。彼女に、藤吉澪に、横から肩を押されたからだ。

足も踏ん張れず、支えもないのだから、床に転ぶしかない。

「な……なにッ」

「おーい、スタッフゥーッ」

シャワールームのドアが開き、そこから三人、ぞろぞろっと出てきた。みんな、知らない顔だった。

三人とも、男か女か、パッと見ただけでは分からない。

三人とも、藤吉に勝るとも劣らない、美形ばかり。

藤吉が、すぐ近くにしゃがみ込む。

「これから、あなたみたいなバイコクちゃんには勿体《もったい》ない話ですけど、あのイケメンたちが、あなたを滅茶苦茶に、レイプしてくれます」

もう、言ってることが一々分からなかった。

「バイコクちゃん」ってなに。「勿体ない」ってなに。レイプ「してくれます」ってなに。

「あらら。全然、ピンと来てない感じですか」

当たり前だろう。

「なに、もう……イッ……変な冗談、やめてよ」

「冗談なんかじゃないです。全部本気ですわよ、バイコクちゃん」

「なに、その……」

「ああ、『バイコクちゃん』？　だって『売国奴』って、なんか日常会話では使いづらいじゃないですか。ましてやこれから、死ぬほど痛めつけようっていうのに」

フザケないで。

「ちょっと、そ……なんで、そんなこと」

「だから、あなたがバイコクちゃんだから、これから死ぬほど痛めつけるんです。意味、分かりませんでちたか？」

おかしい。この女、何かがおかしい。

「売国売国って、私、そんなこと何も」

「してますよ、散々」

「何が。私が、何したっていうの」

「だってあなた、『ル・イン』のコマーシャル、やってるじゃない」

ル・イン、つまり「LeIN」。通話もメッセージも無料で利用できて、昨今は電子決済や行政手続き、音楽配信、さらにライヴ動画やニュースの配信までこなすようになった、二十一世紀最強の万能アプリケーション。

確かにLeINのCMは、何本もやってるけど。

「それが、なんで……」

「LeINのCMに出ることがなんで売国になるのかって？　逆に、あれやって売国にならないと思う方がどうかしてるわ。いい？　あのアプリは、もともと韓国企業が作ったものなのよ」

「違いますっ」

段々、膝の痛みが増してきてるけど、ここは、きちんと言わなければ。

「LeIN は、れっきとした日本の会社のアプリです」

「ばーか。そう思わせようとして日本企業と経営統合しただけで、幹部は今現在も全員韓国人でしょうが。事実、主要サーバーは韓国国内にあることが確認されている。そもそもユーザーに、携帯電話内のアドレス帳を LeIN と同期しますか？　って訊くこと自体が変なんだって、なんで気づかないのかな。泥棒に『盗んでいいですか？』って訊かれて、『駄目です』って答えたら、盗まれないとでも思ってんの？　バカだよね……盗むに決まってんのに。むしろデータを盗むために作られた泥棒アプリなんだよ、LeIN なんてのは」

そんな。

「た……確かに、初期は、そういうことも、言われて……」

「初期だけじゃないだろ。その後もいろいろバレてんじゃねえか。中国の関連会社に日本人ユーザーのデータを閲覧させてたろうが。知らねえとは言わせねえぞ。大体、韓国なんてのは中国の属国になりたくて仕方ねえ国なんだからよ」

属国って。

「あなた……何を……」

「あ？　『小中華思想』って、聞いたことねえか？　オリジナルはもちろん中国の『中華思想』で、中国こそが世界の中心、文化も思想も価値観も道徳も全部が全部、中国が世界最高って思い込んでる糞自己満足思想のこったよ。そんな中国にあやかりたくて仕方がない韓国人は、自分たちは中国の一部なんだ、だから中国の次に韓国は凄いんだ、っていう……もはや『思想』というよりは『妄想』だな。それが『小中華思想』だよ。そんな中国様々にデータをよこせって言われたら、ホイホイ渡すのが韓国人なんだって……まあ、正確に言ったら、『小中華思想』は朝鮮民族のマインドだけどな」

だからって。

「それを、私に……どうしろって言うの」

「まだ分かんない？　LeIN なんか使ってると、いつ誰とどんな会話をして、メッセージをやり取りして、何時何分にどこにいて、何を買っていくら支払ったかまで、ありとあらゆる個人情報が韓国に、ひいては中国に抜かれ放題になるんだよ。やめてください、駄目ですって言ったって、勝手にやるんだ、ああいう連中は。そういう連中の手先に成り下がって、あんたは恥ずかしげもなくケツ振り回しながら、LeIN の宣伝をし続けてきたわけだよ、ここ何年も……そこでだ」

藤吉澪が、パンッと手を叩く。

後ろの三人が、クスクスと笑い始める。

「ようやく、今夜あんたがどうなるか、って話になるわけ……あんただって、もちろん LeIN ユーザーなんだから、LeIN 使ってたら、位置情報抜かれました、いつ、どこにいるかなんてモロバレでした、お陰でジムに入ったところを襲われました、お股のお肉がめくれ返るまで輪姦《まわ》されました、最後は子宮を穿《ほじく》り出されました、その動画が LeIN で公開されちゃいました……ってなったら、楽しくない？」

うそ。

「い、イヤ……」

「そうだよね。嫌だよね」

「お願い、やめて」

「いい顔するねえ。いいよ、とっても情けなくて、素敵よ……あれ、カメラもう回ってる？」

「やめて、お願い、赦《ゆる》して」

藤吉にすがり付こうと、手を伸ばしたら、摑《つか》まれた。

そのまま、小指を――。

「イギィィヤヤヤーッ」

「やめて、やめろ、ってね……同じこと、けっこうみんな言ってたんだよ。LeIN はやめろ、あんなスパイアプリは使うなって。でもあんたは国を売る側に回った。もちろん、悪いのはあんただけじゃない。この国じゃ官公庁までアカウントを取得して、公的な手続きに LeIN を導入してんだから。そこまでいくと、『売国』っていうよりは『国賊』だよね、まさに……いずれ、そういう連中のケツの穴には、園芸用の掘削ドリルでもお見舞いしてやろうとは思ってるけど、まあ、順番だよ。効果の大きそうなところからやるってのが、こういうことの鉄則だから。恨むんなら、そんな仕事を取ってきた、事務所のマネージャーを恨みな」

や、嫌だ、ヤダ、やめて。

××

控室に入ってきたのは、長年「サタデーナイト討論」を一緒にやってきたプロデューサー、中《なか》島聡《じまさとし》だった。

「柿本《かきもと》さん、ども、おはようございます」

そうは言っても、もう夜の十一時だ。

「おう、お疲れ」

中島は薄いグレーのジャケットにデニム、というういつものスタイル。ただ、ここ二、三年でポロシャツの腹がだいぶ前に迫《せ》り出してきた。もう立派な「太鼓腹《たいこばら》」と言っていい。

「中ちゃん。そろそろジム行くとか、走るとかしてさ、その腹、少し引っ込めた方がいいぜ」

「ねえ、ほんとっすよ。服は全部、ワンシーズンで使い捨てっすから。働けど、働けどですわ」

「いや、服の問題じゃなくて。あんたの健康の問題だから」

「ねえ、ほんとっすよ……じゃ、打ち合わせ始めますか」

まあ、こういうノリの男だ。中島というのは。

「ええと……メールでもお知らせしましたけど、今回はこういうメンツになってます」

そう言って、A4のペラ一枚をこっちに向ける。

今夜の参加メンバーは、与党民自党、連立を組む公民党、野党側は新民《しんみん》党、労産《ろうさん》党、日新《にっしん》の会、最近勢いを増してきた国進《こくしん》党、計六党の政調会長及び、そのカウンターパートだ。

中島が続ける。

「今回も、テーマの主軸は安全保障ってことになりますけど、基本的には『民自党のソウスイ法案はヌルい』って方向で、国進党が切り込んできますんで、それに日新の会も便乗してきますんで、その勢いに民自党、公民党はタジタジ、新民党、労産党は蚊帳《かや》の外でポカーン、みたいな図式でお願いいします」

どういうことだ、いきなり。

「おいおい、なんだよそれ。この番組のハンドリングは、ずっと俺に任せてきてくれたじゃないか。ましてや『ソウスイ法』なんて、俺は推せないぜ」

中島が頭を掻《か》く。

「いやぁ……ここんとこ柿本さん、かなりリベラルに振れてるじゃないですか。ああいうの、正直ウケが悪いんすよね」

馬鹿か、こいつ。

「あのな、リベラルとか保守とか、左とか右とか、そういうことじゃないんだよ。全ては是々非々。民自党だろうが国進党だろうが、良いところは良い、悪いところは悪い、それが俺の、知事時代からの政治信条だから。俺がリベラルに振れてる？　なに分かったようなこと言ってんだよ。全然違うよ」

中島が、妙な上目遣いでこっちを見る。

「……そう仰るだろうことは、こちらも承知しております。でも柿本さん、正直、今年に入ってから全然バランス取れてないですよ。実際、民自党の三上《みかみ》幹事長のことベタ褒めして、めっちゃネットで炎上してたじゃないですか。三上幹事長がズブズブの親中なのは、今どき、そこらのホームレスだって知ってますから。ああいうの、ほんとクサくて駄目なんですよ」

クサいって。

「お前、誰に向かって口利いてんだよ。たかがテレビ屋の分際で」

「それ言ったら、柿本さんだって県知事止まりじゃないっすか。国政なんて、経験ないどころか、出馬したこともないじゃないですか。それでよく『俺の政治経験からすると』みたいに言えますよね。あれ、すんげーカッコ悪いっすよ。だって視聴者からしたら、柿本さんは所詮、県知事止まりの外交安保素人ですもん。どう見たって」

もう赦せん。

「おい、いい気になんなよ。オメエみてえなよ、マスゴミの下っ端が分かったようなこと言ってんじゃねえよ。政治にはな、表もあれば裏もあるんだよ。表でやったら脅しでも、裏では立派な交渉手段ってことがいくらでもあるの。それが政治、本物の政治。考え得るあらゆる手段を使って、ズル賢くやってかなきゃ駄目。そういうね、本物の政治っていうのを、お前らは全ッ然分かってない」

中島が、気味の悪い半笑いを浮かべる。

「……その論法も、かなり古いっすね」

「なんだと、コラ」

「どうせ最後には、周辺国に配慮しましょう、外交交渉で政治的妥結を目指しましょうって、黴《かび》の生えたリベラル左派みたいなこと言い出すんでしょう」

「待てよ。俺がいつ、周辺国に配慮しろとか、政治的妥結を目指せなんて言った。いつ、いつどこで言ったんだよ」

中島は笑いを引っ込めない。

「ああ、はいはい。じゃああとで各局から映像取り寄せて、バイト十人くらい使って、ネットの書き込みも虱潰しに当たったって、必ず見つけ出しますよ……それはそれとして、一般的に、左派とかリベラルの無知な平和主義者に対して、『脳内お花畑』って、言うじゃないですか。あれがそもそも、古いんすよね。あんな連中の脳内に、もう花なんて咲いてませんよ。はっきり言って、枯れてます、全部。ぜーんぶ枯れて、ただの枯草だらけの、空き地になってますよ、奴らの頭ん中は。だから最近は『野良犬《のらいぬ》の便所』って言われてますよね。『脳内、野良犬の便所』……たまに野良犬がションベンしたり、クソしに来る以外、これといって使い道がない空き地、って意味ですよ。柿本さんも、その類ってことでいいっすか」

握った両拳に、思わず力が入る。

それを、中島が指差す。

「なんすか、手ぇ、震えてますけど」

「テメエ……」

「とはいえ、柿本さんはまだ多少数字をお持ちなんで。私どももお払い箱は惜しいな、とは思ってるんです。ですから、今後はこちらの台本通り、抜本的に政治信条を転換して、今日から『ソウスイ法推進派』を支持するか、それともコメンテーターとしてはここで終わりにするか、どっちかに決めてください。ただ方針転換するんであれば、今までの言説と矛盾する点に関しては、責任持って、ご自分で言い訳を考えてくださいね。お得意でしょう？　言い訳」

この野郎。

2

元長官の吉崎から携帯電話番号を聞いたのだろう。

翌日の夜になって、内閣情報調査室の磯谷勝から連絡があった。

ただ出向中とはいえ、磯谷もその正体は警察官僚。捜査会議中であろう時間帯に電話をしても、東が出ないことは分かっている。

よって連絡は、電話番号宛てのメッセージだった。

【突然のご連絡で失礼いたします。内閣情報調査室の磯谷勝です。折り入ってお話ししたいことがあり、お時間を頂戴したく存じます。東さんのご都合のよろしい日時、場所にお伺いいたしますので、何卒ご検討くださいませ。】

これを読んだのは、会議が終わって廊下に出た、二十一時三十七分。

すぐに返信をした。

【ご連絡ありがとうございます。警視庁の東です。次の休みはまだ分かりませんが、夜の会議終了後でよろしければ、こちらはいつでも大丈夫です。】

これに対する返信は一分後。

【今夜でも大丈夫でしょうか。】

そんなに切羽詰まっているのか、とも思ったが、そんなことは書かない。

【大丈夫です。】

【では二十分以内に伺いますので、お願いいたします。着きましたらまたご連絡いたします。】

【了解いたしました。】

十分ほどすると、またメッセージが届いた。

【渋谷署裏手のコインパーキングに車を停めています。メタリックグレーのトヨタ・プリウスです。】

次のメッセージには、車両ナンバーが分かるよう撮られた写真が添付されていた。とても防衛省や内調の公用車とは思えないが、ひょっとしたらカムフラージュのために、こういった庶民的な車両が貸与されることもあるのかもしれない。

東が講堂のいつもの席に戻ると、相方の山本は、署が用意した仕出し弁当をツマミに缶チューハイを飲み始めていた。

ごま塩か何かの封を切りながら、薄笑いを浮かべている。

「東さんが、会議終了と同時に熱心にケータイをチェックするなんて、珍しいじゃないですか。

あれですか、娘さんからですか」

移動中にしつこく訊かれたので、ある程度の家庭事情は明かしてある。

「二十一になる娘が、離婚して何年も会ってない父親に、メールなんてしてきませんよ」

「そんなことはないでしょう。カレシができたとか、いきなり結婚しますとか」

「カレシはともかく、結婚なんて……まだ学生ですよ」

「いやいや、ないとは言いきれないでしょう」

こんなのの相手をしている暇はない。

「山本主任、すみません。今日はお先に失礼します」

まだ山本は何か言っていたが、どうせ冷やかしだ。東は聞こえない振りでその場を離れた。

署を出て、一本入ったところの左手。指定されたコインパーキングまで行ってみると、確かに一台、添付写真通りのプリウスが駐まっている。

東は車体正面まで来て、運転席に人がいるのを確認してから一礼した。その人物が磯谷か否かは分からない。だが磯谷だとしたら、年下とはいえ階級は警視長。無礼が許される相手ではない。

助手席側のドア前に立ち、今一度中を覗く。彼が運転手なら「後ろへどうぞ」と示すだろう。磯谷本人なら、助手席を勧めるだろう。

結果は後者だった。

彼は助手席のドアを開けようと手を伸ばしたが、それには及ばない。東は掌《てのひら》を向けて断わり、自らドアハンドルに手を掛けた。

引き開けると同時に、微かにアルコール臭がした。

酒ではない。消毒用の方だ。

彼が頭を下げる。

「急にお呼びたていたしまして、申し訳ありません」

東も礼を返したが、それと助手席に乗り込む動作とが繋《つな》がってしまうのは致し方あるまい。

「初めまして。東です」

「磯谷です。お疲れさまです」

比較的細身の、ヤギのような顔をした男だった。それが「温厚、誠実」な性質の表われなのか、何を考えているのか読み取りづらい顔なのかは、現段階では判然としない。

身分証の提示と、名刺交換。その内容、表記、彼自身の挙動にも臭うところは特にない。消毒用アルコール臭を除けば。

頷くようにして、磯谷が切り出してくる。

「吉崎長官に、無理は承知の上でお願いいたしまして、東係長をご紹介いただきました。ご迷惑とは存じますが、何卒よろしくお願いいたします」

警察官僚といえども人間。いろいろなタイプがいる。典型的な役人タイプもいれば、やたらと現場実務に興味を持つ、ノンキャリに近い性格の者もいる。

この磯谷は、防衛省から内調に転出するくらいだから、当然後者と思われる。

東も会釈を返した。

「はい。お話は、長官からお聞きしております。ただ……ご存じかとは思いますが、特捜は現状、まだマル害の身元も割り出せておりません。情報提供と仰られましても、それに値するようなことは、何も得られていないというのが正直なところです。お恥ずかしい限りですが」

磯谷が、眉をひそめつつ頷く。

「担当係長というお立場で参加している特捜の内情を、元警察庁とはいえ、外部の人間に漏らすことに抵抗を覚えるのは、理解できます。当然のことです」

そこは、分かっているのか。

「まあ、それもなくはないですが、情報が碌にないというのは紛れもない事実です。マル害が発見現場までどうやって移動してきたのか、それすらもいまだ、突き止められていません」

磯谷の、眉間の皺がさらに深まる。

「ちなみに、死因は」

「失血死です」

「刃物か何かで刺されて、ということですか」

素人オペで子宮を抜き取られて、という点は伏せておく。

「はい」

使用されたのは一般的な調理器具と見られている。それが医師による正式なオペではない以上、刃物で刺された、と言い換えたところで齟齬《そご》はない。

磯谷の質問は続く。

「防カメの線は」

「発見現場の公園に仕掛けてあった、肝心の一台が故障しており、また近隣のものはまるでアングルが合っておらず、使いものになる映像は皆無でした」

「遺留品は」

「所持品は完全にゼロです。着衣も大量生産されている品ばかりで、手繰《たぐ》れる気配すらありません。むろん、指紋、ＤＮＡもヒットなしです」

「では、生前の写真も」

「ありません。我々が捜査で使用しているのは、死体から起こした、ＣＧの顔写真だけです」

「拝見できますか」

「もちろん」

そうなるだろうと思って、一応持ってきた。

内ポケットから出し、磯谷に向ける。

これで、たまたま磯谷が知っている人物であったりすれば、今夜ここに来た甲斐もあるというものだが、そんなに旨い話があるわけがない。

「……なかなかの、美形ですね」

「はい。ですので、芸能関係、夜の接客業、ネット情報、思いつく可能性は全て調べるようにはしておりますが、まだ皆目、解決の糸口の、繊維片すら見つからない状態です」

冗談を言えば、それなりの反応は示すらしい。

磯谷は上唇を持ち上げ、口を苦笑いの形にしてみせた。

「……ということは、この美貌をお金にしたいとは考えないタイプの女性、なのかもしれないですね」

それには東も、頷かざるを得ない。

「美人だから芸能関係だろう、ホステスだろうと考える方が古いのかもしれませんが、しかし男性でも、筋肉の付き方と日焼けの跡から、何かスポーツをやっていたのではないか、屋外現場の作業員だったのではないか、と考えるのはごく普通のことです」

磯谷が長めに息を吐く。

「……ネットの動画サイトなんかも、調べていらっしゃるんでしょう」

「もちろんです。そっちも全く、糸屑一本引っ掛かってきません」

真向かいに駐めてあった、白いジープ・コンパスに人が戻ってきた。背の高い男女二人組。先に男が運転席に座り、女は奥の精算機で支払いをしてから、助手席に乗り込んだ。見た感じは二十代。デートだろうか。男性の足取りはしっかりしていたので、飲酒運転には当たらない、と思いたい。

磯谷も、駐車枠から出ていくジープを目で追っている。

「公開捜査に切り替える予定は」

「具体的には、まだ」

これには東も疑問を持っている。なぜ特捜の幹部は早い段階で公開捜査に踏み切り、広く一般に情報を求めることをしなかったのだろう。

東なりの推測を述べれば、こうなる。

おそらく幹部は、マル害の身元くらいすぐに割れると高を括っていた。身元が割れてから、公開捜査に切り替えても遅くはないと。だが予想に反し、身元は割れないままズルズルと二ヶ月を浪費してしまった。

また麻酔なしで子宮を摘出するという、犯行の異常性も一方にはあったと思う。その背景にどんな事情があるのかも分からない、それ自体が、マル害のプライバシーに深く関わっている可能性は否定できない。捜査が進まないからといって安易に公開していいものではない。そういう忖《そん》度《たく》があったとしてもおかしくはない。

磯谷は、ずっとマル害のCG顔写真を見ている。

「……この写真だけなら、公開してもよさそうですけどね」

「私も、そう思います」

「もし、もしですよ」

磯谷が、手にしていた写真を東に向け直す。

「この女性が、日本人ではないとしたら」

その可能性は、特捜内でも指摘されていた。

「はい。事件発生から、二週間くらいした頃でしょうか。出入国在留管理庁にも協力を要請し、捜査員を派遣して洗い出しを行っていますが、そちらも、これという情報には行き当たっておりません」

もういいだろう。

そろそろ、東から質問をさせてもらう。

「磯谷さん。何か事情がおありなのであろうことは、察しております。本件は、表向きは傷害致死事件、しかし本部での扱いは殺人事件。だとしても、殺人事件は……『所詮』などと言ってもいい事柄では決してありませんが、それでも、殺人事件はやはり殺人事件です。国家警察が、あるいは防衛省が、内閣情報調査室が注視すべき案件とは、私には到底思えません……この事件の裏に、何かあるのですか」

磯谷の表情に変化はない。空車になった、正面の駐車枠に視線を据え、大きくも小さくもない、早くも遅くもない呼吸をしているだけだ。

重ねて訊く。

「この女性は日本人ではない、という確証が、磯谷さんには、おありなんですね」

この問いにも、磯谷は反応を見せなかった。

どっちだ。

磯谷には何か魂胆があり、東に「マル害外国人説」を唱えさせたいのか。それとも、ごく単純にこの女性が何者かを知りたいだけなのか。だとしたら、その理由はなんだ。

内調がその正体を知りたがるとしたら、それは一体、どんな素性の女だ。

磯谷が短く溜め息をつく。

「……申し訳ありませんが、現段階で、こちらからお話しできることはありません。ただ、これだけは信じていただきたい……少なくとも私は、日本の国益に資する方向でしか、仕事はしません。情報のやり取りもしません。そのために、念には念を入れて、吉崎長官にお願いして、東さんをご紹介いただきました。お疲れのところご足労いただき、誠に恐縮ですが、私としましては、充分に成果があったと思っております。直接お会いできたことも、大きな収穫であったと感じております」

今の答えで一つ、見えた気がした。

なぜ磯谷が東に接触を図ったのか。

磯谷は「広尾中央公園内女性傷害致死事件」特別捜査本部内に、裏切り者がいる可能性を疑っているのだ。

それへのカウンターとして東を自陣に引き込み、情報提供者に仕立てようという肚なのだ。

東がことさらに、公開捜査への切り替えを主張したわけではない。

何か新しい手を打たなければ本件の捜査に進展はない。そういう空気が、特捜全体に充満していた。幹部もそれを感じ取ったのか、あるいはそういう空気に抗えなくなったのか。

どちらにせよ、幹部は決断した。

ついに「広尾中央公園内女性傷害致死事件」に関しての記者会見を開くことが決まった。

場所は渋谷署内の大会議室。

上座には渋谷署副署長、同刑事課長、警視庁捜査一課管理官の三名が並んだ。

「先々月、三月の八日に発生いたしました、『広尾中央公園内女性傷害致死事件』について、追加の発表がございます」

だが、新たに公表されたのは被害女性のCG顔写真と着衣の現物写真のみ。事件内容については従来通り、広尾中央公園内の公衆トイレで女性の遺体が発見されたというだけで、その詳細はまたもや伏せられた。

東はその場にいなかったので、正確なところは分からない。ただ、あとでデスク担当の捜査一課員から聞いた話では、産京新聞の記者が、やたらとしつこく死因について訊いていたらしい。新聞記者がその気になれば、第一発見者を割り出すことはさして難しくないし、話の持っていき方次第では、発見時の様子について口を割らせることも可能だろう。警察がどんなに口止めをしても、一般市民は自分の見たこと聞いたことに関して、最終的にはマスコミに喋ってしまうものだ。

しかし、翌日の産京新聞の記事にそのような記述はなかった。公開されたCG顔写真の扱いも小さく、これでは知り合いが見たとしてもピンとはこないかもしれない、というレベルのサイズだった。

ところが、だ。

会見翌々日の夕方になって、渋谷署の特捜宛てに一本の電話がかかってきた。ネットで公開されている被害者の顔に見覚えがある、という内容だった。

デスク担当は、詳しく話を聞きたい、都合がつくならば渋谷署に来てもらいたいが、難しければこちらから伺う、と言い、電話の相手から名前と年齢、住所、携帯電話以外の電話番号など、必要な事項を聞き出した。

その日の十九時。

山本と東が特捜に戻ると、まさにその情報提供者がＣＧ顔写真の人物について話しているところだった。

顔見知りのデスク担当が、全部説明してくれた。

「宅配ピザのバイトをしてて、それで三回くらい、そこに配達に行ってたんで、顔を覚えてたらしいです」

情報提供者と思《おぼ》しき青年は、三十台近く並んだ会議テーブルの最後列に座らされている。痩せ型で、髪をミルクティーくらいの明るい色に染めている。

対面で話を聴いているのは、捜査一課の殺人班四係長だ。

山本がデスク担当に訊く。

「配達って、どこに」

「わりと高級そうなマンション、だそうです」

「住所は」

「永福《えいふく》です」

杉並区か。発見現場からは、まあまあ距離がある。車でも電車でも、少なくとも三十分はかかるだろう。

聴取をしていた四係長が、情報提供者の青年に「少しお待ちください」と断わって席を離れる。

四係長は、歩きながら辺りを見回した。戻ってきている捜査員の顔触れを確かめているのだろう。

その上で、山本のところまで来る。

「おい……事情は、なんとなく聞いたか」

山本が頷く。東も、同意を示しておく。

「これが、その住所。お前んとこと……あと坂東《ばんどう》の組で、この部屋の様子、住人の情報、当たってみてくれ」

「了解です」

早速、山本組と坂東組の四人で現地に向かった。

東京都杉並区永福三丁目※※-▲。

タクシーだとちょうど三十分。十九時四十五分には到着した。

外装に濃いグレーのタイルを使用した、七階建てのマンション。外階段周りにだけ、明るい暖色系のタイルを使用しており、その点は少し「お洒落《しゃれ》」に感じる。情報提供者が「わりと高級そう」と表現したのは、こういう点だったのではないか。

ここ「ドエル永福」の、七〇三号室。

目的の部屋が「七〇三」である以上、七階には少なくとも三世帯は入居可能なはずだが、今現在、最上階のどの窓にも明かりはない。

「行きますか」

「はい」

山本を先頭にエントランスに向かう。昨今は、オートロック任せで管理人を置かないマンションも増えているが、ここは違った。

入って左手は集合郵便受。それぞれに部屋番号は掲示されているものの、住人の名字は一つも記されていない。見たところ【７０３】と書かれた箱に、郵便物や新聞は溜まっていない。

その向かい、右側にはスチールドアと小窓があり、薄い黄色のカーテンが引かれてはいるものの、中には明かりがあるのが分かる。

捜査一課の坂東巡査部長が、小窓の下に設置されている呼び出しボタンを押す。

すぐにカーテンが揺れ、中から初老の男性が顔を出した。

ガラス越しに見ただけで、こちらが警察関係者であることは察しているようだった。

「……はい、いかが……いたしましたで、しょうか」

坂東が代表して警察手帳を提示する。

「夜分に失礼いたします。あの、こちらの住人の方について、いくつかお尋ねしたいことがあるのですが、今、よろしいでしょうか」

晩酌でもしていたのか、管理人男性の顔はやや赤く、口もずっともごもごしっぱなしだ。

「ええ、はい……なんなりと」

「恐れ入ります。ではこちらの、七〇三号室になるのですが」

それだけで、管理人は酔いが醒めたような顔をした。

頬から赤みが引いたようにすら見えた。

「はい、七〇三が……どのような」

「お住まいになっているのは、どんな方ですか」

「ええと、実際に住んでいたのは……若い、女性です」

これだけでもう、ひと筋縄ではいかない住人だったのであろうことが察せられる。

坂東が続けて訊く。

「実際に、というのは、どういうことでしょう」

「まあ、その……お住まいになっていた女性と、借り主は違う方だった、ということに、なります。はい」

気になる過去形についても、坂東が訊いてくれた。

「その、お住まいに『なっていた』というのは、どういうことでしょう。今現在は、お住まいではないということですか」

「いや、あの……お家賃の滞納とか、そういうことはないようなのですが、どうも、ここひと月、いや、ひと月半か、もっとになりますかね……その、お住まいの方のお姿を、お見かけしないなと、思っておりましたもので」

もう決まりだな、という思いと、早合点するな、という思いとが相半ばする。

山本が内ポケットに手を入れる。

「ご主人、ちょっと……この写真を、見ていただけますかね」

管理人には、それがCGか手描きの似顔絵かなど、まるで関係がないようだった。

「これは……ええ、まさに、こんな感じの女性でしたが」

「お名前は、分かりますか」

「いえ、ほとんどお話ししたことも、ありませんので、分かりかねますが、ただ……挨拶《あいさつ》だけは、してくださいましたので。おはようございますとか、こんばんは、とか」

もう、管理人が何を言おうとしているのか、東には察しはついていた。

山本が駄目押しのように促す。

「そのとき、どんな様子でしたか、女性は」

「ええ、ちょっと……訛《なま》っているというか、日本語の発音が、日本人とは違うように、聞こえました。それで、見た目は日本人と変わらないけども、外国の方なんだなと、思ってましたところ、案の定でした……お友達を連れていらっしゃったことが、何度かありまして。その方たちとは、中国語で喋っておられました。最近はほら、韓国語は、ドラマなんかで耳に馴染んでますから、そこは間違いないと思います。あれは、中国語でした」

磯谷の指摘通り、か。

3

俺が紹介した仕事なのだから、言われなくても結果くらい知らせてこい、などと言うつもりは、陣内もない。

そもそもジロウとは、日頃から連絡をとり合うような仲ではなかった。用がなければ半月、いや、ひと月顔を見なくても全く気にならない。そんな間柄だ。

だがしかし、今回はどうも気になる。

土屋昭子に頼まれた一件は、今日、月曜夕方の予定だったはず。そろそろ夜も八時になろうとしている。何もなければ、そのまま撤収。何かあったとしても、二時間もあれば危険のないところまで土屋たちを送り届けることはできるはず。

実際は、どうなっているのだろう。

そんなふうに陣内が気を揉むのは、今日という日が月曜だからに他ならない。月曜は、歌舞伎町が最も暇な曜日。その他多くの店がそうするように、よほどのことがなければ「エポ」も月曜を休みにしている。

自分でも意外なのだが、陣内は「エポ」の仕事が好きだった。

セブンの元メンバーでもある石渡《いしわたり》から店を引き継ぎ、自分なりに試行錯誤しながら続けてきた。客に「オーナーですか」と訊かれたら「雇われ店長ですよ」と答えるようにはしているが、実際は、家賃と給料で差し引きゼロ。よって「タダで好きに使わせてもらっている」と言った方が正しい。

むろん暇な日はある。だが「申し訳ありません」と、満席で入店を断わる日もたまにはある。その程度には繁盛している。思いついた料理を試して、それをツマミに酒を振る舞い、自身も適当に飲み食いして、午前の二時か三時には店を閉める。そんな暮らしを、陣内は思いのほか楽しんでいる。

だから逆に、月曜は困る。

見たい映画があれば見にいく。手間暇のかかる料理を思いつけば、腰を据えてそれに取り組む。だがそのどちらもないとなると、もう何も思いつかない。車は持っていないし、電車も疲れるのであまり乗りたくない。買い物は普通の日の昼間にできるので、わざわざ出かける理由にはならない。結局、部屋でゴロゴロするのに飽きたら、散歩がてら、街を徘徊《はいかい》することになる。

そうこうしているうちに、ジロウと出くわす、なんてこともあるかもしれない。

しかしその夜、残念ながら、陣内が偶然誰かと出くわすということは、なかった。

翌日になってもジロウからの連絡はなかった。

携帯電話番号は知っているのだから、自分からかけてみれば済む話ではある。だが、なんと言ったらいいのかが分からない。「昨日はどうだった」みたいに訊くのか。それではまるで、陣内が昨日の一件をずっと気にしていたみたいではないか。まさにその通りではあるのだが、そう思われるのは嫌だった。なぜ連絡してこなかったのだと、言外に匂わせるようなこともしたくない。だから、結局いつも通りの火曜日を過ごしている。

昼頃に起き出して、ひとっ風呂浴びたら、身支度を整えて街に出る。今日はあれこれ考えるのが面倒だから、以前作って好評だったメニューでいこうと思う。

ウェッジカットのフライドポテトと、厚切りベーコン、ソーセージを、濃いめの特製ソースで和《あ》えながら炒める。仕上げに、コンソメを加えたマヨネーズをかけたら出来上がりだ。ビールやハイボールに合うのはもちろんだが、ソースにトマトを利かせてあるので、赤ワインとの相性も抜群にいい。

材料を買い揃えたら、いったんアパートに帰る。

店で、温めたらすぐ出せるよう下拵えをし、ソースも多めに作っておく。支度が整ったら、六時くらいにアパートを出る。

寄り道をしたり、知り合いと顔を合わせたら立ち話をしたりもするので、店に着くのは大体六時半過ぎになる。

店に入ったら、持ってきた料理を冷蔵庫に入れ、最近、階段下に設置した「epo」のネオンサインのスイッチを入れて、準備完了。あえて開店準備というほどのことは何もない。店内の清掃は閉店時にしてあるので、一日休みが挟まっても埃っぽくなったりはしていない。

そして、夜七時を少し回った頃だ。

「こーんばーんは。今夜のメニューは、なーにかっしら？」

今日も、最初の客はソープ嬢のアッコだった。

「いらっしゃい。今日はね……あれだよ。アッコの好きなやつ」

「ジンさんの料理は、大体なんでも好きだけど」

アッコが「ホッ」と気合いを入れてスツールに上る。

「あのほら……ポテトと、ベーコンとソーセージの」

「あー、あれね、味濃いめのやつ。好き好き……好きだけど、あれ、なんて名前なの？」

外国人のように、軽く両手を広げてみせる。

「分からん。昔、渋谷で店やってた人から教えてもらったレシピなんだけど、その人も、なんだっけな……『ビーエス』なんとかって、言ってた気がするんだけど、よく覚えてない」

「じゃあいいじゃん、『ビーエス』で」

「それじゃ絶対、なんの略？　って訊かれるよ」

「衛星放送」

「ややこしいわ」

そして、これもいつも通り。

腹拵えを済ませたら、アッコは仕事に向かう。

「ご馳走さま。またねェ」

「はい、行ってらっしゃい」

その後はしばらく暇で、九時半くらいに常連のホストが、田舎《いなか》から出てきたという妹を連れてきた。

「こいつ、東京でキャバやりたいって」

「へえ、そうなんだ。頑張ってね」

「なに言ってんすか、ジンさん。無理に決まっててんじゃないっすか」

「ちょっと、なんでよォ」

十時過ぎには、メダカの飼育が趣味だという新宿区役所施設課の係長が来店。

「屋内飼育からさ、屋外飼育に移行するところが、難しいのよ。そこ、そこを越えられるかどうかが、初心者と中級者の分かれ目なんですよ、ジンさん」

ここまでは、よくある火曜夜の風景だった。ホストは妹のことで頭がいっぱい。メダカどころではないらしく、施設課係長の話には全く絡んでこなかった。むしろ妹の方が、ときおり「へえ」と相槌を打ったりしていた。

そろそろ十一時になろうか、という頃だ。

階段下で足音がしたので、陣内は人数を数えるために耳を澄ませた。二人ならカウンターでもいいし、常連ならロフトに上がってもらってもいい。三人だと、このままでは座れないので、係長にズレてもらうか、狭いですが、と断わった上でロフトに上げることになる。

だが、困った。

一人目、二人目に続いて、三人目、四人目と足音は増えていく。しかもそれで終わりではない。外から見れば、そんな大人数は入れないことくらい察しがつきそうなものだが、まだ足音は途切れない。あまりに多過ぎ、陣内も途中で何人だか数えられなくなった。

ホストも妹も係長も、さすがにこの異変には気づいているようだった。三人とも、変に緊張した顔をしている。

入り口の引き戸が開く。

「こんばんは」

さも慣れたふうな挨拶だったが、覗いたのは初めて見る顔だった。

黒いショートボブの、わりと背の高い女性だ。着ているのは、極彩色のジャングル柄のワンピース。その後ろには、白いスーツにサングラスの男性。明らかに、目の前にいるホスト兄よりもホストらしい。

あと何人いるのだろう。

「いらっしゃいませ……何名様、ですか」

先頭の女性は酔っているのか、蕩《とろ》けたような笑みを浮かべる。

「いいのいいの」

「いえ、その……お席がご用意できるかどうか、ちょっと分かりませんもので」

「いいのいいの」

女性は構わず入ってくる。それに白スーツの男性、ブルーグレーのロングニットを羽織《はお》った女性、さらに黒スーツの男性と、続々入店してくる。

「あの、お客様」

「いいのいいの」

先頭の女は陣内の斜め左、係長の隣に座った。さらにスーツの二人も奥の空いた席に着く。ロングニットの女は立ったまま。続いて白いプリントTシャツの男、コーヒー色のパンツスーツの女、ネイビーのスーツの男と、なんと七人も入ってきた。あとから入ってきた女二人は、両方とも金髪だ。気配からすると、まだ外に一人か二人はいそうだが、最後の男が戸を閉めたので見えたわけではない。

「お客様、あの」

答えるのは、あくまでもジャングル柄ワンピースの女だ。

「いいの。この人たちは、空くまで立たせておくから。どうぞ、皆様はお気になさらず、ごゆっくりお楽しみになってください」

こんな状況は初めてだった。

ほぼ常連と言っていい三人を、一見《いちげん》の客七人が取り囲んでいる。しかも、その七人の様子が尋常ではない。

なんというか、この七人の挙動は、妙に芝居がかって見える。

全員が長身で、しかも「超」が付くほどの美形揃い。よく見ると、男たちも化粧をしている。プリントTシャツの男に至っては、かなり太めにアイラインを入れている。

そう、舞台だ。劇が終わったあとの、カーテンコールだ。

非日常的な衣装と化粧の男女が、こちらを向いて一列に並んでいる。それまでは「虚構の世界」にいた出演者たちが、急に観客の方を向いて「現実の世界」を圧迫し始める。あれと似た緊張と、異様さを感じる。

そんな異世界の住人たちに取り囲まれて、そこらの素人が気分よく酒など飲めるわけがない。

まず声を発したのは、ホスト兄だった。

「俺、そろそろ……お前も、ほら」

ぎこちなく頷いた妹が、それに従う。

そんなこと仰らずに、もっとごゆっくり、などとは、陣内も言えない。

「申し訳ありません、ありがとうございます」

そうなれば係長も、ということになる。

「こっちも、お勘定して」

「はい、かしこまりました。ありがとうございます」

誰かが席を立てば、後ろにいる彼らも場所は空ける。スムーズに帰れるよう通路を融通する。

そういった点でのトラブルはなかった。七人の一見客はみな社交的で、最後までホスト兄や妹、係長を、笑顔で見送っていた。

戸の外でも同様だったのだろう。三人の足音は順調に階段を下りきって、ゴールデン街の喧騒に紛れていった。ただ、「すみません、すみません」という係長の声は聞こえたが、外にいるであろう「入りきれなかった連れ」たちが、それに応えることはなかった。そこは少し気になった。

いや、問題はこっちだ。

見渡す限り美男美女という、本来なら喜ぶべき状況なのであろうが、どうにも空気が重たい。三つ空いた席は、立っていた女二人と、ネイビーのスーツの男がすでに埋めていた。立っているのはプリントTシャツの男一人になった。

とりあえず陣内は七人全員、端から端まで、その顔を見渡した。

「……では、お決まりの方から、ご注文をお伺いいたします」

ワンピースの女が小首を傾げる。

「お薦めのカクテルは、なんですか」

何が可笑《おか》しかったのか、他の六人の口元が一斉に弛《ゆる》む。

やはり妙な連中だ。

「お薦め、というよりは、お客様のご希望をお伺いして、お作りすることが多いです。お好みのリキュールは、ございますか。ウォッカ、ジン、テキーラ、ラム……お好きな味、でもけっこうです。フルーツ系、ミント系、ソーダで割る、など、仰っていただければ」

年齢は全員二十代だろうか。プリントTシャツの彼が一番若そうだが、だとしても十代ということはなさそうだ。

ワンピースの女が、小さく手を挙げる。

「じゃあ私、赤ワインで」

また周りの六人が、一斉に笑みを作る。

若干失礼な連中だとは思うし、こういう団体客は今まで経験がないが、とはいえ対処不可能かというと、まだそこまでは困っていない。

「はい、赤ワインで。ご希望の銘柄などは」

「一番高いのがいいです」

「かしこまりました。ありがとうございます」

他の六人にも順番に訊いていく。

ギムレット、グラスビール、ウーロンハイ、イエーガー・オレンジ、ルシアン、バランタインのロック。

グラスビールの辺りで「俺も」「私も」と手が挙がることを期待したが、それはなかった。

「では、赤ワインから……本日は、こちらになります。オーパス・ワンの、二〇〇五年です」

スーツの男二人は「おお」と冷やかすような声をあげたが、ロングニットの女は「ええー」と首を傾げた。一番高いのでそれか、とでも言いたいのか。

全員のオーダーが揃うまで待つ、というルールは、このグループにはないらしい。

「いただきます」

ひと口、ワンピースの女がグラスに口を付ける。

すーっ、と三分の一くらいまで空け、グラスを真っ直ぐに戻す。

「……マスターはこのお店、長いんですか」

ワインの感想はなし、か。

「もうかれこれ、十年になりますが、どうですかね。十年というのは、長いんですかね……はい、お待たせいたしました」

白スーツの彼に、ウーロンハイを出す。

またワンピースの女が訊く。

「じゃあ、このお店を始めたのは、『歌舞伎町封鎖事件』よりもあと、ってことですね」

なんだ。いきなり「歌舞伎町封鎖事件」なんて。

そういう話をするのが好きな集まりなのか。

それとも単に、この女の個人的興味か。

「ええ。あの事件よりは、あとになります」

「封鎖のとき、マスターはどこにいたんですか」

嫌なことを訊く女だ。

「たまたま、歌舞伎町にはいませんでした」

「封鎖のとき、マスターはどこにいたんですか」

眉一つ動かさず、同じ質問を二度繰り返すとは。

明らかにおかしい。この女。

「……渋谷、でしたね」

「なんで封鎖事件の翌年に、ここでお店を始めたんですか」

間違いない。この女には何か魂胆がある。

陣内は次のビールを用意しながら、自動製氷機の横にある、二つ並んだスイッチの内の一つを押した。

以前、ここで警視庁の東と鉢合わせしたジロウに、入らない方がいいときは事前に知らせてくれ、と言われたことがあった。

確かに、この店にはセブンのメンバーが顔を合わせない方がいい人間も、たまにではあるが訪れる。そういうときに何か、メンバーに「入るな」と知らせる方法があったらいいというのは、陣内も思っていた。

それで最近設置したのが、下のネオンサインだ。

「epo」の三文字のうち「o」だけは独立してオンオフできるようになっている。もし「o」が消えていたら、それが「入るな」のメッセージだ。メンバーにはそう伝えてある。この前、東が来たときも「o」を消し、彼が帰るときにまた点けた。

これで、とりあえずセブンのメンバーが入ってくることはなくなった。

さて、なんの話だったか。

なぜ事件の翌年にここで店を始めたのか、という質問か。

「いや……たまたま、知人に勧められて始めただけなんですが。でも、事件の翌年といっても、この辺は全く、封鎖事件とは関係ありませんでしたから。住所は確かに『歌舞伎町』ですが、封鎖のエリアには入っていなかったので。火事になった店もなかったし、暴動とかの被害も、特にありませんでしたから」

ビールを、ネイビーのスーツの彼に出す。

「お待たせいたしました」

「じゃあ事件のことは、あまりご存じないわけだ」

それでも、喋るのはあくまでも「彼女」らしい。

陣内は頷いてみせた。

「ええ。あとから、あのときは大変だった、みたいに、お客様から伺うことがあるくらいで」

「じゃあ、『新世界秩序』については？」

話題の方向性としては、この上なくマズい。でも、落ち着け。その手の書籍でも、なんならネットでも、「歌舞伎町封鎖事件」と「新世界秩序」の関係については知ることができる。

焦ることはない。

「ああ……封鎖事件を首謀した、犯罪グループというか、テログループ、ですよね」

「というふうに、世間では言われている」

「ええ。世間で言われているくらいのことしか、私には……はい、こちら、バランタインのロックになります」

黒スーツの彼の前にロックグラスを置き、姿勢を戻す。

ぞっ、と肌が粟立った。

視界に入った四人が、全くの無表情で陣内を見ている。

残りの三人を確かめると、彼らも同じ顔をしている。

何が狙いだ、こいつら。

ワインをもうひと口含み、彼女がグラスを置く。

「じゃあ、マスターにとって『新世界秩序』は、テロを起こした悪者ってわけだ」

それが「一般的な認識」だろう。

「ええ、まあ……かなりの数の、死傷者が出ましたからね。良いか悪いかで言ったら、悪かった……ことに、なると思いますよ」

「アメリカって、日本に原爆を落とした悪魔みたいな国じゃないですか」

なんなんだ、今度は。

「はい。終戦直後は、おそらく……そういう認識、だったでしょうね」

「でも今は『日米同盟』なんつって、仲間なんだか子分なんだか分からないけど、ちゃっかり、核の傘に入れてもらったりしている」

それぞまさに「一般的な認識」だろう。

「そう、ですよね……そう考えると、歴史とか、時代というのは、不思議なものですね。私はあまり、詳しい方ではないんですが、そのアメリカも、元はと言えば戦争をして、イギリスから独立したわけでしょう。それを踏まえれば犬猿の仲になりそうなものですが、実際には、同じ西側陣営の国として、強固な同盟関係にある」

今の話のどこが気に入ったのか、あるいは馬鹿にしただけなのか、彼女は口元に笑みを浮かべた。

合わせたように、他の六人も口を笑いの形にする。

彼女が短く頷く。

「そういうことなんですよ、陣内さん」

やはり、ただの一見客ではなかったか。

「……私の名前を、ご存じでいらしたんですか」

「『歌舞伎町封鎖事件』を起こした『新世界秩序』が、あなたの思っている『新世界秩序』とは限らない……という可能性も、あるとは思いませんか」

何が言いたい。

何を吹き込みたい。この俺に。

「いや、どうでしょう。私のような素人には、皆目分かりません」

「なに言ってるんですか。陣内さんは、玄人《くろうと》中の玄人じゃないですか……いろいろな誤解が、あったと思うんです。互いに殺し合うような時代が、仮にあったとしても、お互いを深く理解すれば……理解し合えれば、共通の目的のために、手と手を取り合うこともできると思うんですよね。陣内さんが仰った例で言えば、イギリスとアメリカのように」

何と、何がだ。

「新世界秩序」と「歌舞伎町セブン」で、手を組もうというのか。

4

宅配ピザ配達員の証言から、身元不明のマル害は、東京都杉並区永福三丁目※※－▲、ドエル永福七〇三号に居住していた女性である可能性が浮上してきた。

東たちがドエル永福に行った、翌日。

特捜はまず、午前中から本部の現場鑑識係を同室に入れて鑑識作業、その後に捜査員を入れて家宅捜索を行った。東たちはドエル永福の住人への聞込みを担当し、不動産業者やマンションオーナーへの聴取にはその他の組が充《あ》てられた。

夜の捜査会議では、まず鑑識担当者から報告があった。

「当該物件、ドエル永福七〇三号は、2LDK。二十畳のLDKに八畳の洋室が二つ。室内に大きな乱れはなく、放置された生活廃棄物や冷蔵庫の中身に腐敗はありましたが、血痕や、争ったような跡はどこにもありませんでした。浴室に併設された洗面所、寝室として使用しているバルコニー側の八畳間など、複数個所から採取した指紋、これがマル害のものと一致。浴室と洗面所の排水口、寝室のベッド、もう一方の八畳間に置かれている、化粧台にあったヘアブラシ等、複数個所から皮膚片が採取できておりますので、これらをDNA鑑定に回し、マル害のそれとの照合を進めております」

家宅捜索を担当した捜査員も、本件の犯行と、同室とに直接の関係はないとの見解を示した。

なお、パソコンや屑籠に残っていた郵便物など、押収品の分析はこれからということだった。

次は、不動産業者を当たった捜査員からの報告だ。

「ドエル永福の、賃貸借契約代理人となっている、『カザマ不動産』の担当者、イゴケイスケ、四十七歳によりますと、同室の賃借人は、サクマハルトシ……『佐渡』の『サ』、『久しい』に『間』、天気の『晴れ』に『俊敏』の『ビン』で、佐久間晴敏《さくまはるとし》。北品川四丁目在住の、四十三歳、男性ということでした。イゴから佐久間の連絡先、勤務先が聞けましたので、直接勤務先……南麻布のゴルフ用品店、『モンド・トーキョー』を訪ね、事情を訊いたところ」

東もノートに「佐久間晴敏、43」と書き加える。

「佐久間は当初、表情も口調も、接客時と変わらない様子でしたが、永福のマンションの件で、と伝えると、途端に表情を曇らせました。佐久間は、自らがドエル永福七〇三号の賃借人であることは認めましたが、そこに住んでいるのは誰かと尋ねても、自身で住んでいるのかと訊いても明言を避け、逆に、こちらの聴取意図を明かすよう求めてきました。それを受け、マル害の顔写真を提示し、この女性についてお訊きしたいと伝えると、それについては聴取に応じるようになりました」

中国人と思しき被害女性は佐久間晴敏の愛人だった、という話かと思ったが、そうではなかった。

「佐久間は、この女性と面識はあるものの、名前も年齢も知らない、知人に頼まれてあの部屋の名義人になっただけ、ということでした。しかし、その知人とは誰なのかと訊くと、それは言いたがらない。そこで、賃借物件の又貸しは、物件の所有者や契約代理業者の許可がない限り、契約違反になる、と教えましたが、まだ口を割らない。なので、この女性の遺体が広尾で発見されました、他殺でした、これは殺人事件の捜査ですと……そこまで言うと、ようやく口を割りました」

報告している捜一のデカ長（巡査部長刑事）は得意満面だ。

「佐久間に、当該物件の名義人になるよう求めたのは、ハツシマクニユキ……『株式会社パナテック』の会長にして、全日本経済団体連盟の代表理事事務総長を務める、あの初島邦之《はつしまくにゆき》です」

「パナテック」といったら、今や日本を代表する老舗《しにせ》家電メーカーだが、かつてその社名は「初島電産」だった。その時代を知る東などは、現会長の姓が「初島」であることに、ある種の感慨すら覚える。

「初島は『モンド・トーキョー』の大口顧客で、佐久間も無下には断われなかった、ということでした」

経団連の事務総長でもある初島邦之が、中国人女性を杉並区永福のマンションに囲っていた、というわけか。

想定外の大物の登場により、特捜も以後の捜査には慎重にならざるを得なくなった。あの初島邦之が、直接的か間接的かは別にして、万が一にも愛人の中国人女性殺害に関与していたとなったら、日本中がとんでもない騒ぎになることは間違いないからだ。

まずはマル害が、初島邦之と本当に関係があったのかどうかの確認からだ。

これについては、大雑把に言えば二方面から捜査を進めていった。

マル害周辺と、初島会長周辺のふた手、ということだ。

山本と東の組は、初島会長の担当に割り振られた。

まずは初島の、行動パターンの把握。六組十二名で二十四時間、初島の行動を監視する。立ち寄り先の捜査もこの班で行う。

初島は今年、七十一歳。東はてっきり、日頃は自宅でのんびり過ごしているものと思っていたが、そんなことは全くなかった。小柄で、腹周りに年相応の脂肪は付いているものの、足腰は見た目よりしっかりしており、その暮らし振りは実に活動的だ。

平日は、午前十時頃に世田谷区中町の自宅を出ることが多い。行き先は日によって違う。週に一度は必ず東品川のパナテック本社に顔を出すようだが、それ以外は大手町の経団連本部を訪れたり、赤坂で関係者と会食したり、といった具合だ。ゴルフにも頻繁に出かけるが、そういった日の出発はもちろん、もっと早い。

自宅で、二つ年上の妻と食事を共にするのは週末に一度あるかないかで、平日の昼夜はほとんどが外食。特に、赤坂や銀座で夕食を済ませたら、その後は近くの店に流れるパターンが多い。赤坂で食事をしたら赤坂のクラブに、銀座で食事をしたら銀座のクラブに、ということだ。

一方、パナテック内部に関しては別班が調べを進めていた。

とはいえ、例の顔写真を持って「この女性はこちらの社員ですか」とやるわけにはいかないので、まずは公開情報の洗い出しからだ。

何しろ大企業なので、社内報だけでも数種類ある。それらの掲載写真に似た顔はないか。同様に、パナテックの公式サイトに載っている採用情報ページなども捜査対象となった。たとえば「マーケティング部門・〇〇〇」のように、名前と写真付きでインタビューが載っている。ＣＭやドラマではないのだから、顔と名前は本人のものと考えて差し支えない。そんな中に、マル害と似た女はいないか。

取引企業を当たるという手もある。

初島会長と懇意にしている人物に、初島云々《うんぬん》の説明はせずに、マル害の顔写真を確認してもらう。どこかで見たことがある、くらいの証言が引き出せたら大成功だが、「知っているけど、言えない」顔をさせるだけでも大きな収穫だ。東なら、そういう顔をまず見逃すことはないし、会話の中に網を張り、最終的にどこの誰かを炙《あぶ》り出すこともできる。それを直接相手に言って聞かせて、反応を見るというのも有効な手段だ。

東たちの担当で言えば、初島のお気に入りの店がピックアップできたのが大きかった。

赤坂でよく行く料亭は主に二軒、レストランは四軒、クラブは二軒。銀座では料亭が一軒、レストランが五軒、クラブが二軒。

そんな中で、銀座の「瑠璃《るり》」というクラブに話を聞きにいったときだ。

営業開始は十九時半。その十分前を狙って店に入り、黒服に警察手帳を提示して、ママを呼んでもらった。

「……お待たせいたしました。オーナーママの、イツキでございます」

差し出された名刺には【広瀬樹《ひろせいつき》】とある。本名か否かは、今は訊かない。

一礼した山本が早々と切り出す。

「開店前のお忙しい時間に、申し訳ありません。お手間は取らせませんので、今いらっしゃるスタッフの方、男性も女性も全員、一度こちらに集めていただけますでしょうか……顔写真をお見せいたしますので、その顔に見覚えがあるかないかだけ、お伺いできれば、我々はそれでお暇《いとま》いたしますので」

樹ママは特に嫌な顔もせず、こちらの要望通りスタッフを呼び集めてくれた。男女合わせて二十人弱だ。

写真は同じものを五枚用意してきている。見たら隣、見たら隣、とリレーしていってもらうことになる。

東は、写真を手にして見ているスタッフだけでなく、その前後の顔も注視していた。自分の順番がくる前に覗き見している顔、見終わって周りの様子を窺っている顔。人は実に、様々な表情を作るものだ。

そんな中で、自分の隣に回ってきた写真を見て、微かに目を細めた女性がいた。東の正面にいる、薄緑色のドレスを着た女性だ。

見た瞬間、ではなかった。二秒か三秒見ていて、記憶の中の誰かの顔と重なった。そんな表情であったように、東には見えた。

だが、実際に自分の順番になってみると、彼女は無表情のまま首を傾げ、あっさりと次の人に写真を回してしまった。

なるほど。

全員が見終わる前に、山本が声をかける。

「お心当たりがある方は、いらっしゃいませんか。部分的に、でもいいです。目元が似ている、もう少し痩せていたらあの人に似ている、みたいなことでもけっこうです。なんとなくでも構いませんので、教えていただけると助かります」

結果から言うと、東が写真を回収するまでに心当たりを明かす者はいなかった。誰もが「すみません」と写真を差し出し、この場を終わりにしようとした。

「そうですか……ありがとうございました。お忙しい時間に、大変失礼いたしました」

山本は、薄緑の彼女の様子を変には思わなかったのだろうか。東はそれっぽく視線を送ってみたが、山本からこれというシグナルは返ってこない。下手をしたら「じゃあ、次に行きましょう」とでも言い出しそうな、軽い頷きがあっただけだ。

ならば、致し方ない。

東は、他の女性と通路を歩き始めていた彼女を追いかけていった。

「……すみません、ちょっと」

隣にいる真っ赤なドレスの女性より、明らかに大きな反応があった。きゅっ、と肩をすくめ、小回りにこっちを振り返る。

娘の詩織《しおり》と、同じくらいの歳ではないか。

そんな、どうでもいい思考が一瞬、脳裏をよぎる。

「すみません。ちょっとこちらに、いいですか」

あの場で「知っている」と言わなかったのは、それが彼女にとって、何かしら都合が悪かったからに違いない。

ならば、その不都合となる可能性を排除してやればいい。

東は、赤いドレスの女性や、近くにいた他の女性たちには「どうぞ」と通路を進むよう促し、薄緑の彼女だけを、空いているボックス席の方にいざなった。

彼女自身、一人だけ呼び止められた理由は分かっているようだった。

「……あの」

短く頷いてみせる。

「何か、言いづらい理由がおありなのであろうことは、分かります。ただ、これは単なる人捜しではないんです。先ほどは申しませんでしたが、この女性は……実は二ヶ月前に、遺体で発見されています」

吸い込んだ息で、彼女の胸が大きく膨らむ。

「……遺体」

「新聞発表にもありましたが、殺人事件ということです。我々はまだ、この被害女性の身元の割り出しもできていません。亡くなられたのに、殺されたのに、誰だか分からないということです。

よって、ご家族にご遺体を確認していただくことは疎《おろ》か、連絡することすらできていない……お願いします。お心当たりがあるのであれば、ぜひ、お聞かせいただけませんか」

いつのまにか山本が隣に来ていたが、店側の人間はそれぞれの持ち場に散っている。樹ママも、こっちの様子を窺ってはいるが、適度に距離をとってくれている。

彼女が、小さく頷く。

「……はい。じゃあ……でも、たぶん、なんですけど」

「はい」

「パナテックの、初島会長とご一緒してらした方、かなと……よく似ていたので、ちょっと、そんなふうに」

それでいい。

「あなたはその女性と、面識はおありですか」

「いいえ、お店で……っていっても、ここではなくて、他のレストランで、偶然お見かけしただけですので」

「それは、どちらですか」

「赤坂の、『ハリス』というフレンチレストランです。私は、もう帰るところで、出口に向かっていたら、向こうから、初島会長がいらっしゃって。お連れの女性がいらしたので、お声かけするのは失礼かと思ったんですが、丁寧にご挨拶すれば、お連れの方に誤解されることもないかと思い、私からご挨拶いたしました。会長は……奇遇だね、みたいに、笑っておられたので、やはり、ご挨拶してよかったな、と思いました」

記憶としては、かなり確かな部類に入るだろう。

「いつ頃のことか、覚えていらっしゃいますか」

「今年の一月十九日です……私の、誕生日だったので」

カレシか「太客」に食事を奢ってもらっていた、ということか。

ますます情報としての確度は高い。

「なるほど。その女性と、何か言葉は交わしましたか」

「いえ。会釈、くらいだったと思います。でも、とても印象に残りました。物凄く、お綺麗な方でしたし、とても有名なブランドの、ネックレスをしてらしたので。ああ、さすがだな、と……」

「その、ブランドというのは」

「ブルガリです」

名前だけなら、東も聞いたことがある。

「それは、ひと目見れば、必ず分かるものなんですか」

「あ……もちろん、それが出来のいい偽物だったら、分かりませんけど、でも、初島会長とご一緒するような方が、偽物のブルガリをお着けになるとは、考えにくいので」

一つ、頭を下げておく。

「確かに……いや、不勉強でお恥ずかしい限りですが、そのブルガリというのに、種類は？」

「は？」

「形とか、値段とか、いろいろあるんですよね」

彼女の頬が、ほんの少し、笑みで持ち上がる。

「はい。ブルガリの『ディーヴァ ドリーム』というデザインです。安くても、何十万かはすると思いますし、その方が着けてらしたのは……」

東は思わず、唾を飲み込んで待ってしまった。

「……四百万くらいする、ハイクラスなものだったと思います」

間違いないのか。

「よくひと目で、そこまでお分かりになりましたね。お詳しいんですか、宝石関係は」

彼女は小刻みに、震えるようにかぶりを振った。

「そのときに、じっと見て目に焼き付けて、それをあとでネットで調べたんです。そうしたら、そっくりのデザインのものが、四百万超えで、出ていたので……それもあって、とても、よく覚えていました」

ドエル永福七〇三号に、ブルガリのネックレスがあったかどうか。

家宅捜索班に訊いてみる必要がありそうだ。

ドエル永福七〇三号の賃借名義人、佐久間晴敏。

銀座のクラブ「瑠璃」のホステス、門田《かどた》美空《みく》。

赤坂のフレンチレストラン「ハリス」のマネージャー、山口純也《やまぐちじゅんや》。

これらに加え、初島のゴルフ仲間で元読日新聞編集委員の笠松大二郎《かさまつだいじろう》からは、かなり生々しい内容の証言が得られた。

報告したのは、捜一の水谷《みずたに》統括主任だ。

「初島が、去年の夏頃から連れていたのが、このマル害女性だったようです。初島はマル害のことを『アイエン』とか、『カイエン』と呼んでいた、ということでした。笠松は、二人の関係について、直に初島に訊いたわけではないようですが、長い付き合いだから、初島がどんな女性を好み、どのように扱うかは、よく知っていると。それからすると、この女性はもう、ドンピシャだった……ということでした」

係長がマイクで《どんなふうに扱うのか、具体的には》と訊く。

「はい。初島は、自分は女性に見向きもしないで、でもその女性に尽くさせるのが、好きなようです。なので、このマル害女性も、半歩後ろを付いてきて、なんやかんや初島の世話をすると、そういう関係だったようです」

永和《えいわ》書店「週刊モダン」の記者、阿部雄一《あべゆういち》からも同様の証言が得られたと、別の捜査員が報告した。

「民自党議員のパーティなんかには、何回か連れてきていたようです。どういう間柄かなんて、誰も一々訊きませんし、初島本人も言わなかったのだと思いますが、ただ周りからしたら、新しい愛人なんだなと、またえらく、若いのを連れているなと……誰もが思ってはいただろう、ということでした」

ここまで固まったら、もう初島本人に直当たりしても問題ない。

そう特捜は判断し、水谷統括と山本の組に、初島邦之への聴取を命じた。

内容が内容だけに、自宅で話を聞くのはさすがにマズい。かといって、パナテック本社で、というのも体裁が悪かろう。

結局、これまで調べてきた中で、最も頻繁に昼食をとる和食レストランに狙いを定め、そこのチーフマネージャーを口説き落として、初島から予約が入ったら一報をくれるよう頼んだ。

これが意外と早く、翌日には「ご予約いただきました」との連絡が入った。

先回りして駐車場で待機し、初島と、男性秘書が玄関に入ったところで、水谷統括が声をかけた。

「失礼ですが、初島会長で、いらっしゃいますよね」

後ろ暗いところでもあるのか、振り返った初島は眉をひそめ、奥歯を強めに噛み締めていた。

秘書が立ち塞《ふさ》がるように割って入る。

「なんですかいきなり、失敬な」

「ですから、失礼と、お声かけをいたしました。私、警視庁捜査一課の、水谷と申します」

水谷の相方、山本、そして東も、同時に警察手帳を提示する。

初島が、秘書の肩越しに睨んでくる。

「警視庁が、なんの用かね」

「少々、プライベートに立ち入る質問になるかと思いますので、できればこちらの個室で、お話を伺えればと存じます」

初島が、頭の中でどんなシミュレーションをしたのかは分からない。だが弾き出された結論は、こちらにも非常に都合のよいものだった。

対応に出てきたマネージャーに、廊下の先を指差してみせる。

「いつもの部屋、少し使わせてもらっていいか」

「はい、けっこうです」

「この人らと話が済んだら、入れ替えで食事にするから」

そう言い終え、今度は秘書に向き直る。

「……君も、席を外していろ。それと、タカマツ君たちには別室を用意して、そっちで待っててもらってくれ」

「はい。承知いたしました」

初島を先頭に、こちらが四名、計五名で個室に入る。部屋は、マネージャーから事前に聞いていた通り「楓《かえで》の間」だ。

ドアを開けると、正方形のテーブルに椅子は四つ。初島を奥に座らせ、その正面に水谷、右側に山本。東は、壁際にあった椅子を引いて座った。水谷の相方も、東の隣に来てそれに倣《なら》った。

早速、水谷が切り出す。

「なんのご連絡もせず、いきなりお声かけする形になってしまい、申し訳ございません」

　初島が、やや力なくかぶりを振る。

「勿体つけた前置きはいい。訊きたいことがあるんだろう。さっさと訊いて、終わりにしてくれ」

「ありがとうございます。では、単刀直入に伺います……この女性を、ご存じでしょうか」

　いつものＣＧ顔写真を向ける。

　ある程度覚悟はしていたのか、初島に動揺した様子はない。

「……ああ、よく知っている」

「この女性の、お名前を伺ってもよろしいですか」

「日本人ではないのでね。少々、難しいよ」

「と、仰いますと。この女性はどちらのご出身ですか」

「惚けるなよ。もうとっくに調べはついてるんだろう」

　水谷が浅く頭を下げる。

「そこはぜひ、会長からお教えいただきたく」

「……中国だよ。生まれは山東省《さんとうしょう》、だったかな」

　初島はいま頭の中で、言えることと言えないことを、逐一選《よ》り分けているに違いない。

　マル害の出身地は、明かしていい情報に入れたわけだ。

「ほう、中国の山東省。では、お名前は」

「チョウ、ハイエン」

惜しい。「アイエン」でも「カイエン」でもなかった。

「漢字では、どのように」

「世界一周の『シュウ』、『海』に『ツバメ』……ツバメの漢字は書けるかい」

横から山本が手帳を差し出す。大きく「燕」の字が書いてある。

「……そう。それだ」

水谷もそれを覗く。

「『周』に『海』、『燕』で、チョウ・ハイエンですか」

「その通りだ」

水谷は「ありがとうございます」と頭を下げ、自身の手帳にもその通り記す。

「……では、周《チョウ》さんと知り合った、きっかけは」

「なんでそんなことを、君らに喋らなけりゃならんのだ」

「では、最後にお会いになったのは」

「だから、理由を言え。それを私に尋ねる理由だよ」

「殺人事件だからです」

ぴたりと、初島の動きが止まる。

瞬きもしない。

「……殺人、事件」

「ええ」

「誰が、誰を殺したんだ」

水谷が、テーブルに置いた写真を指差す。

「この顔写真は、殺害された女性のご遺体から起こした、CG画像です。この女性が、会長の仰る周海燕《ハイエン》さんなのだとすれば、自ずと、殺害されたのも、周海燕さんということになります」

「誰が、そんな……」

「それを今、調べているのです」

初島が、怯えた目を水谷に向ける。

「私が……海燕を、殺したと言うのか」

「そのようなことは申しておりません」

「だが疑いがあるから、おたくらはこんな真似をするんだろう」

「亡くなった方の、生前の関係者にお話を伺うのは、ごく一般的な刑事事件捜査の手法の一つです。そのような誤解はなさらないでください」

東は二人のやり取りから、一つの確証を得ていた。

初島邦之は、この「周海燕」なる女性の殺害には関与していない。そればかりか、彼女が殺されたことすら、今の今まで知らなかった。

いや、もう一つあるか。

初島は、この周海燕という歳若い女性を、心から愛していた。

おそらくそこに、嘘はあるまい。

5

予定通りの場所に車を停め、ジロウたちが待機していると、土屋昭子は予想に反し、車両の後方から現われた。

そしていきなり、

「ジロウさん、この子だけお願い」

同行していた少年を後部座席に押し込み、自身は前方の交差点に走っていった。

おい、待てよ――。

そんな声を発する間もなかった。

状況からして、土屋昭子と少年が何者かに追われているのは間違いない。そうなったときのためにジロウは雇われたのだから、今この瞬間、何をすべきかは考えるまでもない。

サイドブレーキは解除済み。だがこの赤坂の街中で、いきなりアクセル全開というわけにはいかない。人身事故を起こさない、ギリギリのスピードで二つ先の交差点まで行き、左折。外堀通りに出たら右、新橋方面にハンドルを切る。幸いここまで赤信号には引っ掛からなかった。

助手席のミサキは不気味な沈黙を保っている。それこそ、フザケんな、なんなんだ、どうなってんだこれはと、いつものミサキなら騒ぎ出してもおかしくない状況ではある。にも拘わらず、ただフロントガラス越し、片側三車線の路面を睨みつけている。

ここはジロウから訊いておく。

「追ってきた連中、見たか」

「……四人。男女二人ずつ」

「顔は」

「サングラス、マスク、帽子のツバでちゃんとは見えなかった」

「四人ともか」

「いや、それぞれ。全員がグラサン、マスクに帽子じゃない。そんなに怪しい恰好はしてなかった」

土屋からの依頼内容は、ちょっと「ヤバい相手」にインタビューをするので、そのインタビュアーの身の安全を確保するため、車を用意して待っていてほしい、ということだった。

ジロウはルームミラーに目を向けた。

いま後部座席に座っているのは、どう見ても十代の少年だ。それも、パッと見は中学生、贔屓《ひいき》目に見ても高校生、まず大学生ということはないだろう、という印象の男子だ。

よく考えてみたら、土屋からインタビュアーの年齢は聞いていなかった。だが、だとしても「ヤバい相手」にインタビューするのが、中高生というのは常識からいってあり得ない。媒体が「子供新聞」なら、インタビューする相手は尊敬するに足る一般人であるべきだ。

ここは、一つひとつ訊いていくしかあるまい。

「……君、名前は」

運転中なので、振り返って、互いに目を合わせて訊いたわけではない。だとしても、ジロウを含め車内には三人しかいないのだから、訊かれたのが自分であることくらいは、彼だって分かるはずだ。

しかし、返事はない。

「おい、君だよ。君に訊いてるんだ。名前は」

今度は少し、肩越しに振り返るような仕草をしながら訊いてみた。ルームミラーを通して視線も送った。

それでも返事はない。

ついにミサキがキレた。

「オイッ、オメェの名前を訊いてんだよ。聞こえねえのか、この糞ガキがッ」

ミサキはドア側、左回りで振り返り、それでは目が合わなかったのか右回りでも振り返り、少年を怒鳴りつけた。

その若さで、しかも初対面で、このミサキの恫喝《どうかつ》に眉一つ動かさないとは大した心臓だ。

ジロウは、特に意味もなく右折レーンに入り、黄色信号はギリギリで突っ切り、赤信号のあとは逆にゆっくりと発進した。何十回と確認しても、特定の車両に尾《つ》けられている様子はなかった。

ルームミラーと見比べながら、ミサキに訊く。

「土屋は、あのあとどうなった」

「知るか」

「前の方に走ってってたろ」

「っていうか、あいつらすぐ、追っかけんの諦めたからな」

ジロウが眉をひそめると、ミサキは続けた。

「あの四人……動き出しはしたけど、すぐに足を止めたんだ。誰かが命令したんだろう、追うなって。追ってこっちに近づけば、顔を見られる。目や口元は見えなくても、輪郭や耳の形、首元の肌質、身長、体型、肩幅、覚えられる個所はいくらでもある。だからウチらを追うのも、土屋を追うのも諦めた……ように、あたしには見えたけどな」

「で、お前が覚えてる特徴は」

「ない。すぐ他の通行人の陰に隠れられた。身長が……まあ、チビではなかった、って程度かな」

無駄かもしれないが、後ろにも訊いてみよう。

「……なあ。君は追ってきた連中のこと、知ってるのか」

五秒、待ってはみたが反応はない。

「知ってるのか、知らないのか」

「そもそも、土屋昭子と君は、どういう関係だ」

「君と一緒にいた女、この車に君を乗せた人、彼女の名前が『土屋昭子』だってことは、分かってるんだよな」

「おい、それくらい答えたっていいだろ。こっちは、まだ行き先だって聞いちゃいないんだぞ」

ふと「シートベルトくらいしろよ」と言ってみるのはどうか、と思いついた。それで反応がなかったら、そもそも耳が聞こえていない可能性も出てくる。

だが、駄目だった。

いつ、どういうタイミングで装着したのか。少年の肩には、いつのまにかグレーのベルトが斜めに掛かっていた。

まもなく品川駅前を通過する。


十七時二十分。

ジロウはいったん、多摩沿線道路沿いにあるコンビニに車を入れた。

「……トイレ、大丈夫か」

これにも少年の反応はなし。本当に我慢しきれなくなったら、どうするつもりだろう。黙って車内で漏らすのか。

一応、ミサキにも訊いておく。

「お前は」

「バカ」

ジロウも、トイレ休憩のために停めたのではない。

一人車から降り、土屋から預かった携帯電話で連絡を試みる。

「……」

そんな気はしていたが、案の定というべきか、土屋は電話に出なかった。

すぐ脳裏に浮かんだのは、陣内の顔だった。

奴にかけてみようか。だが、かけて奴になんと言う。

土屋にいきなり中学生みたいなガキを押し付けられた、どうしてくれるんだ、どうしたらいいんだ俺たちは、ガキは喋らねえし、土屋は電話に出ねえし——。

馬鹿馬鹿しい。そんな、チンピラの泣き言みたいなことは口が裂けても言いたくないし、陣内だって、聞かされたところで答えようがないだろう。

以後も、移動しながら土屋に電話をかけ続けた。途中でミサキに携帯電話を渡し、代わりにかけてもらうようにもした。

二十二時、二十三時になっても、土屋は出ない。

零時近くになって、児童公園の近くで車を停めると、初めて少年がリアクションを見せた。

シートベルトを、自ら外した。

ジロウが運転席から出ると、少年もドアを開けて車から降りる。公園内に入り、公衆トイレに向かって歩き始めると、少年も後ろから付いてくる。

夜中の、薄汚い、どこにでもあるような、臭い公衆トイレだ。

立ち便器は三台。ジロウが真ん中に立つと、少年は左隣のそれで用を足し始めた。彼も「大」ではなかったようだ。

二人とも、長かった。

痛みにも似た尿意と熱が、錆色の汚れがこびりついた排水口に流れ込んでいく。一緒に流れていった一本の陰毛は、ジロウのだったのか。それとも、以前にここを使った誰かのものだったのか。小便の沁みた茶色い吸い殻は、どこの、どんな馬鹿が捨てたのだろう。

少年は、緑地のネルシャツ、その中に白いTシャツ、下はやや色落ちしたジーパンという恰好。ヴィンテージで揃えているなら話は別だが、そうでなければ、そこらの量販店でせいぜい五、六千円というコーディネイトだ。

「……なんか、飲みものとか、いいのか」

トイレが近くなるから水は飲まない、でも出すものを出したら飲みたくなる、そういうこともあるだろうと、ジロウなりに親切心から訊いてやったのだが、またしても返答はなかった。

ジーパンのジッパーを上げ、一物の収まりを調整し、洗面台で手を洗って出口に向かう。見たところ、身長は百六十五センチあるかないか。まだ成長期だろうから、今後どうなるかは分からないが、今の身長で止まったら、男性としては小柄ということになるだろう。

あとからジロウが歩いていく形になったが、それでも少年は迷うことなく車に向かっていく。自ら車両左側に回り込み、ドアを開けて元通り、後部座席に収まる。シートベルトは、まだ締めない。

そこまで見届け、だがジロウは運転席に戻らず、外でタバコを銜えた。

するとと、ミサキも助手席から出てきた。

一緒に一服するのか、と思いきや、そうではなかった。ミサキなりに、車の留守番をしていたつもりらしい。ようやくあたしの番か、とでも言いたげな大股で、公衆トイレの方に歩いていく。こんなに口数の少ないミサキも珍しい。

偽造ナンバープレートで誤魔化せるのは、車両の持ち主が誰か、という点だけだ。偽造だろうと正規ナンバーだろうと、警察のＮシステム（自動車ナンバー自動読取装置）はナンバープレートを漏れなく画像として読み込み、車両の動きを割り出す。つまり、あの連中にＮシステムを使われたら、この車が見つかるのも時間の問題ということだ。

むろんそれは、あの連中が深く警察と繋がっていれば、の話であって、その繋がりがさほどでもなければ、この車両を使い続けることに大きな危険はない。

あちこちのコンビニ、高速道路のパーキングエリア、駐車場付きの公園。各地を転々としながら、土屋に連絡をとろうとし続けた。

土屋が電話に出ない理由も考えてみる。

通話を盗聴される可能性があるから、電源を切って出ないようにしている。これは、あるようなないような、だ。デジタル携帯電話の通話を盗聴するには、かなり特殊かつ高額な装置が必要になる。土屋昭子の所業を暴く程度のことに、果たしてそこまで大きなコストをかけるだろうか。

それだったら、捕まって通話履歴等を見られる前に、水没させるか何かして破棄した可能性の方が高いように思う。

最もマズいのは、すでに土屋は敵に捕まっていて、携帯電話を取り上げられているという状況だ。取り上げたそれの電源を電波の届かない地下室で入れれば、安全に中のデータを見ることができる。そこから、今ジロウが持っている端末の番号は割れ、微弱電波を追跡されれば居場所もバレる。

しかし、しかしだ。盗聴同様、そこまでするには国家権力に極めて近い実力が必要になってくる。土屋昭子が、そこまでされるほどの人物とは考えづらい。

それは、この少年もそうだ。数千万円もすると言われている盗聴システムや、国家権力を悪用してまで追跡する必要がある存在には、ジロウには到底見えない。

そもそもを言ったら、土屋昭子があの連中に捕まって拷問されようが強姦されようが、そんなことは知ったことではない。ジロウに及ぶ可能性がある実害とは、今回の件の報酬として提示された金額が土屋から支払われなくなるという、その一点のみだ。

とはいえ、背景も見えないうちにこの少年を放り出すわけにもいかない。

土屋昭子が完全なる悪意の人物であれば、今すぐこの少年を始末してもいいし、そもそもこんな厄介事は引き受けなかった。面倒なのは、あの女が、ときおりこちら側に立つ場面がある、という点だ。

この話をジロウに振ってきたのは陣内なのだから、あの男に協力させるのはありだろう、という考えが、浮かんでは消え――いや。浮かべては打ち消す、というのを繰り返している。

陣内に協力してもらえれば、何かと安心ではある。少年の面倒を見る負担も、頭数《あたまかず》分だけ軽くなる。だが、彼に迷惑をかけたくないという想いが、なぜだろう、ジロウにはある。

あの優しげな笑みの裏側に隠されている、ボロボロに傷ついた魂が、ジロウには透けて見えるのだ。陣内という男は、とことんまで傷ついて、そして誰かのために、死のうとしている。そのことが、ジロウには手に取るように分かる。

だから、言えない。でも言いたい。だがやはり、言えない。

代替案として、別の誰かに協力してもらえないかも考えた。

関根組組長の、市村光雄。あれは駄目だ。昨今は不動産業の方がまるで振るわず、以前のように自由に使える物件はガクンと減ってしまった、と聞いている。期限も分からないまま、少年を一人匿《かくま》える場所はないかと訊いたところで、「ない」と言われてお終《しま》いだろう。

じゃあ、元締めの斉藤杏奈は。いや、彼女の方がもっと駄目だ。あの娘は、元締めとはいっても、実際にはほとんど堅気と変わらない「表」の人間だ。言わば歌舞伎町の「表」と「裏」を繋ぐ、それこそが元締めの役割なのかもしれないが、であるならばなおのこと、彼女を必要以上に裏側に引っ張り込むべきではない。

新宿署の小川も、もちろん駄目だ。考えてみるまでもない。

じゃあ、もう一人しかいないではないか。

ジロウは自前の携帯電話でかけてみた。

『……はい、もしもし』

掃除屋のシン。いつも通りの眠たそうな声だ。

「俺だ。一つ頼みがある」

『はい、なんですか』

「人を一人、匿いたい。手頃な部屋はないか」

『あるかないかで言ったら、ありますけど。どんなところがいいですか』

「どんなところでもいいよ」

『多少汚くても』

「全然構わない」

『広い方がいいとか、狭くても大丈夫とか』

「どっちでもいい」

『死体置き場でも、いいですか』

それは、どうだろう。


待ち合わせに指定されたのは、なぜか日暮里《にっぽり》駅だった。

頭に白タオル、作業ツナギに黒リュック。いつも通りのシンが、携帯電話ショップの前に立っている。

車を停めると、合図も何もしていないのに小走りで寄ってくる。

そして迷うことなく、車両右側に回って乗り込んでくる。

「どうも、お疲れさまです……あ、ミサキさん、ども、ご無沙汰してます……ども、初めましてです、シンです。よろしくです」

少年の返事がないことは、あまり気にならないようだった。

シンが後ろから手を伸ばしてくる。

「ジロウさん、これ。住所です」

「ああ、ありがとう」

神奈川県相模原《さがみはら》市緑区――。

その通りナビに打ち込むと、表示されたのは、山の中にある集落のような場所だった。

「これで、合ってる？」

「はい、合ってます」

「じゃあ……行くか」

「はい、行きましょう」

出発は十七時十五分。

着いたのは十九時四十分。

少し山に入ったところなので、周りに高い建物はない。すっかり暗くなっており、見えるのは点在する民家の明かりだけで、あとは全て闇。たぶん、そのほとんどは農地だろう。

「あれっすね」

シンが指差したのは、車を駐めた道からコンクリート階段を上がったところにある、なんの変哲もない、やや小さめの民家だ。真横に街灯があるので、そこだけがぼんやりと浮かび上がって見える。

あれが死体置き場なのか、とは思ったが口には出さなかった。

実際に上がって中も見てみたが、印象は特に変わらない。本当にごく普通の家だった。置きっ放しの家財道具もない、比較的綺麗な空き家だ。

今後のことは、ミサキにもシンにも説明してある。

「じゃあ、俺はいったん新宿に戻るから」

早速、一服し始めていたミサキが頷く。

「帰りに酒とツマミ、よろしくな」

「ああ。シンちゃんは、なんか要るものある」

「いや、僕は大丈夫です。普通に食べ物があれば」

少年にも訊いてみたが、依然として返答はなかった。

そこから東京に取って返し、途中、西永福のスーパーマーケットで買い物を済ませてから新宿に向かった。

歌舞伎町ではなく、あえて新宿六丁目の外れにあるコインパーキングに駐め、手ぶらで車を降りた。

明かりの消えたオフィス街を抜け、明治通りを横断して歌舞伎町二丁目に入る。徐々に人の数が増え、それらしい風景になってくる。

テナントビル「ソフィア3」がある交差点まで来たら左、あとは真っ直ぐだ。

オレンジ色をした「あかるい花園三番街」のゲートを通って、左右に飲み屋が並ぶ細い路地を進む。

季節柄、多くの店が出入り口のドアを開けており、中が丸見えになっている。確かに、真夏や真冬でなければ、開けっ放しの方が気持ちよく飲める。どこも、客はまあまあ入っている。

だが、あと十五メートルで「エポ」というところまで来て、ジロウは気づいた。

「epo」のネオンサインの「o」の字が消えている。

あれは「店に入るな」という、セブンのメンバーに向けた、陣内からのメッセージだ。

ジロウはあえて引き返さず、そのまま「エポ」の方に進んだ。

あと三メートル。ネオンサインの「o」は間違いなく消えている。

通り過ぎる際、階段口から、上を覗くだけでもしてみようかと思ったが、やめた。なんとなく、人の気配を感じたのだ。階段を上りきって、店の入り口とトイレのドアがある辺り。あそこに何人か溜まっているような、そんな予感がした。

入り口に見張りを立たせて、中で陣内とサシで話をしているとか、そういう状況だろうか。

だとしたら、相手は誰だ。

第3章

1

四十を過ぎてから、自分の身にこんなことが起きるなんて、想像もしていなかった。

妄想は、少ししていたけれど。

「ゆっくん……あっ……もう、もうダメ……ゆっくん」

仕事は週に三日。それで月収百二十万円。かれこれ十四年、昇給は一度もないけれど、不満なんてあるはずがない。

「もう……ダメ、ダメだって……ゆっくく……ああっ」

私の眼前にあったのは、定規で引いたように真っ直ぐで、真っ平らな道を歩くのにも似た、永遠という名の「退屈」だった。

そんな人生を深紅の薔薇《ばら》色に変えてくれたのが、豊《ゆたか》だ。

「秀美《ひでみ》さん。いいよ、イッちゃって」

「いや……もう、意地悪、しないで……お願い」

「あ、分かった。もう、イッちゃったんでしょ」

お金も時間もある私は、週に二、三回、映画館で映画を見る。あちこちのシネコンチェーンの会員にもなっている。とはいえ、決して特典割引が目当てなわけではない。

このペースで映画を見続けていると、さすがに毎回パンフレットを買うわけにはいかない。でも何か、たくさん見ているという証は欲しい。それが私の場合、見るたびに加算される会員カードのポイント、というわけだ。だから基本、ポイントは溜めっ放しだ。

中でも、早稲田通り沿いにある老舗の名画座が好きだった。今どきは珍しい、週替わりの二本立てという上映スタイルが気に入っていた。ただこれも、一枚のチケットで二本見られるのがいいわけではない。落ち着いた雰囲気に包まれ、同じシートに座りながら、映画二本分も時間を引き受けてもらえる——そう。映画館というのは、映画を見せるだけの場所ではない。私が持て余している「時間」というものを、丸ごと黙って引き受けてくれる寛容にして神聖な空間なのだ。

休憩時間。掲示板に貼り出された作品のスチール写真を眺めていたら、声をかけられた。

「……こんにちは。よく、いらしてますね」

上映中か、と思った。

まるで韓流映画のワンシーンだった。

横を向くと、そこには上品な笑みを浮かべる、背の高い男性が立っていた。しかも若い。着ているのは、柔らかそうなウール混のテーラードジャケット、ハイネックのニット、スリムなチノパン。顔なんてもう、綺麗過ぎて、現実のものとは思えなかったから、逆にまじまじと見てしまった。

そんな私の無言と、不躾《ぶしつけ》な視線を、

「あ、ごめんなさい……いきなり、失礼しました」

彼は「拒否」あるいは「無視」と判断したようだった。

それは違う。断じて違う。

「いえ、あの、ごめんなさい、ちが……違います」

あとから思うと、全然会話にもなっていなかったし、自分がどんな顔をして、どんな身振り手振りで彼を引き留めたのかも思い出せないけれど、でもなんとか、このシーンに「カット」がかかることだけは免《まぬが》れた。

「……毎週、来てます……必ず」

すると、彼はまた笑みを浮かべ、頷いてくれた。

「ですよね。僕、三回くらいお見かけした気がするんです」

信じられなかった。

彼のように美麗な青年が同じ映画館に、しかも同時にいたことも、自分がそれに気づかなかったことも、むしろ彼の方が気づいていて、それが三回も続いていたことも、もう何もかもが信じられなかった。

あなたもよくいらっしゃるんですか。先週の『オンリー・ラヴァーズ・レフト・アライヴ』、よかったですよね。小津安二郎《おづやすじろう》は好きですか。私、実は神代辰巳《くましろたつみ》監督がすごく好きで、またかからないかなってずっと待ってるんですけど、もう今年は予定がないってさっき知ってしまって、とてもショックなんです。

言いたいことは、七、八分かかるくらいあったのだけど、実際に口にしたのは、もっとずっと下らないことだった。

「……次、ご覧に、なりますか」

「はい、もちろん」

それはそうだ。さっきのが今日の一本目だったのだから、たいていの客は次の二本目も見ていく。

「じゃあ、そろそろ……」

戻りましょう、と言おうとしたのだが、彼の言葉が重なってきて、何か、ごちゃごちゃっとなってしまった。

「……ってますから」

「えっ」

今、なんて。

私の聞き間違いかもしれないんですけど、終わったらここで待ってます、みたいに、仰いませんでしたか。

こんなに美しい男性に誘われたら、それはお茶くらい行くし、食事だって断わらない。時間は有り余っているわけだから、もう一軒と言われたらそれにも付き合う。

お酒は。家では普段ビールか麦焼酎だが、そんなことは曖《おくび》にも出さず、お薦めのカクテルはありますか、とバーテンダーに委ねる。あるいは彼と同じものを、と控えめに頼む。

さして酔っていなくても、誘われたら黙って頷き、ホテルに行く。

夢のようだった。

普段、奉仕する側の私がこんなふうに、しかもBLコミックから抜け出してきたような男性に奉仕されるなんて。妄想したことは星の数ほどあるが、現実になるなんて一ミクロンも思ってはいなかった。

「秀美さん……綺麗です」

彼、工藤《くどう》豊は、決して私を傷つけたりしなかった。嫌がることはしなかったし、痛いことなんて一度も、一秒もなかった。

ただ甘く、優しく、ゆっくりと、丁寧に愛してくれた。唯一苦しかったのは、次から次へと与えられる快楽が許容範囲を超え、これ以上高まったら自分がどうかなってしまうのではないか、自分が自分でなくなってしまうのではないか、そんな恐怖から「ダメ」と漏らしてしまったときだ。

豊は、急に全ての動きを止めた。

「……ごめん、どこか、痛かったですか」

その、今にも泣き出しそうな彼の顔を見た瞬間、肺にあった空気の全てをバキュームで抜き取られるかのように、私の胸はキューッと苦しくなった。

「大丈夫……痛くは、ないから」

「本当に？」

「うん、痛くない……ただ、これ以上は」

「ダメなの？」

「んーん、ダメなんじゃなくて、気持ち……良過ぎるから」

「嫌なんじゃ、ないんだね？」

「うん、嫌では、ない……全然」

もう、ただただ豊に溺れるしかなかった。止めようも留めようもなかった。快楽という名の激流に流され、暗く深い穴に落ちていき、それでもふわりと彼にすくい上げられ、また天空へと解き放たれる。

「秀美さん、お仕事は何をしてるの」

ありのままを言うことは、できない。

「一応、介護系……かな」

「えー、なんだろ。ケアマネージャーとか」

本当にそうだったら、どんなにいいだろう。

「うん、まあ……そんなとこ」

嘘だ。大嘘だ。

今の私の生活を支えている「仕事」は、そんなに綺麗でも立派でもない。

私が大師《たいし》様にお仕えするようになって十四年。始めたのは二十八のときだった。

うちの両親は「塔花《とうか》協会」の信者で、布教を中心とする協会の活動にも非常に熱心だった。私も協会施設には幼い頃から出入りしていたし、同じ支部の協会員たちを親戚のおじさん、おばさんのように思っていた。

それでも、大学を出て就職するまでは、わりと普通だったように思う。

両親からは、会社でもしっかり布教するよう言われていたが、強引な勧誘は自身の立場すら危うくするという、ごく一般的な感覚が私の中にはあった。そもそも、職場で宗教について話すような機会は皆無といってよかった。

私の人生が大きく捩《ね》じ曲がったのは、ごく些細なことがきっかけだった。

社員旅行での出来事を両親に話した。「秀美は会社でセクハラに遭っている」すると、急に母親が騒ぎ始めた。それに同調した支部の協会員たちが「秀美ちゃんを救い出そう」と会社に押しかけるようになり、私はあっというまに会社を辞めざるを得なくなった。

「大丈夫。秀美ちゃんのことは、神泉《かみいずみ》大師様が守ってくださるから」

そして、それがさも当然のことであるかのように、私は神泉大師のお世話をすることになり、塔花協会総本部とは別の場所にある、ご自宅に通うようになった。

時期によって曜日は違ったが、概《おおむ》ね週に三日。月水金とか、火木土とか。日曜も加わって週四日という頃もあったが、三ヶ月ほどでまた週三に戻ったように記憶している。

身の回りのお世話とは、つまり着る物の用意と着付け、入浴のお供、給仕、それとセックスだ。掃除や洗濯、食事の用意は別の係がする。それ以外の、大師の体に直接触れるお世話をするのが、私たち「お部屋係」の役目だった。

神泉大師の実年齢は諸説あるので、当時何歳だったかは正確には分からない。ただ、私の感覚からしたら、まだ七十代後半だったように思う。つまり、今現在は九十歳前後。

二十八で七十代後半の老人の相手をするのもなかなかグロテスクだが、四十過ぎて九十歳前後の一物を扱《しご》くのもけっこうハードだ。

十四年前は、まだ大師も元気だった。自分で上になったし、腰遣いもリズミカルだった。ちゃんと「フィニッシュ」もした。それが、八十半ばを過ぎた頃から、徐々に怪しくなってきた。まあ、八十半ばまで頑張っただけでも大したものだとは思うが、問題なのは、それ以後も生活習慣を改めようとしなかったことだ。

具体的には「性生活習慣」ということになるか。

勃《た》とうが勃つまいが、イこうがイクまいが、とにかく裸の女をひと晩中、傍に置いておきたい。その欲望だけは、九十になってもいささかも衰えないのだから恐れ入る。

もう自分で上になる元気はないから、大師はただベッドで仰向けになっているだけ。こっちが手っ取り早く口で済ませようとすると、それでは駄目だという。尻しか見えなくなるからつまらないと駄々を捏《こ》ねる。大師はとにかく女性の乳房が好きなので、それが見えるような体勢で「して」あげなければならない。つまり、胸がよく見えるように横座りで寄り添って、手で扱いて差し上げるのだ。

これを、勃ってイクまで何時間も続けなければならない。むろん、乾いた一物を何時間も扱き続けたら、皮がズル剝《む》けの血だらけになってしまうので、ローションだのバイブレーターだの、あの手この手を使って、なんとかこっちもイッてもらえるよう努力する。

そう。私は、変態教祖の精液に塗《まみ》れることでお金をもらい、この生活を維持している。マンションの家賃も、当然その収入で賄《まかな》っている。

そんな部屋のベッドで豊と幸せな時間を過ごすことに、私が良心の呵責《かしゃく》を覚えないわけがない。何がきっかけだったのかは忘れたが、ある夜、私は塔花協会と神泉大師に関する全てを、豊に明かした。もう会えなくなってもいい。汚い女だと罵倒されてもいい。これ以上、沈黙という名の嘘をつき続けたくない。洗《あら》い浚《ざら》い喋って、楽になりたい。

だが、私の予想を遥かに凌駕するほど、豊は優しかった。

「……ほんと、物凄い苦労をしてきたんだね。お疲れさま」

泣いた。これで二人の関係が終わりになるとしても、罵倒されて出ていかれるより、優しく手を振ってもらえる方が、何万倍も救いがあるに決まっている。

ありがとう。豊、ありがとう。

「もう、何も隠さなくていいからね。僕が全部、聞いてあげる。全部受け止めて、秀美ちゃんを綺麗にしてあげる」

「えっ……」

こんなに気持ち悪い話を、四十過ぎのオバチャンと、九十絡みのくたばり損ないの胸糞悪いセックスリポートを、豊はまるで、それが異国のお伽噺《とぎばなし》であるかのように、目を輝かせて聞いてくれた。

だから、豊のお願いも、素直に聞けた。

「じゃあさ、大師様とのセックス、今度これに撮ってきてよ」

手渡されたのは、黒いリップスティックのような筒状の機器だった。

「そんなもの、撮ってどうするの」

「秀美ちゃんを救い出すために決まってるだろ。秀美ちゃんが、大師様を心から尊敬しているのなら、いい。塔花協会の教えを信じ、何よりも尊いと感じているのなら、僕だって、こんなことは言わない。でも、そうじゃないんだよね」

私は、頷くしかなかった。

「だったら、もうお終いにしようよ。大師様のお部屋係は卒業するんだ。でも、今までの話からすると、協会から、相当な妨害工作を受ける可能性が高いと思う。だから、そのための担保だよ。保険だよ。おかしな真似をしたら、こっちだって黙ってないぞっていう、武器を持つんだ……それさえ手に入れられたら、僕たちはずっと、これからも幸せに暮らしていけると思うんだ」

ゆっくん、私、本当に嬉しい。

×××

講義も予定通り終わったので、そろそろ帰ろうかと支度を始めていた。

固定電話の内線ランプが点《とも》ったのは、そんなときだった。

「……はい、高垣《たかがき》です」

『お疲れさまです、事務局の宮崎《みやざき》です』

なんとなく、あの人かな、という程度には顔も思い浮かぶ。三十代半ばの、わりとガッシリしたスポーツマンタイプの男性だ。

「どうも、お疲れさまです。何か、ありましたか」

『ええ。実は、事務局に、妙なものが届いておりまして。教授にご確認いただきたいのですが、今、お時間は大丈夫ですか』

「ええ。もう帰ろうかと思っていたところですから、大丈夫ですよ」

『では、今からお伺いします。三分で伺います』

「はい、お待ちしております」

受話器を置いて、まさに三分後だったのではないか。

研究室のドアがノックされ、

「どうぞ」

「……失礼いたします」

宮崎が入ってきた。思ったほどガッシリはしていなかったが、まあ、この男で間違いない。

私は部屋の中ほど、会議テーブルの空いている席を彼に勧めた。書籍や資料の束が山積みになっているが、教授の部屋なんてどこも似たようなものだ。気にはしていない。

だが、宮崎は勧めた席には座らず、窓際にある私のデスク前まで進んできた。

「……実は教授、これなんですが」

薄っぺらい茶封筒。大きさはＡ４か。

中から何やら、白い紙を一枚抜き出す。

写真、ということが分かった瞬間、私は言葉を失った。

これは――。

「教授、これが誰だか、お分かりになりますか」

不謹慎な喩えだが、非常口誘導灯のマークに似ている、と思った。

今にも走り出しそうに四肢を広げた男性が、コンクリートの地面に倒れている。それを、ほぼ真上から撮ったものだ。即座に男性と判断できたのは、倒れている人物が全裸だからだ。胸板も、性器も、男性そのものだ。

「お分かりに、なりますか……教授」

しかも、その人物はただ地面に倒れているのではない。喉元を、鋭利な刃物で切り裂かれている。そこからマンホールくらいの大きさで、地面に血溜まりができている。

これが何かのジョークでなければ、この男性は死亡している、と考えるより他になさそうだ。

「教授、この男性が……」

「尾身《おみ》くんだ。尾身、崇彦……うちの研究室の、院生だ」

静岡の大学に助教の口があり、どうかと打診したところ、喜んでお引き受けいたしますと、私に深々と頭を下げた、あの尾身崇彦に間違いない。だがその数日後、彼は消息を絶った。新宿のレストランで一緒に食事をしていたと思われる、交際中の女性もその日から行方《ゆくえ》が分からなくなっている。

彼に一体、何があったというのだ。

「教授。尾身くんは、立派だったらしいですよ」

宮崎の言った意味が、私には、すぐには分からなかった。

「お……尾身くんの、何が」

「尾身くんは、彼を取り囲んだ暴漢らに対しても、『公正と信義に信頼』するというね、従来の信条を貫いて、無抵抗で殺されたらしいんです」

何を言っているんだ、この男は。

言うまでもなく、「平和を愛する諸国民の公正と信義に信頼して、われらの安全と生存を保持しようと決意した」は、日本国憲法前文に謳《うた》われている文言だ。

宮崎が続ける。

「教授のような、法学の専門家に『釈迦《しゃか》に説法』とは思いますが、相手が人殺しだろうが、戦争も辞さないテロ国家だろうが、無抵抗こそが美しいというね、従来の素晴らしい理念を……」

「違うッ」

私は思わず、机に置かれた尾身の死体写真を、叩いてしまった。

「平和憲法の理念と、刑法上の殺人罪の定義とでは、法学における議論の次元が、まるで違う」

宮崎が、歪《いびつ》な形に頰を持ち上げる。

「……いやいや。お言葉ですが、教授。それは通用しませんよ」

「何がだ。たかが事務局員が、分かったようなことを言うな」

「我が国には軍法がない。軍隊がないのだから当たり前ですよね。ということは、人を殺すという行為にはひと通りしか解釈がないわけです。相手が国家だろうが個人だろうが、殺人はご法度。逆に言えば、日本国民は相手が殺人鬼だろうと戦争国家だろうと、その『公正と信義に信頼』して、自らの『安全と生存を保持しようと決意』しなければならないわけです。つまり、無抵抗でいることこそが美徳……そういうことでは、ありませんか？」

この男、何者だ。

「君は、殺人を容認しようと言うのか」

「逆ですよ。容認しているのはあなた方でしょう……日本学術会議の会員であり、その法学委員会のメンバーでもある、高垣昌良《まさよし》教授」

なぜ、彼が今それを持ち出すのか、私には即座に理解できなかった。

日本学術会議は、日本を代表する国立科学アカデミーだ。

同会議は科学の向上発達を図り、行政、産業及び国民生活に科学を反映浸透させることを目的とする、内閣府直轄の国家機関であり、会員は国家公務員特別職に当たる。

これだけだと、同会議はあくまでも「科学」に特化した機関のように思えるが、実際には宮崎の言う通り、法学や政治学、史学、哲学といった分野別委員会が三十ほどある。これにより同会議は、日本の大学における専門研究の、ほぼ全ての分野を網羅し、影響力を有しているといえる。

「日本学術会議のどこが、殺人を容認しているというんだ」

「しているでしょう」

「日本学術会議は、軍事目的のための科学研究を行わないという声明を出している」

小さく、宮崎が頷く。

「存じ上げておりますよ。防衛装備庁の設けた、安全保障技術研究推進制度に応募することすら、事実上禁止している……まあ、応募しようとした研究者に対して、学内の人事などを盾に取り、応募を妨害したと言った方が、正しいのかもしれませんが」

怒りで体が震え出しそうだが、ここは冷静に対処しなければならない。

「致し方ないだろう。軍事目的の研究は行わないと、国家機関である日本学術会議が決めたのだから、防衛装備庁がそう求めたところで、そのような制度への参加が認められるわけがない。絶対にだ」

宮崎が首を傾げる。

「それは、大学が軍事研究を始めたら、また日本が戦争に突っ走る恐れがあると……そういうことですか」

「もう少し丁寧な言い方をする必要はあるが、趣旨としてはそういうことだと、解釈してもらって構わない」

「それは、おかしいですね」

宮崎の頬が、次第に、般若《はんにゃ》のように吊り上がっていく。

「……そういうお考えがあるならば、なぜ国公立私立を問わず、四十五もの日本の大学が、中国国防七大学と、大学間交流協定を結んだりしているんですか。これまた『釈迦に説法』とは思いますが、ご存じですよね。中国国防七大学というのは、中国人民解放軍と非常に関係が深い、軍事関連技術研究を行うための大学ですよ。具体名も挙げましょうか……北京《ペキン》航空航天大学、北京理工大学、南京航空航天大学、南京理工大学、西北工業大学、哈爾濱《ハルビン》工業大学、哈爾濱工程大学、以上の七大学です」

むろん、そんなことは先刻承知だ。

「だから、どうした……それを、私にどうしろというのだ」

宮崎が、ふいに顔つきを元に戻す。

「ああ、そうでしたね。話を元に戻しましょう……こちらもご覧ください」

もう一枚、同じサイズの写真を抜き出し、差し出してくる。

「こちらは、その尾身崇彦さんと交際していた、原田里香さんになりますね」

腹の底から、酸の濁流が噴き上がってきた。

「うっぷ……んぼぉ……」

横を向いてしゃがみ、紙屑などを入れるゴミ箱に、思いきり嘔吐《おうと》した。

原田里香も、私のゼミのOGだ。尾身と交際していることは知っていたし、結婚するつもりだということも聞いていた。

それが、なんだ。

全裸にされ、顔面以外、全ての皮膚が紫になるほど暴行を加えられている。その上で、鳩尾《みぞおち》から股間まで腹を裂かれ、引き出された内臓が地面に広げられている。

宮崎が一つ、咳払いをする。

「尾身くんが、助けてあげなかったからでしょうね。可哀相に、原田さんは尾身くんの目の前で、三人の男性に輪姦されて、全身を殴られ、踏みつけられ、最後は文化包丁で腹部を切開されて、素手で子宮を摑まれて、引っ張り出されたらしいですよ……高垣教授。ほら、もっとよくご覧になってください。これがあなた方が育て上げた、平和憲法の申し子たちの成れの果てですよ。立派だったねって、平和平和と唱えていれば、誰も危害なんて加えない、そう最後まで信じてたんだね、偉いねって、褒めてあげなさいよ」

狂っている、この男。

「……何が狙いだ、キサマ」

「あー、そんな、相手を刺激するようなこと言っちゃ、いけないんじゃなかったでしたっけ。そんな挑発的なことを言うから、相手の暴力行為はどんどんエスカレートするんだって、そういう論調だったじゃないですか。高垣教授は……これ」

宮崎が、ゴミ箱を手放せなくなった私に、また何か差し出してくる。

今度は、Ｂ４サイズのタブレット端末だった。

何かの映像が、表示されている。

「……映ってるの、誰だか分かります？」

脳幹に、直接電流を流されたかのようだった。

「く……久留美《くるみ》ッ」

「そうです、正解です。高垣教授のお嬢さま、高垣久留美さまです」

なぜだ。なぜだ、なぜだなぜだなぜだ。久留美は関係ない。家族は私の研究や活動、主張とは無関係だろう。

「な……なんの……」

「武力や、それを背景とする脅しは、いくらでもエスカレートするということですよ。平和平和と、盆踊りでも踊りながら唱えるだけで防げるものなら、是非そうなさってください。でも実際には防げないのだということを、あなたには思い知っていただきます。今からお嬢さまの股間を、園芸用ドリルでグチャグチャに掻き混ぜます」

フザケるな。

「それじゃ、ひ、人殺しだろうッ」

「いやいや、お互いさまでしょう。殺人国家、ジェノサイド国家の軍事研究大学の学生を受け入れ、日本の防衛省には提出しないような研究データも、中国人民解放軍にはホイホイ喜んで渡すんですから。あなたたち、日本学術会議の会員先生たちは」

「それとこれとは別問題だろうッ」

「別問題かどうかは、見て決めればいい。あなたが自分の目で、実の娘の股間が、園芸用ドリルでグズグズになっていく様を、とくと見たらいい」

駄目だ。

こいつには全く、理屈というものが通じない。

常識や良識というものが、完全に、欠落している。

ここは、戦略的撤退が必要な場面――なのかも、しれない。

「……分かった、私が、悪かった。この通り、頼む……娘は、久留美だけは、勘弁してくれ。傷つけないでくれ」

宮崎が「ほう」と言いながら、ゴミ箱の向こうにしゃがむ。

「人にものを頼むときは、それなりの交換条件を吞まなければならないというのが、ごく一般的な『交渉』というものなんですが。机でご本ばっかり読んできた学者先生は、そういうことを、ちゃんとお分かりなんですかね」

事務局員ごときにこんなことを言われるとは、屈辱以外の何物でもないが、致し方ない。

「分かる、分かってる。久留美が助かるなら、吞む。どんな条件でも吞もう」

「本当ですか？」

「ああ、本当だ。嘘はつかない」

宮崎が立ち上がる。

「だって、要求は三つもあるんですよ」

だとしてもだ。

「……き、聞かせてくれ」

宮崎が、半笑いで頷く。

「分かりました。じゃあ、まず一つ目。日本学術会議は憲法九条を書き換え、自衛隊を『国防軍』とするよう政府に提言する、という声明を出していただきます」

いきなり、そんな、馬鹿な。

「君、そんなこと、私には……」

「二つ目。今後、日本学術会議は、軍事科学研究を容認し、日本国の安全保障に積極的に貢献する所存である」

「ちょっと待ってくれ」

「三つ目」

この上、何があるというのだ。

「これが最後です。日本学術会議は、中国国防七大学との大学間交流協定破棄を推進し、今後、中国人留学生は一切受け入れない方針を、日本の各大学と共有していく」

「待て、待ってくれって」

そんなこと、約束できるわけがない。

2

「広尾中央公園内女性傷害致死事件」被害者の身元が判明した。

中華人民共和国、山東省出身の周海燕、三十二歳。

経団連の代表理事事務総長を務める、株式会社パナテックの初島邦之会長の愛人だった女性だ。

初島にはパナテック本社の会長室にて、改めて話を聞いた。

質問は、捜査一課の水谷統括がする。

「周さんに、最後にお会いになられたのは、いつですか」

今この部屋には初島と、東たち四人の他には誰もいない。

日時を確認するため、初島が自ら手帳を捲《めく》る。

「三月の……四日、金曜日となっている」

いま確認しているのは確かに初島だが、日々の記入をしているのは、おそらく秘書なのだと思う。自分の手帳を捲っているにしては、初島の手付きはあまりにもぎこちない。

初島が周海燕に最後に会ったのは、死体発見の四日前。

水谷が続けて訊く。

「その日は、どちらに」

「赤坂で食事をして……ホテルに行ったと、記憶している。これには『赤坂』としか書いていないが、赤坂ならキャピトルだ」

　赤坂で最も高級なホテルだ。

「周さんのマンション、ではなく」

「ああ。他人の生活振りを見るのが、私はあまり好きではなくてね」

　水谷が首を傾げる。

「それは、どのような」

「どのよう、とは」

「なぜ、他人の生活振りを見るのがお好きではないのか、その理由を……差し支えなければ、お伺いしたく」

「差し支えも何も、他人の家の電化製品が、全てパナテック製で揃っていると思うかい」

　東は、思わず「なるほど」と言いたくなった。

　水谷も、ここは少し笑いどころと判断したようだ。

「相手女性の部屋に他社製品があったら、やはり癪《しゃく》に障りますか」

「不愉快だね。我が社で出していない部類の商品だったら、まだ我慢できる。『家庭用プラネタリウム』とかな、そういう玩具の類なら、あったところで腹は立たない。ただ、美顔器から炊飯器から、携帯電話から乾電池まで、ウチはありとあらゆる実用家電を製造、販売している。延長コードも、豆電球もだ。私と関係した女性の寝室に、よりによって他社製のドライヤーなんぞがあったら、まるで寝盗られたような気持ちにすら、なるだろうね」

それくらいでなければ、ここまで大きな会社の長は務まらない、ということか。

周海燕宅の鑑識作業はすでに済んでいる。指紋は数人分採取できているとの報告があったが、この分だと、その数人に初島は含まれていない可能性もある。

水谷が頷く。

「では、その夜は……ホテルに宿泊された」

「いや、この日は泊まらなかった。連絡がとれなくなり、その後に何度も思い出したのは、別れ際……バスローブ姿で、私のネクタイを直してくれた海燕だった。これにも書いてあるが、翌日がゴルフだったのでね。私は……先に帰ったんだ」

ここまで気丈に振る舞っていた初島が、漏らすように息を吐き出し、肩から力を抜く。

「……何度も考えたよ。あの夜、私が朝まで一緒だったら、海燕はいなくならなかったのか、などとね……ご覧の通りの老人だ。いつ愛想を尽かされても文句を言えた義理ではないが、ただ、こういうのは想定していなかった。ある日突然いなくなり、連絡もつかなくなる。人を使って捜しても、行方がまるで分からない。突発的な何かで本国に帰ったのだろうと、そう思うようにはしていたが、まさかな……」

初島が顔を上げる。心なしか表情にも力がない。

「そろそろ、教えてもらえないか……海燕は、どうやって殺されたんだ」

水谷が詫びるように頭を下げる。

「渋谷区の、広尾中央公園内の公衆トイレで、出血多量で亡くなっているのが発見されました。

詳しくはまだお話しできませんが、腹部を刃物のようなもので傷つけられ、それが元で死に至った、とご理解ください」

　死因について、初島が何を思ったのかは分からない。これについての反応は特になかった。

　水谷が初島の顔を覗き込む。

「もう一点。周海燕さんとは、どのようにして出会われたのかについても、お聞かせいただけますか」

　頷いてはみせたものの、初島はなかなか話し始めない。

　水谷が促す。

「場所は。日本ですか、中国ですか」

「……中国だ。ウチの中国工場を二ヶ所回ったあとで、向こうの党の要人と会う予定があった。北京でな」

「いつ頃のお話ですか」

「三……もう、四年前になるか」

「そこに、周海燕さんが」

「いや。予定を全て終えて、翌日には帰国という夜に、上海《シャンハイ》のホテルのロビーで声をかけられた。江蘇省《こうそしょう》の工場でお会いしましたね、またお会いできるなんて光栄です、とね」

　何やら「ハニートラップ」の匂いがプンプンする。

　水谷が小首を傾げる。

「江蘇省の工場で、本当に会われたのですか」

「ああ。当時、彼女は中国の、ネットメディアの記者でね。工場へは取材で来ていて、その際にインタビューできないかと頼まれた。予定があるのでと、そのときは断わったが、上海のホテルでまた会った。彼女は、今日はスタッフがいないので、正式なインタビューは申し込めないが、個人的に話を聞くことはできないか、できればホテルのラウンジかどこかで……まあ、そういうことだよ」

本人にも、ある種の「自覚」はあるのだろう。

初島は、自嘲気味な薄笑いを浮かべて続けた。

「気に入ったので、後日こっちに呼んでね。彼女も日本が気に入ったんだろう。もっといたいというんで、例のマンションを手配して、そこに住めと言ったんだ」

「それが、いつ頃のことですか」

「だから……三年前、だな。ちょうど」

出入国在留管理庁に捜査員を派遣し、マル害に似た来日外国人女性がいないか当たらせてはいたが、さすがにこの短期間で三年前まではさかのぼれていなかった。

初島が続ける。

「いい女だったよ。これまでの人生で、女房を別にしたら一番と言ってもいい……まあ、危険は百も承知さ。むしろ、棘《とげ》があるくらいでなければ、女はつまらない。その棘もひっくるめて飼い馴らすのが、男の甲斐性ってもんだろう。違うかい」

そういう考え方も、否定はしない。

初島の供述に関しては、会議でも水谷統括が報告した。

「初島は、周海燕がいつ失踪したのかも把握しておらず……」

むろん、その他の捜査員も周海燕について、あるいは彼女が居住していたマンション「ドエル永福」について、様々な角度から調べを進めていた。

しかしここでも、死体発見からすでに二ヶ月以上経過していることがネックになった。

「ドエル永福の、管理人受付向かいに設置されている防犯カメラの映像は、三週間を過ぎた時点で、上書き消去されていく設定になっており……」

近くのコンビニや駐車場、個人宅と、捜査員は手当たり次第に映像を求めて訊き回ったが、データの保存期間はどこも似たり寄ったりで、先々月、三月の八日より前の記録が残っているケースは皆無ということだった。

キサマらは、防カメ映像がなければ何もできないのか。

幹部はそう怒鳴りつけたかったに違いない。だが、もし捜査員に「だったら、他に何か有効な手段を示してください」と言われたら、幹部たちに返す言葉はない。

悲しいかな、今現在の刑事捜査が防犯カメラ映像頼りになっているのは、紛れもない事実だ。それ以外の手法が消えてなくなったわけでも、捜査員が怠けているわけでもない。ただ「記憶」は「記録」には遠く及ばない。人間の曖昧な「記憶」を求めて歩き回るより、カメラ映像という揺るぎない「記録」によって捜査を進めたい。そう思うのは幹部も、現場で汗を流す捜査員も同じだ。

また、人の記憶そのものも変容してきているのではないかと、東は思ってしまう。

これは、あとで必要になるかもしれないから写真に撮っておこう。そう思って実際に撮っていればいいが、撮り忘れたり、撮ろうとすら思わなかったことは、昔よりも簡単に記憶から消えていっているのではないか。

あるいは、あとでネットで調べれば分かるだろう、という後回しにする「癖」が、その場での理解や記憶を阻害している可能性もあるように思う。

防カメ映像に頼らず、この状況を打開する手立てはないのか。

マル害の身元は分かった。中国国内でのそれは確認中だが、少なくとも日本における立場は分かった。三年もの間、有名企業の会長の愛人だった。そこから導き出せるものはないのか。彼女はなぜ、子宮を抉り出されて殺されなければならなかったのか。

中国共産党が周海燕を使い、パナテック会長である初島邦之になんらかの工作を仕掛けていたことは想像に難くない。今日のところは深追いせずにおいたが、いずれは初島に、中共から工作を受けていた自覚はあるか、情報提供を強要されたり、商取引の過程で便宜を図ったことはないか、直接問い質す必要がある。

だが、そのことが周海燕殺害に繋がっているか否かは、なんとも言えない。ごく表層的な見方に過ぎないが、もし周海燕が中共の工作員であったならば、むしろ殺さずに運用し続けた方がよかったはずだからだ。

どうする。この事件は、どこから解き明かしていったらいい。

「起立……敬礼」

やがて夜の捜査会議も終わり、捜査員は各々仕出し弁当を手に取り、缶ビールやチューハイを選んで、また席につく。

報せが入ったのは、そんなタイミングだった。

「……分かった。用意しておく」

殺人班四係長が、情報デスクの固定電話に受話器を戻すのが見えた。やや表情が硬いが、それが何を意味するのかは分からない。よくない報告だったが、それで取り乱したりしないよう自身を戒めているのか。逆に報告はよいことだったが、糠喜びはするまいと歯を喰い縛っているのか。

四係長はデスク要員と何やら相談し始めた。パソコン関係のようだが、それはさほど難しいことではないらしく、デスク要員は「大丈夫です」と繰り返し頷いていた。

やがて水谷統括が呼ばれ、係長から指示を受け、その指示が三人いる担当主任にも伝えられた。

「坂東が何か拾ったらしい。これから持って帰ってくるから、それを残っている人間で確認する」

坂東。東たちと一緒に、最初にドエル永福を見にいった捜査一課の巡査部長だ。

山本、平林《ひらばやし》、田塚《たづか》。三人の捜一担当主任の組と、水谷統括主任の組。これに幹部とデスク要員を加えた十三人で、情報デスク付近に待機した。命令を受けた時点で、東を含む全員が飲み物をウーロン茶に切り替えている。

坂東が戻ったのは三十五分後だった。

「遅くなって申し訳ありません。実は……」

すでに構えていたシステム手帳を見ながら報告する。

「ドエル永福七〇四号、周海燕の部屋の一つ奥ですが、ここに居住するアキノソウタという、四十六歳の男がですね……ありがたいことに、周海燕の、ストーカーをしてくれていました」

警察官としてはなんとも不謹慎な言い草だが、期待は持てる。

水谷が訊く。

「どのレベルのストーカーだ」

「全容は分かりません。けっこうヤバいことまでやっている可能性は、はっきり言って高いです。隣室に侵入して、下着を盗むとか、洗濯物を嗅いだり舐めたりするくらいは、普通にしていたと思います。ただしもう、それは不問にしたいです。アキノがこれを提供してくれたのも、そういうことは全て見逃してくれと、見逃してくれたら出すと、そういうことでしたから……独断ですが、すみません。不問にすると、私は言ってしまいました」

係長は、フンと鼻息を吹いたが、水谷は構わず続ける。

「で、何を出させた」

「周海燕、失踪当夜と思われる、マンション外廊下の映像です」

水谷は「よし」と並べた椅子の方に動き出したが、デスク要員が割って入った。

「その前に、いったんお預かりします」

言われて、水谷も「そうだったな」と足を止める。

外部から持ち帰った記録媒体を、いきなり警視庁のパソコンには接続できない決まりになっている。記録媒体そのものは警視庁の正式な貸与品であったとしても、外部でコピーしてきたデータにウイルスが仕込まれていたり、その他のマルウェアが潜んでいる可能性は否定できないからだ。よって、まずウイルスチェック用のパソコンに挿して問題ないことを確認し、それからでなければ、写真一枚閲覧することも許されない。

「……はい、大丈夫です」

デスク要員が、問題なしと判断したUSBメモリーを坂東に返す。

「では、早速」

閲覧用のパソコン前に移動しながら、坂東が説明の続きをする。

「アキノが、ドエル永福七〇四号に越してきたのが、一年半前。その時点で周海燕はすでに隣にいたわけですが、引越しの挨拶には行ったものの、そのときは留守か居留守かは分かりませんが、会えなかった。その後にたまたま廊下で出くわしたのが初顔合わせとなり、もう、その瞬間に……アキノは『ハッとなった』と表現しましたが、そんな程度ではなかったと思いますね。アニメだったら、黒目が赤いハートになったような、そんな様子だったんだと思います。以後……アキノ自身は『ときどき』と説明しましたが、たぶん日常的に、こういう映像を撮影していたものと思われます」

坂東が、新しいウィンドウに出てきたアイコンの一つをクリックする。

「要は、アキノの部屋のドアポストから、超小型ＣＣＤカメラのレンズを出して、周海燕の帰宅シーンを撮影すると……もう、これが日課というか、生き甲斐のようになっていたようで。アキノのパソコンの、それ専用のフォルダーには、もう何百と、同じアイコンのファイルが保存されていました」

映像を再生するウィンドウが立ち上がる。

真っ黒の画面に、三秒もすると、東もよく知っているマンション外廊下の風景が映し出された。

「七〇四側から、廊下を映した映像ですね。この、先の方にエレベーターホールがあって……この、この切れ目です。ここから……」

一人、二人、三人、四人と、人が降りてきた。

先頭は、黒髪を短く切り揃えた女。上衣は黒っぽいブルゾン、下はカーキ色の——ゴツい男だったら「ニッカボッカ」と言いたいところだが、なかなかスタイルのいい女性なので、ここは「カーゴパンツ」としておく。その先頭の女は、七〇三号と七〇二号の間にある階段室に姿を消した。

二番目に降りてきたのは、上下のコーディネイトは女と一緒だが、もう少し背の高い、黒い短髪の男だった。三番目も似た感じの男だったが、背は少し低い。この二人はアキノのカメラ前を通過して、さらに奥に消えていった。

四番目に降りてきたのは、同様の着衣で金髪セミロング、というのは分かったが、男か女かははっきりしなかった。しかも、エレベーターを降りて向こうに行ってしまった。

　坂東がマウスを動かす。

「ご覧の通り、不審人物が四人、七階の廊下で、それぞれ配置に着きました。ここからはしばらくは動きがないので、飛ばします」

　録画時間を示すバーを操り、映像を先送りする。

「……あっ、と行き過ぎ……はい、ここからです」

　エレベーターから、すらりと背の高い女性が降りてくる。

　これが周海燕なのだとしたら、東たちはいま初めて、その動く姿を見ていることになる。

　黒い大きなボタンが印象的な、ベージュのロングコート。中は黒いワンピースだろうか。いや、上下で質感が違う。上衣は黒いニット、下衣は黒いロングスカートだ。水色のスカーフを首元に巻き、夜だというのにサングラスをしている。髪は、少し茶色がかっている。左肘には黒い、真ん丸いバッグが掛かっている。

　サングラスの分は差し引かなければならないが、それでも顔立ちはマル害のそれに酷似しているように見える。

　この、周海燕らしき女性が、どうなる。

　かなりご機嫌な、要は無防備極まりない様子で、バッグを揺らしながらこっち、七〇三号に向かって歩いてくる。しかし、階段室前に差し掛かった瞬間、スッ、と黒い腕が伸びてきて、同時にカメラの視界が塞がれる。こっちに待機していた男二人も加勢に動いたのだ。

いつ、どうやって接近したのかは分からなかったが、エレベーターの向こうに行っていたはずの一人も、すでに輪に加わっていた。

あっというまに、周海燕と思しき女性は、四人の男女に囲まれて見えなくなった。ちらりと、脚と脚の間に裸足が覗いたように見えた。黒髪ショートの女が、身を屈めて何かを手にする。脱げた海燕の靴を拾ったようだった。

五人の塊は、いや、周海燕を呑み込んだ四人の塊は、そのままエレベーターに乗り込んで消えた。

周海燕が登場してから、ほんの数秒の出来事だった。

コマ送りで確かめる必要はあるが、四番目に降りてきていったん奥に向かった一人は、エレベーターのボタンを押して、周海燕が乗ってきたカゴを止める役だったのだろう。

階段室に隠れた女が首を搦《から》め捕り、男二人が加わって抱え上げ、そのままエレベーターに運び込んで、作戦終了。

坂東が映像を一時停止状態にする。

「アキノはこれ以後、彼女はマンションに帰ってきていないと言っています」

山本が訊く。

「これが撮られたのは」

「三月六日日曜の、二十三時四十分前後です」

初島と、最後の夜を共にした翌々日。

死体が発見される、二日前の夜というわけだ。

3

そもそも、陣内に寝覚めのいい朝などはない。

しかし、今朝は格別に、特別に悪かった。

昨夜、七人の男女、店の外まで数えたら十人近く、明らかに遊び客ではない、何か他の目的を持った連中に「エポ」は占拠された。

結果的には何もなかった。店内を荒らされたり、陣内自身が危害を加えられるということはなかった。ただ、どうしようもなく胸糞は悪かった。

リーダーであろう女に「陣内さんは、玄人中の玄人」と言われた。「理解し合えれば、共通の目的のために、手と手を取り合うこともできる」とも言われた。

真意は分からない。だが彼女は「新世界秩序」「日米同盟」といった言葉も口にしている。そこから陣内が連想したのは「新世界秩序と歌舞伎町セブンの共闘」、実質的には「ＮＷＯへのセブンの取り込み」だ。

彼女らが帰った時点ですでに、盗聴器発見器のランプは真っ赤に点灯していた。かなり強力な電波が発信されているのは間違いない。

店内の清掃も兼ねて点検していくと、出入り口に一番近い席、カウンター下側の奥まったところに、使い捨てライターくらいの黒いプラスチックケースが取り付けられていた。

引っ剝がしてやろうと手を伸ばしかけたが、やめた。ただのバーの雇われ店長が、仕掛けてすぐの盗聴器に気づくのは逆におかしい。素人を装うならこのまま触らず、活かしておくのが賢明だろう。

いや、参った。

ジロウが、関根組の市村からもらってきた発見器を仕掛けてくれたときは「これでひと安心」と思ったが、実際に盗聴器を仕掛けられるというのは、こういうことなのだ。清廉潔白な独身女性ならいざ知らず、陣内のような後ろ暗い人間は、即刻撤去で綺麗さっぱり、なんてことにはならない。むしろ、盗聴されていることを承知の上で、まるで気づいていないような芝居をしなければならなくなる。

ただでさえ嘘で塗り固めた人生なのに、それをまた芝居という風呂敷で包まなければならないのか。厄介だ。あまりにも面倒臭過ぎる。

腹が立ったので、もういい加減、直接ジロウに電話することにした。昨夜のことがジロウと関係があるのかどうかは分からないが、とはいえ全く無関係とも思えなかった。

だが、通じなかった。

機械音声が言う通り、たまたま電波が届かない場所にいることもあるだろう。だから時間を置いて、何度も何度も、何度でもかけてみた。それでも繋がらない。これは、電源を切っているとしか考えられない。

そうなると、逆に心配になってくる。

身の危険を感じる状況下にあるから、陣内やその他の仲間のことも考えて電源を切っている。それならばまだいい。すでにジロウは囚われの身となっており、携帯電話は相手側に渡ってしまっている、あるいは破壊されてしまっている。その方がよっぽどマズい。

じゃあ「あたしも付き合う」と言っていたミサキはどうだ。直接かける用事はほとんどないが、番号は一応知っている。

しかし、これも駄目だった。同じメッセージを聞かされただけで、電波の問題なのか電源のそれなのかははっきりしない。

ジロウ、何やってんだよ。ミサキ、お前はなんのために、一緒に付いていったんだよ。

店を開けたら開けたで、盗聴器が気になって神経が休まらない。とりあえず、マイク穴だけでも塞いでしまうというのはどうか。ガムテープ、いや、粘土みたいな物の方が音を遮断できるか。紙粘土なら、確か百均でも売っている。だが急に無音になったら、それはそれで怪しいか。

そんなヤキモキする状況が数日続いた。

そして週末。繁華街はどこも賑わう。それは歌舞伎町も同じ。平日より勤め人は少ないが、代わりに早くから飲み始める人、翌日も休みだから気にせず遅くまで遊ぶ人が多くなる。ハシゴも普段は二軒で終いのところが、もう一軒行くか、よし行こう、というケースが増える。

「はい、いらっしゃいませ」

なので訪れる客は、たいてい平日より多めに酒が入っている。

「ジンさん、ボトル……俺の焼酎のボトル、まだあるっしょ」

「ヒガシさん。あれはこの前、空けちゃったじゃない。後輩の人、二人連れてきたときに飲んじゃったでしょう」

「んあ、そう……そうだっけ。じゃあ、同じの。同じの入れて」

「だから、あれは事前にご注文いただかないと。お取り寄せですからねって、言ったじゃないですか」

「ああ、そう……そうだっけ。じゃあ、違うのでいいから、ボトル」

「いや、今日はさ、もうけっこう飲んでるみたいだから、一杯ずつにしましょう。ね？　ボトル入れると、ヒガシさん、すぐガブガブ飲んじゃうから」

「んお、なんだと……陣内、この野郎……お前、生意気だぞぉ」

ちょうどその、東山《ひがしやま》という不動産会社社長に、麦焼酎の水割りを出したときだった。

カウンターのこっち側、客からは見えないところに伏せてあった携帯電話が震え始めた。

幸い、今すぐ作って出さなければならないオーダーはない。

引っ繰り返して見てみると、知らない番号からだったが、予感はあった。

「はい、もしもし」

いや。希望、願望か。

『……俺です。今、話せますか』

案の定だった。低く押し込んでくるような声。ジロウだ。

どこまで分かってかけてきたのかは知らないが、ただ今「エポ」はロフトまで満席。この状況なら、多少話しても会話が盗聴器に拾われることはあるまい。

そもそも、そんなに大声で喋りもしないが。

「どうもどうも。ご無沙汰しております」

これは芝居半分、嫌味半分といったところだ。

『こっちもいろいろあった。話がしたい。場所は作れるか』

丁寧語は最初だけか。

「はい、ロクさんにでも頼んでおきますよ」

「ばらしのロク」は市村の二つ名だ。

『でも、新宿じゃない方がいい』

「そうですか。では、そのように手配いたします」

『決まったら、この番号にかけてくれ。今度はちゃんと出るから』

「承知いたしました。ありがとうございます」

それから、暇を見つけては市村にメッセージを送った。

返事があったのは、翌日になってからだった。


市村が用意したのは、東京駅近くにあるシティホテルだ。

そこなら車のまま地下駐車場に入れるので、尾行の有無が分かりやすい。仮にロビーで待ち伏せされたとしても、客室キーを兼ねたカードがないとエレベーターは動かないし、なんとかエレベーターに乗り込んだところで、そのカードキーがなければ各階の客室フロアには入れない。

陣内は市村の指示通り、【高坂《こうさか》】の名札を付けた四十代の男性フロントマンに声をかけ、「目《め》黒《ぐろ》」と名乗ってカードキーを受け取った。

部屋番号は「一二〇六」。

十二階にあるその部屋に入ると、すでにジロウは来ていた。

「よう、お疲れ。ずいぶん早いじゃないか」

「……どうも」

二つあるベッドではなく、その奥にある応接セットの椅子に腰掛けている。照明はあちこち点けてあるが、窓のカーテンは閉め切ってある。雰囲気は限りなく「夜」に近い。

座ったままではあるが、ジロウが頭を下げる。

「……いろいろ、すまなかった。連絡も、なかなかできなくて」

そう素直に謝られては、こっちも大人げない振る舞いはできない。

「ま、元はと言えば、俺が振った話だ。心配はしたが、でも無事でよかったよ……何があった。どうなってんだ」

土屋の指示通り、車を用意して赤坂で待っていると、土屋本人は乗ってこず、少年を一人押し付けられる恰好になった。セブンのメンバーと連絡をとっていいものか悩んだが、結局はシンに頼んで空き家を用意してもらった。

場所は神奈川の相模原だという。

「そこ、本当に死体置き場だったのか」

「分からない。冗談なのかなんなのか。居心地としては、普通の一軒家だけどな」

その後、ジロウ一人が東京に戻って「エポ」の様子を見にきた。

それがちょうど、あの連中に占拠されているときだったようだ。

「『○』が消えてたから、覗きもしないで退散したが……そうか。そんな連中が来てたのか」

「ああ。どう見ても只者じゃなかった」

陣内は、覚えている限り七人の風貌を説明したが、ジロウ自身は土屋と少年を追ってきた四人を見ていないので、同じ連中か否かは判然としなかった。

ジロウが訊く。

「リーダー格は、黒髪ボブの女だったのか」

「そのように思わせる、芝居だったのかもしれないが、雰囲気としてはそうだった。カリスマっていうのかな。なんか、そんなふうに感じた」

「ミサキは、追っ手は男女二人ずつだったと言ってた」

「その中に、黒髪ボブはいなかったか。あと、金髪っぽい女とか」

ジロウがかぶりを振る。

「一人ひとりの特徴までは、分からなかったらしい。ただ、チビは一人もいなかった、みたいには言ってた」

「それは、こっちもそうだった。全員高身長の、男まで化粧をした、劇団みたいな連中だった」

確証は何一つないが、二つのグループは同一のものと仮定して、善後策を練った方がよさそうだ。

ジロウが溜め息をつく。

「土屋とも連絡がとれない。まったく……なに考えてんだ、あの女」

試しに陣内もかけてみたが、確かに繋がらない。

「駄目だ……ま、他にも土屋に連絡をとる方法がないか、表の関係者とかに訊いてみるよ。それと、その口を利かないガキだよな」

ジロウが頷く。

「もうすぐ一週間。不気味なくらい、ひと言も喋らない」

「いくつくらいなんだ」

それには首を傾げる。

「中学生か、高校生……大学生ってことはないと思うが、見た目が幼い男もけっこういるからな。なんとも言いようがない」

「所持品は」

「身体検査はしてないが、手ぶらだ。バッグの類は持ってない」

ヤバい相手にインタビューとか、NWOといった話を除き、冷静に状況だけを見れば、土屋昭子に子供のお守りを押し付けられただけ、と考えることもできる。

「ひと言も口を利かない、反抗期のガキか……知ったこっちゃねえよって、放り出せたら楽なんだろうけどな」

「ああ。何しろ喋らねえから、大物なんだか、ただのガキなんだか、皆目見当がつかない」

その日は、なんとしても土屋に繋ぎを付けると約束し、ジロウが「ＡＴＭも迂闊に使えない」と言うので、手持ちの現金、四万五千円を渡して別れた。

陣内が先に部屋を出たので、その後、ジロウがどうやってホテルを出たのかは分からない。


翌日の午後。

新宿東宝ビル前で見つけた関根組の若中《わかちゅう》、蒲田《かまた》勝一《しょういち》にすれ違いざま、わざと肩をぶつけてみた。

「イッて……あ」

なんだジンさんじゃないっすか、までは言わせない。

「オイ、あ、じゃねェだろ、そっちからぶつかっといてよ」

「え？」

どうしたんすかジンさん、みたいな顔もさせない。

「文句あんのか、この野郎」

柄シャツの胸座《むなぐら》を摑み、ぐっと引き寄せて睨みを利かせる。

できるだけ唇を動かさず、小声で伝える。

「……喧嘩の振りして俺を事務所に連れてけ」

「え」

「演技しろ、組長んとこに連れてけ」

勝一は、関根組の中ではまあまあ頭の回る方だ。

何か事情がありそうだと悟ってからの「凄み」は、さすが本職だ。

「オッサンよ、そっちからぶつかっといて、その言い草はないでしょうが」

「なんだと、この野郎」

「ここでそんな、事を荒立てちゃいけませんよ。とりあえず、こっち来てください」

「こら、触んなよ」

「いいから、こっち来て、こっちで話しましょう」

「なんだコノ野郎、離せって」

そのまま市村のいる事務所に連行される。ただし、関根組の本部事務所ではない。市村が、飲食店経営や不動産仲介業をするために構えた、いわば「表用」の事務所だ。

歌舞伎町二丁目のはずれ、一階が韓国料理屋になっているビルの三階。スチールドアに貼ってあるプレートには【近未来企画（株）】とある。

「こっちだオラァ、入れ馬鹿野郎ッ」

「上等だオラァ、入ってやるよ」

玄関に入ってドアを閉めたら、とりあえずよし。

「ありがと、蒲田くん……変なこと頼んでゴメンね」

財布から一万円札を抜いて、勝一の胸ポケットに捻じ込む。

「いや、そんな、いいですって」

「いいから、いいから。お陰で助かったよ……社長室は、こっち？」

「はい、そのドアで」

一応、ノックをしてドアを開ける。

四畳半より少し広いくらいの、小さな部屋だ。

市村は、小振りな応接セットの向こうにある事務机で、プラモデルを弄《いじ》っていた。

メガネタイプのルーペをずり下げ、上目遣いにこっちを見る。

「……騒々しいと思ったら、なんだ、ジンさんじゃねえか」

陣内は後ろ手でドアを閉めた。

「真昼間から模型弄りとは、ずいぶんと悠長だな」

「アメリカ海軍、航空母艦、ヨークタウン……あんたにゃ、こういう男のロマンは、分かんねえだろうな」

言いながらルーペを外し、市村が立ち上がる。

振り返り、背にしていた窓のブラインドカーテンを下ろし、羽根も傾けて視線を遮る。

陣内はドアに施錠してから、市村の隣まで進んだ。

「……ジロウに会って、話は聞いた」

手短に、昨日聞いた話を市村にも伝える。

市村は繰り返し頷いていた。

「……まあ、あの女らしいと言えば、らしいな」

「なんとか土屋と連絡をとりたいんだが、方法はないか」

市村が、机に置いていたタバコの包みに手を伸ばす。

「あの女は、編集とかライターとかの、いわゆるプロダクションには所属してない。完全なるフリーってこった。ジンさんも前に、ほら、麹町《こうじまち》にある……文秋《ぶんしゅう》社か。出版社に一緒に行ったことがあるって、言ってたろ。でも、それだって付き合いがあるって程度で、実際にはあそこから本を出してるわけじゃないし、雑誌の連載仕事をもらってるわけでもない。今みたいな状況になって、それでも連絡がとれるルートがあるかってえと、出版関係の人間でも、それはないと思うぜ」

さすがは「歌舞伎町セブン、第一の目」。土屋昭子の身辺はすでに調査済みというわけだ。

出版業界関係は駄目、か。

「他に、プライベートで付き合いがある人間は」

「広過ぎて逆に分からん。誰とでも寝るようでもあるし、実は案外、焦《じ》らすだけ焦らして、オッパイも触らせねえ女……なのかもしれない。さすがに、会員制個室カラオケの内部映像までは確認してないんでね。その辺は俺にも分からん……」

そう言いながらも、市村は何か思いついたように目を見開いた。

「……おい。土屋昭子って、確かもう、三十七、八だよな」

急にそんなことを言われても、陣内には分からない。

「まあ、それくらいの歳には、見えるかな」

「その、だんまりのガキに、ジンさんは会ったのか」

「いや、ジロウから話を聞いただけだ」

「じゃあ、ジロウに訊いてみようか。そのガキ……土屋昭子と、顔が似てねえかって」

まさか。

「そのガキは、土屋昭子の息子じゃないか、ってことか」

「あり得ねえ話じゃねえ。中学生だか高校生だか分かんねえ見てくれなんだろ。ってこたぁ、十三歳から十八歳だ。土屋が二十代前半で産んでりゃ、それくらいのガキがいたっておかしかねえ」

なるほど。

「つまり、土屋もミサキと同じ境遇だったってことか」

「ってのもあり得るかな、と……土屋の母親ってのが、実は、とある政治家の愛人だった女でな。つまり土屋は、政治家の妾《めかけ》の娘ってこった。学校は、小学校から大学まである、いいとこに通ってたんだが、どこで性根が曲がっちまったんだかな。学生時代から阿婆擦《あばず》れで有名だったらしいぜ、あの女」

だとしても、だ。

「でもそれだけで、二十代前半で子供を産んだってことにはならないだろ」

「もちろんだ。でも、よく考えてみろ。あの女が望んだのはなんだ。NWOを、できるだけ安全に抜けたい。でもそのためには、何かしらの後ろ盾が要る。『歌舞伎町セブン』なら充分、それに値する。ミサキがいい手本だ……俺はそれを今まで、単にいい足抜けの前例としか解釈してなかったが、ひょっとしたら土屋にとっては、もっともっと意味のある前例だったのかもな」

土屋の、あのときの言葉が、表情が、息遣いが、脳裏に甦《よみがえ》る。

伊崎基子《いざきもとこ》を守ったように、私のことも守ってよ。陣内さんのためなら、私、なんでもするわ——。

そうなのか。あれは、そういう意味だったのか。

確かに、その可能性は否定できない。

「つまり、こういうことか……土屋昭子も、息子をNWOに、人質に取られていた。それを救出し、だが一人では守りきる自信がない。だから俺を騙し、ジロウを騙し、その息子をこっちに押し付けた。否でも応でも、息子の救出作戦に『歌舞伎町セブン』が関わるよう仕向けた、と」

市村が頷く。

「そういう筋書きも、成り立たねえわけじゃねえ、ってなところかな……でも、それなら逆に、話は簡単じゃねえか。そうまでして取り戻した息子を押っ付けてきたんだ。向こうだって心配で堪《たま》んねえだろう。黙って待ってりゃ、そのうち、向こうから連絡してくるんじゃねえのか」

そうだろうか。

果たしてこれは、そんなに簡単な話なのか。

4

内調の磯谷から連絡があり、同じところで会うことになった。

前回、東の側に提供できる情報はないに等しかったが、今回はある。確実にある。また、こちらから訊きたいこともある。会うこと自体は吝《やぶさ》かでない。一つ、雨降りというのが億劫ではあるが、そこは致し方ない。

約束のコインパーキングまで行くと、同じ型、同じ色のプリウスが、今日は一番奥の枠に駐まっていた。

会釈しながらビニール傘を畳み、助手席のドアを開ける。

「遅くなりました」

「お疲れさまです……雨の中、ご足労いただいて申し訳ない」

「いえ。雨を嫌っていては、刑事《デカ》は務まりませんから」

シートに腰を落ち着け、濡れた傘はスラックスに当たらないよう、膝の間に持っておく。

前回同様、消毒用アルコールの臭いがする。

公安部員はたまに、自らの身分を隠すときに「臭いを消す」という言い回しを使う。「警察官臭さを消す」という意味なのだろう。むろん、消毒用アルコールで直接消すわけではないが、どことなく、磯谷の立ち居振る舞いには公安部員と通ずるものを感じる。磯谷の本籍は警察庁警備局。局内には公安課もある。同じ「臭い」がするのはむしろ当然か。

磯谷はフロントガラス越し、雨水に歪んだ夜の景色に目を向けている。とはいっても、見えるのは九階建てビルの背中と、非常階段だけだ。

「マル害女性の身元、分かったようですね」

それについてはマスコミに公表し、すでに新聞等でも報道されている。

「ええ。磯谷さんのご指摘通り、日本人ではありませんでした」

これは嫌味でもあり、情報交換の場における「ジャブ」でもある。

磯谷は、眉一つ動かさずに頷いた。

「……周海燕。中国共産党が送り込んだスパイですね」

そこはあっさり認めるのか。

「いつからご存じだったんですか」

この問いには、小さく首を傾げる。

「いつから……初島邦之が、日本国内で連れ回すようになってからですから、かれこれ二年半、三年近くになりますかね」

「じゃあ前回、私が被害女性の顔写真を見せたとき」

これには頷く。

「あのときに確信しました。殺されたのは周海燕だったのだと」

「誰に」

ふっ、と磯谷が鼻息を漏らす。

「さすがに、誰に殺されたのかまで分かってたら、お教えしますよ。こっちは手柄が欲しいわけでも、犯人の身柄が欲しいわけでもない。外交、安全保障に関わりのある情報が欲しいだけです」

東自身は正直、この磯谷勝という男を好きになれそうにない。ただ、信頼はできると感じている。言えることと言えないことをはっきり区別し、口に出す以上は嘘をつかない。少なくとも、嘘はないと東に感じさせるだけの力が、磯谷の言葉にはある。

もう一つ訊いておこう。

「周海燕は、中共の送り込んだスパイであるという、その根拠は」

磯谷の鼻先には、まだ微かな「嗤《わら》い」が漂っている。

「中国には『国防動員法』も『国家情報法』もあります。もともと、家族でもなんでも人質に取って、人民を党の言いなりにさせるのが中共のやり方でしたが、近年はこれに法的根拠を設け、中国人民は、国家の諜報活動に協力しなければ刑事責任を問う、としている。周海燕がどうこうというより、中国人であるというだけで、全員が中国共産党のスパイ予備軍というわけですよ。昨今は」

それはその通りだと、東も認識している。

「国防動員法」は中国国内で有事が発生した場合、人民に対して動員令を発し、国防義務を負わせるという法律である。中国に進出している外資系企業もこれの対象とされており、発令後は中国政府及び人民解放軍が管理することになるという。

もう一方の「国家情報法」は、あらゆる組織、個人に対して情報活動への協力を強制する法律である。「国防動員法」が有事、即ち戦時における人民の国防義務を定めているのに対し、「国家情報法」は平時から人民は情報活動に協力する義務がある、としている点が大きく違う。また、同法は国外にいる中国人民に対しても効力を持つとされている。

中国人を見たら全員スパイと思った方がいい、というのはそういうことだ。

磯谷が、半分くらいこちらに顔を向ける。

「初島邦之には、直接お会いになりましたか」

「はい。主に聴取したのは一課の統括ですが、私もずっと同席はしていました」

「初島が『カツ』を受けている感触は」

カツ、即ち「恐喝」。

「私が見た限りでは、それはありませんでした。ただ、周海燕がどうやって殺されたのかを聞いたとき、全く反応がなかったのには、少々違和感を覚えました」

磯谷が微かに眉をひそめる。

「周海燕は、どうやって殺されたのですか。報道には、出血多量としか出ていませんでしたが」

内調といえども、検死を担当した大学の法医学教室に死体検案書を提出させることはできない、ということか。

ならば、こちらもこのカードは切らずにおく。

「そこは、現段階ではお話ししづらいですね」

「特捜の一員として、ということですか」

「それもありますが、特捜が伏せている情報が外部に漏れた場合、私は、いの一番に磯谷さんを疑わなければならなくなります」

「……子宮の摘出」

えっ、と思ったのが、顔に出てしまった。

マズった。いきなり、そのキーワードを出されるとは思っていなかった。瞬時に、イエスともノーともとれない反応をすべきだったが、迂闊にも黙ってしまった。

ほんの一瞬ではあるが、固まってしまった。

磯谷が小さく息を吐く。

「決して、東さんにご迷惑をかけることはいたしません。ですので、もう一つだけ質問させてください……犯人グループに、女はいますか」

教えてください、ではない。

質問させてください、と磯谷は言った。

東が答える必要はない。質問をして、その反応を見るだけで、磯谷は充分というわけだ。

この男、どこまでこの件について知っている。

三月六日の夜、ドエル永福から周海燕を拉致した、男女四人のグループ。

普通に考えたら、あの四人が周海燕の腹を捌《さば》き、生きながらにして子宮を摘出し、広尾中央公園の公衆トイレに置き去りにした、ということになる。

あるいは、周海燕の死体を、同所に遺棄した。

これまで特捜は、周海燕は広尾中央公園の公衆トイレまで自力で歩いてきた、と考えていた。それは、死亡時に周海燕が履いていたパンプスと一致する足痕が、公園西側の歩道から発見現場であるトイレまで続いていたからだ。

だが、犯人グループに女性がいる可能性が高まった今、その説の信憑性はないも同然になった。たとえばあの、黒色短髪の女だ。

彼女が歩道から公衆トイレまでパンプスを履いて歩き、その後に周海燕の死体にそのパンプスを履かせても、同様の状況は作れる。足痕が示す動線に沿う形で血痕も採取されているが、これも同じ。子宮摘出の際に血液を保管しておけば、足痕に沿って血痕を残すことなど造作もない。

周海燕が拉致される場面の映像は、入手できた。それ自体は大きな進展であったし、一時的には特捜も沸き返った。しかし、だからといって具体的に何をすべきか、次の有効な一手が特捜にあるわけではない。

四人も映っているのに、誰一人その正体が分からない。今現在は地道に、周海燕の交友関係を当たるしかない状況だ。

相方の山本も、事あるごとにボヤいている。

「あんな、初島みたいな爺さんの愛人が……しかも中国人でしょ。初島だってハニートラップは承知の上、ってな顔してたじゃないですか。無駄ですよ、無駄……本当に繋がりがあった連中は、ヤベーヤベーッつって、もうとっくに本国に帰っちゃってますよ」

だからといって、他に何か手掛かりがあるわけではない。

今は麻布の外れにある小さなラーメン屋で、山本はチャーシューメン、東は五目チャーハンを食べている。周りには似たようなスーツ姿のサラリーマンか、作業服姿の——いずれにせよ男性客が多い。

店の角、高い位置に設置されたテレビは、昼のニュース番組を流している。

まさに、その番組内でだった。

「……主任、あれ」

東が指差すと、山本も瞬時に顔を向けた。

先日、聴取したばかりの初島邦之が、どこかに設置された記者会見場の上座に座り、束ねたマイクを前にして、何やら喋っている。

「あ、初島」

こんなランチどきのラーメン屋だ。音声などほとんど聞こえはしない。だが、メガネを掛ければ字幕は読める。

【経団連は今後　中国に進出した日本企業の　日本国内への撤退を積極的に支援していく】

テレビの中の初島は、明るいグレーのスーツを着、東が会ったときとは違うメガネを掛けている。それだけで、だいぶ印象は違って見える。

直に会ったときには感じなかった、意気込みというか、勢いのようなものがある。それが初島の内面から湧き出てくるものなら、問題はない。だが何者かに強要され、自棄になって鼻息を荒くしているのだとしたら、話は変わってくる。

記者の質問まで字幕にしてもらえるのは、非常にありがたい。

【これまで経団連は　中国と歩調を合わせ　共に発展することを目指す協調路線だったが】

やはり、初島の目は妙にギラギラしている。ある種の興奮状態といってもいい。

【これまではそうだったが　これからは違う　経済安全保障の観点から　今後は国内回帰　中国からは撤退の方向に進んでいく】

【初島自身が会長を務める　パナテックはどうか】

【この場で言うべきことではないが　事務総長という立場上　パナテックは別ということはない　日本企業はすべからく中国から撤退すべきであると考える】

山本は、ぽかんと口を開けっ放しにしている。

「これは、どういう……アレなんすかね」

分からない。

事務総長が愛人を殺されたくらいで、経団連ごと中国に反旗を翻《ひるがえ》すなんてことがあるだろうか。

記者の質問は続く。

【経済安全保障の観点というのは】

【中国に頼らないサプライチェーンの再構築はもちろんのこと　中国に進出した日本企業は　中国でどんなに利益を上げても　それを日本には持ち帰れない　資産の売却益も引き揚げられない　西側諸国との通商でこれはあり得ない　中国との通商に旨味はないことがよく分かった】

【それで撤退すれば多大な損害を被ることになるが】

【ズルズルと続ければ損害はさらに膨らむ　一時的な損害は覚悟の上　国にも支援を求めていく】

なぜだ。

中国共産党の管理下にあるものは、全て中国共産党のもの。土地も、企業も建物も、その他の資産も人員も、情報も通貨も、何から何まで一切合財だ。そんなことは先刻分かりきっていただろうに、今さら何を言っているのだ。

初島の身に、何があった。

あるいは、経団連全体に、ということなのか。

警視庁の、毎日制勤務の終了時刻は十七時十五分。特捜で夜の捜査会議が始まるのは、一律に何時からというわけにはいかないが、概ね十九時から二十時の間と思っておけばいい。

よって東の携帯電話を鳴らす時間として、十八時三十分というのは誠に都合のよいものではある。

ディスプレイに表示された名前は【門倉《かどくら》美咲《みさき》】。「利憲《としのり》くん誘拐事件」から「歌舞伎町封鎖事件」に至るまでの、一連の捜査を共にした女性警察官だ。最後に新宿で会ったときは、戸塚《とつか》署生活安全課少年係の所属だったと記憶しているが。

「……はい、もしもし」

『ご無沙汰しております。門倉です』

「ああ、久し振り」

席を立ちながら、隣の山本に片手で詫びる。冷やかすような目で見られはしたが、この男はいつもそうだ。【門倉美咲】という表示が見えたわけではあるまい。

『はい、もう、四年になります』

会議テーブルの隙間を縫って、なんとか廊下まで出てくる。

「じゃあ、もう戸塚じゃないのか」

『あ、覚えててくださったんですね。ありがとうございます。そうです、今は玉川署……なんですが』

が、なんだ。

「うん、どうした」

『実は、東さんにご覧いただきたいものがありまして』

「ほう。それはまた、どういう」

『ちょっと、電話では……いま東さん、勤務はどちらですか』

「渋谷の特捜だ」

ほんの一瞬、間が空く。

『……それって、ひょっとして、例の……中国人女性の』

報道による情報の波及効果というのは、やはり馬鹿にできないものがある。

「うん。で、何を」

『あ、はい……できれば直接お見せしたいので、ご都合よろしい時間に、私がそちらまで伺いますので、お時間いただけませんか』

どうも、今回の特捜は来客が多くて困る。

「会議終わりは何時になるか分からんぞ」

『大丈夫です。何時まででも待ちます』

「終電がなくなったら困るだろう」

『いま私、池尻大橋《いけじりおおはし》に住んでるんで、最悪タクシーでも、全然帰れますから』

そこまで言われたら、拒否もできない。

会議が終わったら連絡する、と約束して電話を切った。幸い、二十二時半には渋谷署を出ることができたので、二十三時には門倉が指定した和風居酒屋に着いた。

「お疲れ……すまん、遅くなった」

「いえ、大丈夫です」

掘り炬燵《ごたつ》の個室。出入り口に対して横向きに座る形なので、どちらが上座、下座というのはない。空いている左側の席に座る。

門倉が小さく頭を下げる。

「お久し振りです。すみません、お疲れのところお呼び立ていたしまして」

「いや、良くも悪くも、疲れるほど調べるネタがないんだ。むしろ退屈で困ってるよ」

門倉が本気にしたかどうかは分からない。ただ、メニューを差し出しながら浮かべる優しげな笑みを、東はとても懐かしく思って見ていた。

この娘はいつだってそうだった。誰かが傷つくくらいなら、自分が代わりに傷ついた方がいい。それで痛い思いをすることになっても、構わない。泣きながらでも、無理やり笑みを浮かべる。そういう娘だった。

まあ「娘」といっても、もう四十近くになるとは思うが。

タブレットで、東のビール、煮込みとハムカツをオーダーすると、門倉は「早速」と言わんばかりに表情を引き締めた。

世間話や近況報告は不要、ということらしい。

「東さん、あの……わざわざお呼び立てしたのは」

「ああ。なんだよ、見せたいものって」

「はい、実は……うん、もう、直に見ていただくのが一番だと思うので、ご覧ください」

門倉は、自身の携帯電話を操作し、目的のものを表示した状態で東に向けてきた。

「これ、なんですけど……」

どこかの駐車スペースに停まっている、黒い乗用車。

その、助手席にいる女性。

これは——。

門倉が、眉をひそめながら覗き込んでくる。

「……誰かに、似ているとは思いませんか」

なるほど。これを目にした瞬間の反応を見るために、門倉はわざわざ渋谷まで来て、一人で暇を潰してでも東を待ちたかったわけか。

誰かといっても、名前は一つしか思い浮かばない。

「伊崎基子に……似ているように、見えるが」

門倉が「ふう」と聞こえよがしに息を吐く。

「よかった。私一人の、思い込みじゃありませんよね。これ、伊崎さんに……今さら『さん』って付けるのも、どうかとは思いますけど、似てますよね、やっぱり」

これに関しては、東も正直に言っておくべきだろう。

「似てる、確かに……実は、たぶん俺も、この人を、同じ人を見てる気がする」

「エエーッ」

性格の素直さは、この門倉美咲という女性の最大の美点だとは思う。だがそんな、バラエティ番組に出てくるタレントみたいな驚き方はしない方がいい。

自分でも大袈裟だったと思ったのか、すぐに身を屈めて顔を近づけてくる。

「……東さんは、どちらで」

「歌舞伎町のゴールデン街だ。たまに行くバーで、そこに入るときに、すれ違いで出ていったのが、たぶん……この女性だったんだと思う。マスターは、一見さんなんでよく分からないと言っていたが、本当のところはどうだか分からない。他に客もいたし、ベラベラと他人の素性を喋るのもどうかと、思ったのかもしれない」

門倉が小刻みに頷く。

もう一つ、付け加えるとすれば、だ。

「そのときは俺も、まさか、って思いの方が強かったからな。まさか、あの伊崎基子が……ゴールデン街で、酒なんか飲んでるわけがないだろう、って」

伊崎基子は死刑囚。居場所は、東京拘置所の他にはない。

その想いは、門倉も同じだったに違いない。

「ですよね……ここは、多摩沿線道路沿いにある、コンビニエンスストアなんですけど、私は侵入盗の捜査で……もちろん、多摩川を渡ってるんで、神奈川県内にはなっちゃうんですけど、お邪魔して、防カメ映像を確認させてもらって、出てきたら……目の前の車に、伊崎さんとよく似た人が、乗っていたというわけです」

なるほど。

「写真は、これ以外にはないのか」

「あ、これ、写真じゃなくて、コンビニの防カメ映像から切り出したものなんです。なので……」

東の手から携帯電話を引き取り、自ら画像を切り替えてみせる。

「まあ……こういう写真もあれば、こういうのもありますけど、でも、映像でご覧いただいた方が、分かりやすいかもしれないです」

そうはいっても、所詮は携帯電話のディスプレイだ。映像で見せられても、あまり細かいことまでは分からない。

当該女性が乗っているのは、黒いレクサスの助手席だ。運転手は男性。助手席の後ろにもう一人乗っている。比較的小柄な男性、というよりは子供か。

最初に車から降りたのは運転手の男性だった。いきなり携帯電話を弄り始める。車を停めた目的は、買い物というよりは電話連絡だったのかもしれない。妙に体格のいい、背の高い男だ。

いや、待て。

この男も、確か「エポ」で見たことがあるぞ。

5

ただの空き家なので、むろん、そのままでは快適に過ごせない。

幸いガスと電気、水道は活きているので、煮炊きや携帯電話の充電には不自由しないが、暗くなって照明を点けて、その明かりが窓から漏れるのは考えものだった。

だがそこは、用心深いシンが抜け目なくやってくれた。

ジロウの留守中に、どこからかもらってきた段ボールで全ての窓を塞いでくれていた。

「本当は、無地の布を一枚挟んでから塞いだ方が、自然でいいんですけどね」

ミサキはずっと「暇だ」「外に出たい」とうるさかったようだが、そこもシンが頑張って、説得してくれたようだった。

「だって、ジロウさんもミサキさんも留守のときに誰か来たら、僕一人じゃ対処できませんから。食料の調達とかは、僕が行きますからって……かなり、怖い目で睨まれましたけど」

ミサキは、重ねた段ボールをソファ代わりにして踏ん反り返っている。広げて寝転んだりもしている。

「そんで……あの女とは連絡とれたのかよ」

それには、ジロウもかぶりを振るほかない。

「一応、ジンさんには頼んでおいた。表仕事の関係者なら、連絡がとれるかもしれないって」

一方、沈黙の少年はというと、みんなのいるリビングダイニングの端っこ、壁際に膝を抱えてうずくまっている。それでいて、ミサキからもシンからも、適度に距離を置いている。段ボールは敷かず、直接床に座っている。

何か喋ったか、という意味でジロウが目配せしても、ミサキとシンの返事は「NO」。ただ、食べたり飲んだりはしているようだった。トイレも勝手に行く。そういった意味では、彼も自由に過ごしていると言っていい。

ここから逃げようと思えば、少年はいつだってそうできる。そうしないということは、自由意志でここにいるということだ。ジロウたちに守ってもらいたいと思っている、と解釈できる。

ジロウは、少年の二メートルくらい手前に腰を下ろした。

「なあ……そろそろ、なんか喋ってくれよ」

この程度で喋ってくれるとはジロウも思っていないが、続けることに意味はある――場合も、世の中にはある。

あれは、ジロウが刑事をやっていた頃だ。

黙秘を続けていた被疑者に、無駄かもしれないとは思いつつ、毎日毎日、雑談というか世間話というか、日常にあることを取り留めもなく話し続けていた。そうしていたら、第二勾留終了の前日になって、急にその被疑者が口を開いた。

「……あんた、いい人だな。ずっと、黙ってて悪かったな」

だからといって、この方法が誰にでも通用するだなんて、ジロウも思ってはいない。刑事も被疑者も同じ人間。相性の良し悪しは必ずある。相性が悪ければ、どんなに一所懸命語りかけても、こちらの言葉が相手の心に届くことはない。むしろ、しつこく語れば語るほど、嫌悪感が蓄積していくことすらある。

さて、この少年はどちらだろうか。

「現実問題、さ……俺たちは土屋昭子、君と一緒にいたあの女性に頼まれて、あの場所で待機していたんだ。俺たちはてっきり、土屋昭子も一緒に乗り込んでくるものと思ってた。まさか、君一人だけを車に押し込んで、そのまま彼女がどっかに行っちまうなんて、まるで想定していなかった」

そもそも中学生というのは、どれくらいのボキャブラリーがあるものなのだろう。「待機」や「想定」は通じるのか。

警察官は、一般人より語彙が堅苦しくなる傾向がある。ジロウが口数を意識的に少なくするのは、そういう癖を人前で出さないようにするため、というのもあるのだが、そこからさらに、十代半ばでも分かりやすい言葉を選ばなければならないのだから、なかなかに話しづらい。

「俺たちの話、聞いてて、分かったかもしれないけど……土屋昭子とは今、連絡がとれていない。彼女が意識的にそうしているのか、何か連絡できない状況にあるのか、それすらも分からない」

会話の途中で表情に変化があれば、ちょっと難しかったかな、分からなかったかな、と表現を平易に修正することもできるが、一切反応がないのではどうしようもない。

「仮に、だよ。もし彼女が……最悪の想定ではあるけれども、もし誰かに捕まっていたり、殺されてしまっているとしたら、このまま連絡を待ってたって仕方ないよな。俺たちは、ただ君を預かって車を走らせただけ、いつまでも走り続けてはいられないから、ここに隠れているだけなんだ。彼女に、土屋昭子に、君を今後どうしてくれとか、どこまで連れていってくれとか、そういうことは頼まれてない。今ここに君を匿っていることも、頼まれてやってるわけじゃないんだ。成り行き上、仕方なくしているだけなんだよ」

子供相手に、こんな脅すようなことは言いたくないが、次の手立てが分からないのだから致し方ない。

「はっきり言って……俺たちが、君を匿わなければならない理由は、ない。今すぐ、ここから君を追い出すことだってできるし、俺たちだけ出ていって、普段の暮らしに戻ることだってできる。でもそれじゃ、君は困るだろう。こんなところに置いていかれたって、明日からどうしたらいいか分かんないだろう。だったら、分かってることを喋ってくれよ。教えてくれよ」

できるだけ温かい気持ちで、少年の目を見る。

「土屋昭子と君は、どういう関係なんだ。あの日、車に乗る前は何をしていた。そこで何があった。君らは誰に追われ、土屋昭子は一人でどこに向かったんだ。なあ……ちょっとしたことでもいい。思い出せる範囲でいいから、何か教えてくれよ」

話しながら、ジロウは「駄目かもしれない」と思っていた。

案の定、その日も少年が口を開くことはなかった。

食事は基本、近所のコンビニかスーパーで買ってきたもので済ませる。菓子パン、総菜パン、弁当、お握り、サンドイッチ。電子レンジはないので、その手の冷凍食品は食べられない。弁当も冷えたまま食べるしかない。

だが、あるときシンがヤカンを買ってきてくれたので、その後はカップラーメンやカップみそ汁が食べられるようになった。久々に食べたカップ焼きソバが、あまりに旨くて感動すら覚えた。

当然、ゴミはどんどん溜まっていく。買ってきたときのレジ袋が、そのままゴミ袋となって積み上がっていく。

シンが溜め息をつく。

「大きい袋、そろそろ買ってきましょうか」

「それより、いつ、どうやって処理するかだよな」

地域のゴミ収集日に何喰わぬ顔で出してみる、というのは、さすがにマズいだろうか。

しかし——。

ミサキではないが、何をするでもなく、じっとしたまま時間を過ごすというのは、ことのほか疲れるものだ。

元の名を捨てて裏社会に入ったとはいえ、ジロウはこれまで、必ず日々、何かをして生きてきた。市村に密輸拳銃のメンテナンスを頼まれたり、ボディガードや探偵仕事をさせられることもあった。そんな流れの中で、なし崩し的に「歌舞伎町セブン」の「始末」も請け負うようになった。

そういった意味では、むしろミサキの方が「退屈」には強いのかもしれない。つまらない、体が鈍る、と愚痴はこぼすものの、決して自分だけ東京に帰る、とは言い出さない。腕立て伏せ、スクワット、腹筋など、室内でできる運動を飽きもせずにやり続けている。

誰が訊いたわけでもないのに、ミサキは自ら話し始めた。

「そう言や、さ……拘置所に、いたときは……こんなふうに、よく一人で、筋トレしてたよ……注意されても、やり続けてたら……そのうち、注意も、されなくなった……お陰で、娑婆《しゃば》に出てきた、ときは……昔より、パンプアップしてたよ……へへ」

少年は、そんなミサキに目を向けるでもなく、出たり入ったりするシンに何か頼むでもなく、ただじっと壁際に座り続けている。床に敷いた段ボールに横になるのは夜間だけで、朝になるとトイレに行き、戻るとまた前日と同じように座って膝を抱える。それで尻が痛くならないわけはないと思うのだが、少年が表情を変えることはない。ある意味、根性は据わっている。

こっちの方が、よっぽど挫けそうだ——。

だが、そんな時間は突如として終わりを告げた。

部屋の隅、充電器に繋いであったジロウの携帯電話が震え始めた。それも、市村に番号を取ってもらった個人用ではない。陣内経由で渡された、土屋との連絡用の方だ。

ヘッドスライディング気味に、携帯電話に飛びつく。ディスプレイには【非通知】の文字があるが、これは前回連絡をもらったときもそうだった。

「……もしもし」

相手が土屋昭子とは限らない。それもある程度は覚悟していたが、

『すみません、連絡できなくて、ごめんなさい……土屋です』

聞こえてきたのは、あの上品ぶったときの土屋昭子、そのものの声だった。

あんた、フザケるな、なんなんだ一体、この子だけお願いって、あれから何日経ってると思ってんだ、その間、こっちがどれだけ苦労して坊やのお守りをしてきたと思ってんだ、おい、電話はどうしてた、なんで電源切ってた、おい、あんた。

言いたいことがあまりに多過ぎて、言葉が喉に詰まって、窒息してしまいそうだった。また、

すぐ横で少年が聞いているというのもある。

結果ジロウが選択したのは、自分で自分に腹が立って仕方がないくらい、穏便で当たり障りのない台詞だった。

「……どういうことか、説明してもらおうか」

視界の端にいるミサキが、ガクッ、とコケてみせる。

土屋はまた『すみません』と前置きした。

『尾行とか、張込みとかを警戒してると、新しく携帯電話を調達するのも、難しくて……特に今回は、相手側の人数も分からないから、これくらいは大丈夫だろうっていう、なんていうか……相手の出方を読んだり、裏をかいたりも、できなくて』

「言い訳はいい。状況の説明をしてくれ」

それとなく、ジロウは三人から距離をとった。

土屋が溜め息を漏らす。

『……ごめんなさい。電話では、説明できないです』

「じゃあメールか」

『それも、誰かに傍受されるおそれがあるので』

「おい、じゃあどうしろってんだよ」

『どうにかして、直接お会いできる場所を作ります』

「どうにかって」

『少し、私に時間をください』

　この上いつまで待たせる気だ、というのは言えなかった。

『……分かってます。彼だけお願いして、なんの説明もしないで、ご迷惑をおかけしていること は重々承知しています。申し訳ないとも思っています。でも、私だって必死なんです』

　何を言ってるんだ、この女は。

「おい、あんたが必死かどうかなんて、こっちには関係ないんだよ。それが分かってるから、あんただって金で俺たちを雇ったんだろうが。たかが四十万足らず、しかもまだ貰ってもいないがな」

　今のジロウの台詞の、どこが気に障ったのだろう。

　土屋は声色を、かつて聞いた最低のトーンほどではないが、しかし、だいぶ低くまで落とした。

『……まるで、被害者は自分たちだ、とでも言いたげね』

「違うか。被害を受けているのは、明らかにこっちだぜ」

『いいえ。あなたたちだって、間接的には加害者です。自覚的か、無自覚かの違いはあるでしょうけど』

「どういう意味だ」

『それも全部、直接お会いしたときにお話しします』

「勝手なこと言うな。こっちはいつ、この迷子の坊やを警察に届けたっていいんだぜ」

『日本の警察に全幅の信頼を寄せておられるのなら、ぜひそうなさってください。でも、もしそうでないのだとしたら、後悔するのはあなた方です』

これ以上「どういう意味だ」と問うてみたところで、この女は何も答えようとはしないだろう。

だからといって、このまま相手の望み通り、迷子のお守りをさせられ続けるのも癪に障る。

「じゃあ、今からここの住所を言うから、あんたがここまで……」

『ダメッ』

冗談でも、脅しでもないようだった。

土屋はこの回線が盗聴されることを、本気で警戒している。


すぐに荷物をまとめた。

ミサキがゴミ袋の山を指差す。

「あれ、どーすんの」

シンが「ああ」と向き直る。

「それは……そのままに、しといていいです。そのうち、僕が死体と一緒に片づけますから」

普通は「ゴミと一緒に死体」だろう、とは思ったが、今そんなことを言い合っている暇はない。

二十三時三十二分。

全ての照明を消し、四人で外に出る。

ミサキが「忘れもん大丈夫か」と呟いたのは無視した。

庭というか、雑草が生えたアプローチの先にある、コンクリートの階段を下りていく。下の道からぐるっと坂を上って、裏手から坂を下りるようにして家に入ることもできなくはない。ただ、かなり急な上り坂と下り坂だし、何しろ遠回りになる。しかも裏道は、車は疎か自転車で通るのも躊躇《ちゅうちょ》するほど狭い。この物件が空き家になった理由は、間違いなくアクセスの悪さだと思う。

階段を下りたそこには、借りっ放しにしているレクサスが駐めてある。一応、妙なものが仕掛けられていないか、乗る前に全体をチェックする。

懐中電灯で照らして、ボディの下回りまで確認する。ブレーキやエンジン、タイヤ周りに異状は見られない。あとはドアだ。運転席が無事ならいい、わけではない。助手席、後部座席、トランク、ボンネット。外から弄れるところに変わったところはないか。幸い、見て分かる範囲に不審な点はなかった。

運転席のドアを開け、だがシートには座らず、左脚を入れてブレーキペダルを踏み、左手で、ハンドル横にあるエンジンスタートボタンを押す。

エンジンは問題なく掛かった。気になるような異音もない。

「……よし、いいだろう」

四人で車に乗り込む。運転席にジロウ、助手席にミサキ、その後ろが少年、ジロウの後ろにシン。ここに来たときと同じ位置だ。

アクセルを踏み、住宅街の細道を走り始める。

どこに行くかは決めていない。ただ、ここに長居はマズいと思った。

土屋昭子の発言を極限まで肯定的に解釈しても、盗聴や追跡のおそれがある状況で、彼女が電話をかけてきたのは事実だ。それによって、ジロウの持つ携帯電話番号が相手側に知られた可能性はあるし、技術的な話をすれば、それだけで追跡は可能になる。今はもう電源を切っているが、電源が切れていても条件次第では位置情報の読み取りは可能だと言われている。だとすれば、この携帯電話は即刻廃棄した方がいいことになるが、今はまだその決心がつかない。

土屋の発言を悪い方に解釈することは、いくらでもできる。最悪なのは、彼女はこの少年をジロウたちに預けることによって、何者かからの攻撃の矛先を「歌舞伎町セブン」に振り向けた、という可能性だ。安全に逃げ果《おお》せるため、セブンを囮《おとり》にしたのではないか、という疑惑だ。

中央自動車道を使うかどうかは、少々悩んだ。

相手の出方が分からない以上、何を比べることもできないのだが、良識の有無で言ったら、間違いなくジロウたちの方が「良識派」ということになるだろう。事実、訳も分からず身元不明少年の保護を続けているのだから。

だとするならば、高速道路に乗って不利になるのはジロウたちの方だ。ハリウッド映画のように、時速百八十キロで逆走する覚悟があるのなら話は別だが、立場上、ジロウたちはスピード違反で捕まるのも避けたいというのが正直なところだ。

結局、今は一般道路、国道四一三号を東京方面に向けて、法定速度の十キロオーバーくらいで走り続けている。

しかし、その選択は間違いだったのかもしれない。

東京都町田《まちだ》市に入った辺りから、一定の間隔を空けて付いてくる、後続車両の影が見え隠れし始めた。

丸い二つのヘッドライト。暗いので車種までは分からないが、車高が高めなので、おそらくダークカラーのＳＵＶだろうと見当を付けた。

ジロウが赤信号で停まれば、普通は距離が詰まって後ろか隣に来そうなものだが、それはしない。三十メートルか四十メートル後ろで、路肩に寄せて停車する。しかし、そこが目的地だったのかというと、もちろん違う。信号が青になり、ジロウが発進すると、必ず向こうも動き出す。

「……ミサキ」

「分かってる」

そこから五キロほど走ったときだ。

さすがに、背筋が寒くなった。

同じ動きをする車両が二台に増えていた。既存の一台より目尻が吊り上がったヘッドライト。そちらもやはり、距離があるので車種もカラーも分からない。零時を過ぎ、同じ方面に走る車はほとんどない。だからこそ追跡に気づけたともいえるが、何にせよありがたい話ではない。

「……しばらく揺れるぞ」

ジロウはウインカーも出さずに左、町田街道から、暗く寝静まった住宅街へとハンドルを切った。

あとはもう、曲がれる方に曲がり続けるだけだ。

右に、左に、また左に。

抜けられそうなら、空き地だろうと駐車場だろうと構わず突っ切った。思いがけず広い道に出たら、あえてまた狭い道に滑り込む。そうこうしているうちに、追っ手から見えなくなればいいと思っていた。

しかし、ときおりシンが、震えた声で「まだ来てます」と報告してくる。

分かってる。曲がっても曲がっても、チラチラとヘッドライトがあとを尾いてくる。

一瞬、追っ手のライトが見えなくなったその瞬間、正面に空き地が現われた。向こう側の建物は遠い。真っ直ぐ抜けられるかもしれない。柵くらいなら踏み倒してもいい。

さらにアクセルを踏み込む。

歩道の縁石がレクサスの腹をこすった。いったん跳ね、土を盛った斜面にバンパーから突っ込んだ。大丈夫、そんなことで日本車は壊れたりしない。もう一度アクセルを踏み込むと、逞しい唸り声をあげて赤土の斜面を駆け上がってくれる。

だが、真正面からだ。

「ンッ」

ハイビームを浴びせられ、咄嗟《とっさ》に左にハンドルを切った。後輪が滑り、車体はあっというまに反対を向いて止まってしまった。

信じ難いことに、前後から挟み撃ちにされていた。

ずっと追ってきたのが、いま前方にある丸いヘッドライトのＳＵＶ。先回りして進路を塞いだのが、いま後ろにいる吊り目のスポーツカーだ。

数でいったら、二対一。

この状況を打開するには、無理やりにでも二対二にするしかない。

「ミサキ、あとは任せる」

「あいよ」

ジロウは運転席のドアを開けた。

道具はどうする。赤坂と「エポ」の様子から、この住宅街で、向こうがドンパチを仕掛けてくるとは考えづらい。

ジロウが車外に出て、運転席のドアを閉めると、前方のSUV、ベンツ・Gクラスの助手席ドアが開いた。色は濃いめの青か。

そこから一人、降りてくる。

距離、およそ四メートル。

黒い長袖Tシャツに、迷彩柄のカーゴパンツ。

掻き上げた髪は、黒のショートボブ。

陣内が言っていた女か。

おそらく、自分から挨拶をする気はないだろう。

「……一体、なんの用だ」

そうジロウが言うと同時に、ミサキがアクセル全開、急ハンドルを切りながらレクサスをバックさせ始めた。それをもう一台の方、背後にいた黒いホンダ・NSXが、急旋回して追っていく。

辺りの闇に、土埃が舞う。

ベンツは動かない。

とりあえず、これで二対二。もしくは一対一だ。

女が、思いきり助手席のドアを閉める。

「あなたには、用なんてありません」

ヘッドライトが放つ光の輪。漂い続ける土埃。

ドアが閉まっても、ベンツは動かない。

「じゃあ、俺は帰ってもいいか」

「あら、どうやって？　お友達はもう逃げちゃいましたけど」

お友達、ときたか。

「電車で帰るさ」

「残念。終電も、もうありません」

「じゃあ、タクシー代貸してくれ」

女が、ふっと息を漏らす。

「オッサン……余裕かましてっと、泣き見るよ」

前傾姿勢をとり、真っ直ぐに向かってくる。

本気か、よせよせ、と言いたくなった。

ミサキのような、技術もあるゴリゴリの筋肉女に躊躇なく急所ばかりを攻め続けられたら、さすがにジロウも焦る。本気でやらなければ、と肚を括る。

だが、どうだ。

上背こそミサキよりはあるが、体型でいったら、格闘家というよりはファッションモデルだ。四肢が細く、向かってくるときの構えからして腰の位置が高い。

間合いを詰めたら定石通り、まずはジャブか。

「シュッ」

キックボクシングくらいは習ったことがありそうだ。国際式ボクシングよりはスタンスが狭い。一応、蹴り足と軸足を使い分けてステップを踏んではいる。

「フッ」

コンパクトに腰を入れての、インロー。ジロウの、左脚の内腿を蹴りにくる。むろん、そんなものは喰わない。左踵を浮かせ、膝を向けてカットする。

「シッ……シュッ」

まあまあ、女の子にしては「やる」方なのだろう。エンジンが掛かってきたか、パンチにも徐々に体重が乗ってきている。

それよりもジロウは、ベンツの中に何人残っているのかが気になっている。この女は助手席から降りてきた。少なくとももう一人、運転手はいるはず。仮にそいつが出てきたところで、いきなり発砲というのはないだろう。ヘッドライトが当たっているとはいえ、この暗がりで、仲間の女をよけてジロウだけを狙うのは至難の業だ。

だが、日本刀だったらどうだ。匕首《あいくち》だったら、ナイフだったら。

そんなことを考えていたから、などという言い訳が通用しないのは百も承知だが、

「フュッ」

ジロウの左脚外側、膝の少し下を狙った蹴りが、これ以上はないというタイミングでヒットした。

「くっ……」

その一発で、左脚に、全く力が入らなくなった。

しまった、カーフキックか――。

筋肉の薄い脹脛《ふくらはぎ》を蹴り、ほんの数発で踏ん張りを利かなくさせることも可能な蹴り技だが、
しかし、たった一発でというのは信じ難い。

女の連打は続く。最初の素人臭さはどこへやら。パンチも蹴りも、格段の切れ味で打ち込んでくる。

特に、右の蹴り。

膝下に、金属製の脛当《すねあ》てでも入れているのだろう。蹴りというよりは、木刀で打たれるような衝撃に、思わず悲鳴をあげそうになる。

全然、素人じゃないじゃないか。手の込んだ芝居しやがって。

これは、殺《や》られるな――。

ジロウは、自分で自分の体重が支えきれなくなり、両手両膝を、地面についた。

第4章

1

串揚げ、大好き。

「はい、乾杯」

「カンパーイッ」

今夜は、仲良しの女子四人でのご飯。男はナシ。

でも？　だからこそ？　話題の中心は男関係。

「エエーッ、シェリー、もうあのカレと別れちゃったの？」

シェリーはファッションモデル。漢字では「雪麗」。発音は、片仮名だと「シュエリー」が近いと思うけど、中国語には同じ音でも抑揚が四通りあるから、どうしたって外国人に正しい発音で呼んでもらうのは無理。なので、近い発音で呼びやすい名前に変えることが多い。そもそも「雪麗」だって、本名とは似ても似つかない芸名だけど。

シェリーが串揚げのシイタケを頰張る。このお店は個々にソースのお皿がくるので、「二度漬け禁止」みたいな面倒臭いルールはない。

「だって……すごく束縛したがるから。こういう仕事してたら、いろんな人とご飯行くのは当たり前でしょう。それを一々、今日はどこのお店だったの、誰と一緒だったの、何人だったの、二人きりじゃないよね、って……もう、ウザ過ぎ」

美帆が吹き出しそうになる。

「そりゃ心配するよ。心配になるようなこと、たくさんしてるもの。シェリーは」

中国語読みだと「美帆」は「メイファン」だけど、日本語読みがそのまま名前として通じるから、彼女はもう、だいぶ前から「ミホです」と自己紹介するようにしている。日本の大学を卒業して、現在は医薬品メーカーのなんとか主任だそうだ。

シェリーが眉をひそめる。

「何よ、心配になるようなことって」

「イケメンとハグしてる写真、ＳＮＳにアップするとか」

「仕事仲間だよ、みんな」

「だからって、自分のアカウントにまでアップする必要ないじゃない。怪しまれて当然だよ」

「相手のにだけアップされてたら、その方が怪しいでしょう」

美帆が小首を傾げる。

「そうかな。もし彼がそれを見つけたとしても、ツーショット頼まれたから撮らせてあげただけ、私は全然興味ないよ、って言えば済む話じゃない」

「美帆、全然分かってない。束縛男にはね、そんな言い訳は絶対に通用しないのよ」

「ん？　言い訳ってどういうこと？」

「絶対寝た、君はこの男と、絶対に寝てるって、メッチャしつこいんだから」

「で、寝たの？」

「うん、寝たよ」

そこでなぜか、シェリーとリリーが「イエーイ」と乾杯。リリーはシェリーのことを、実の姉のように慕っている。男関係の武勇伝を聞く間も、ずっと憧れの眼差しでシェリーを見つめている。

「シェリー、このエビ、めっちゃ美味しいよ」

リリーの本名は「瑞麗」。中国語読みは「ルェイリー」だけど、これも外国人には無理だから「リリー」と。その呼び方を提案したのはシェリー。もちろん、リリーはそれを大喜びで採用した。

リリーの仕事は女性用下着の輸入販売。中国からしたら輸出か。

シェリーがこっちを見る。

「海燕は。最近どうなの、あのお爺《じい》ちゃん」

いつもそう。シェリーは初島会長のことを「お爺ちゃん」と呼んでは、馬鹿にした目で私を見る。

「うん、元気だよ。なんだかんだ、忙しそうだけど」

それでも、会う時間だけはちゃんと作ってくれる。このバッグだって、六本木《ろっぽんぎ》のグッチで「あれ可愛い」と指差しただけで買ってくれた。二十万くらいだったから、会長にしてみたら、普通の人の二百円くらいの感覚なんだろうけど。

美帆が口を尖らせながら覗き込んでくる。

「でも、海燕はいいよね。他に恋人作っても、会長は怒ったりしないんでしょう？」

「うん。遊ぶのはいいけど、相手は選びなさいって。お金目当てなのか、体目当てなのか、それ以外の狙いがあるのか……そういう目を養いなさいって」

シェリーが手を叩いて笑う。

「一番そういう目を養わなきゃいけないのは、初島のお爺ちゃんでしょう。ウケる」

海外に出た中国人が、中国共産党の命令で情報活動に協力するのは当然のこと。私たち四人も例外ではない。

ただ、今シェリーが言ったことは間違ってる。正面切って言い返しはしないけど、全くの正反対だ。

初島会長は、私が中国共産党のスパイであることなんて、最初から見抜いていた。そう見抜いた上で、日本に来なさい、日本にいなさい、悪いようにはしないからと、私を包み込んでくれた。

私は、散々我儘《わがまま》を言った。服が欲しい、バッグが欲しい、車が欲しい、お小遣いが欲しい。

会長は全部叶えてくれた。

でも会社のことを聞き出そうとすると、やんわりと拒否された。

「君に必要な物は、私が全て用意してあげる。たとえそれが、若いイケメン男性であったとしてもね。だから君は、自分が心から欲しいと思う物だけ、私にねだりなさい。会社の内部情報なんて、君には必要ないだろう。興味なんてないんだろう、本当は。それよりも、もっとキラキラした物を、澄みきった、清潔な物を君は求めなさい、私に。いいね……家族が心配なら、日本に呼んだっていいんだから」

敵《かな》わないと思った。

世界には、少なくとも日本にはこんな人もいるのだと、自身の価値観がぐるんと、ごろりと、引っ繰り返るのが分かった。

中国における男の成功とは、中国共産党の幹部になることだ。上役に気に入られ、失敗をせず、悪い事はとことん隠し、良い事だけを誇張して報告する。そして幹部になった男は、公然と愛人の数を競い合う。彼らにとって女は「性奴隷」ですらない。奴隷は人間がなるものだが、奴らにとっての女は「モノ」。性欲を満たし、数を揃えて自慢し、古くなったら捨てる「モノ」だ。

もちろん、日本にだってヒドい男はたくさんいる。女を「モノ」としか見ない男も掃いて捨てるほどいる。でも、そういう人間の多くはどこかで失敗をする。近くで見ていた誰かが、その品性の下劣さをどこかの段階で暴露するからだ。

また、その暴露を広めて糾弾する自由も、日本社会にはある。だから、不倫に関する謝罪会見なんてものが開かれるのだ。初めてあれを見たときの衝撃を、私は今も覚えている。

残念ながら、中国には両方ともない。特に共産党幹部には。そんな精神の欠片《かけら》でも彼らにあったなら、天安門《てんあんもん》広場に集まった学生を戦車で轢《ひ》き殺した挙句、その事実を消し去ろうと、関係語句をネット検索できないよう小細工したりはしない。

結局のところ、人民は中国共産党に逆らえない。逆らえば、自分が、自分の家族が、いつどこで、どんなふうに殺されるか分からないからだ。

海燕のところでもう少し飲まない？　って言われたら、いつもなら、うんいいよ、って答える。朝まで盛り上がろう、みたいな気分の日もある。

でも、今夜は断わった。

「ごめん、ちょっと……疲れちゃった。今日は、帰ってシャワー浴びて、早く寝たい。ごめんね」

シェリーに、初島会長を「お爺ちゃん」呼ばわりされたことが、ことのほか応えていた。いつものことなのに、なぜか今夜はそれが効いてしまった。自分の部屋に呼んでまで、あの続きを聞かされたくはなかった。

タクシーでマンションまで帰ってきた。

それだけで、なぜだかとても安堵した。

会長が借りてくれたマンション。

半年くらい前に、もう少し広いところに引越したらどうだ、って勧められたけど、私は「大丈夫」って断わった。たとえば恵比寿《えびす》とか、六本木とか、って話だったけど、そういう街は遊びにいく場所、落ち着いて眠る場所じゃない、と思ったから。

私はここが好き。ここがいい。

エレベーターを降りた瞬間、ちょっと足がフラついたけど、たまたま、左手に提げていたグッチの丸いバッグが振り子みたいになって、上手いことバランスが取れて、そこでは転ばずに済んだ。

なんか、会長に守られてるな、って感じた。

確かに、見た目は背の低いお爺ちゃんだ。セックスだって、もう本当に形だけ。できない夜だって当たり前のようにある。結婚できるわけじゃないし、そもそもしたいとも思ってない。でも、そんなことは全部、どうでもいい。

中国って、地面ばかり無駄に広くて、空気は常に黄色か灰色に淀《よど》んでて、人が人を騙すのは当たり前で、悪いのは騙される方、みたいな国だった。あの国で腐敗してるのは環境だけじゃない。人間の心も一緒だった。

あんな腐った国から連れ出してくれた会長に、私は、心からの感謝を——あれ、誰だろう。あんな男の人、この階にいたっけ。しかも二人も。両方とも、わりとイケメンだし。なんか私に笑いかけてくる。なに、ナンパ？

だが、そんな甘っちょろいことを考えている場合ではなかった。

急に横から伸びてきた手に口を塞がれ、正面から来た二人に進路も塞がれ、あっというまに私は囲まれ、自由を奪われ、抱え上げられ、乗ってきたばかりのエレベーターに、また引きずり込まれる破目になった。

頭から布を被せられ、折れるのではないかというほど首を曲げられた。首を、絞められたのではない。無理やり、曲がらない方に捩じ曲げられたのだ。

声なんてこれっぽっちも出せなかった。さらに両腕を捻り上げられ、両脚を折り畳まれ、エレベーターから降ろされたのは分かったけど、マンションから運び出されたのも感じたけど、そこで急に、意識に黒い靄《もや》がかかって、あとのことは全く分からなくなった。

気がついたら、調理台のようなところに、仰向けで「磔《はりつけ》」にされていた。そうされてから、だいぶ経っているのか。裸の背中で感じる金属のそれは、もうさほど冷たくはなかった。

顔は、少しだけ動かせる。目隠しをされているわけではないので、業務用換気扇やダクトの配管も見える。天井はどこも油で黒く汚れているけど、蛍光灯の明かりは、目が潰れるほど白く眩しい。

見上げる視界に、スッと黒い影が入ってきた。

「おや、お姫様が、お目覚めですよ……いかがですか、ご気分は」

ビニール製の、半透明のレインウェア。フードまで被り、水泳用のゴーグルもしているが、鼻から下は出ている。女性だ。髪型はボブで、色は黒。レインウェアの下は水着だろうか、下着だろうか。黒いブラが透けて見えている。

ゾッとしながらも、私は全力で言い訳をした。

私は党の方針に、命令に、全て従ってきました。要望通りの情報が得られなかったのは、初島のガードが堅かったからです。努力はしました。私は悪くないです、悪くないです、悪くないの。

上から覗き込んでいた女は、頬を歪めて笑った。

「そんな早口で捲し立てられたって、シェーシェー、ホイコーローしか聞き取れねえんだよ、ばーか」

謝謝、回鍋肉、なんて言ってない。

でも、そうか。私を拉致して、拷問しようとするなんて中国人に決まってる、共産党の工作員に違いないと思っていたが、そうではないのか。

この女、日本人なのか。

「なに……どういうこと」

女が小首を傾げる。周りには、もう何人かいそうな気配はあるが、見えるほどは誰も近づいてこない。

女が、フンと鼻息を吹く。

「どういうこと、とはまた、寝惚けたことを仰るオバチャンだね」

なんて言われてもいい。

「お願い、助けて」

「助けて、って言ったら助けてもらえるって、中国人であるあんたは本気で思ってるの？」

思ってない。けど、そう頼むしかない。

「お願い、お金ならある。いくらでも払うから」

「あんたに稼ぎなんてないでしょ」

「大丈夫、払ってくれる人、いる。ちゃんと払ってくれるから、だからお願い」

女は、ゆっくりと首を横に振った。

「あんたそれ、初島邦之のこと言ってんだろ？」

知ってるのか。

「そう、パナテックの、初島会長」

「あんたがこの体で誑し込んだ、経団連の事務総長様だ」

女が、私の胸を撫で回す。左の乳首を指先で弾く。その手が、下半身まで這い下りていく。やはり、下着まで全て脱がされている。

「そ、そう……その、初島さん。必ず、払ってくれるから。私のためなら、いくらでも、出してくれるから」

感じやすいところを弄っていた右手が、急に、女の頭上まで振り上げられた。

そのまま真っ直ぐ、私の鳩尾に落ちてくる。

「ンボゥッ……」

仰向けのまま吐きそうになった。苦しくて、体を折り曲げたかったけれど、全然できなかった。両手首、両肘、両肩、脚の付け根、両膝、両足首。全てが調理台に、がっちりと括り付けられている。まるで身動きがとれない。

女が顔を近づけてくる。

柑橘系の、甘く爽やかな香りが漂う。

「違うの。あんたは、初島会長のために、死ぬの」

嘘でしょ、と思った。

初島会長が人を雇って、私を殺させようとするなんて、信じられない。

だが、そういうことではないようだった。

「さっきも言ったろ。助けて、って言った人を、あんたら中国人は、ちゃんと助けてきたか？」

なんの話だ。

「……ちょっと……待って」

「ごめんね。あたしらはそんなに暇じゃないんだ。待てって言われたって待たないし、助けてって言われたって助けてやる気はない。だってそうだろう。あんたらが、強制的に不妊手術を施したウイグル人女性たちは、助けてくれって言わなかったか？　売り飛ばすために、生きてるウイグル人から麻酔なしで、散々臓器を抜き取ってきたんじゃないのか？　その人たちは、助けてくれって言わなかったか？　やめてくれって言わなかったか？　言っただろ。やめてくれ、助けてくれって、喉が張り裂けるほど泣き叫んだだろうが。それでもやめない。笑いながら腹を掻っ捌いて、臓器を抉り出すのが、お前ら中国人のやり方だろう」

「違うッ」

それは共産党の命令でやったことで、多くの中国人は、やりたくてやったわけじゃない。従わなければ殺される。みんな仕方なくやっただけだ。

でもそんな言い訳は、女には通用しなかった。

「違わない。どうせ中国共産党の命令で仕方なくやっただけだって言いたいんだろうけど、こっちからしたら、あんただって同じ中国人だから。国防動員法、国家情報法の適用範囲にある、敵国人民の一人に過ぎない……あんなことヒドい、絶対にやるべきじゃないと本気で思ったなら、ウイグルまで行って、一人でも助けてやるべきだったね。あんた自身の命を懸けてさ。それもせずに、ただ中共の言いなりになって、初島の財布でいい思いしてきたんだから。あんたには、ウイグルの方々の受けた痛みの、何千万分の一に過ぎないけど、味わってもらわないとね……ラン」

女が顔の向きを変え、呼びかけたので、その後に現われた女の名前が「ラン」なのだろう。

ランが、女に何か手渡す。

「はい、どうぞ」

「……ねえ。これ、ちゃんと研《と》いである？」

「私は研いでないけど。でも、新品だから大丈夫っしょ」

女が受け取ったのは包丁だ。日本式の、文化包丁というやつだ。

「新品なら、まいっか……ええと、もうお分かりでしょうけど、これから、あなたの子宮を摘出します……忘れてた。ケイ、ちゃんと解剖図、用意してくれた？」

次に呼ばれ、視界に入ってきたのは、綺麗な顔をした男だった。

「ああ……パッと見、これが一番分かりやすそうだったけど」

「これが、子宮？」

「だと思う。そう書いてあるだろ」

「でも、こんな平面図じゃさ……もっと、立体的な図とかなかったの。写真とか」

「なかった。じゃあ解剖学の本でも買ってこいって言いたいんだろうけど、あいにく、もう本屋は開いてないからね」

女はそれには答えず、再び私に目を向けた。

「……そんなわけなんで、素人ではありますが、できる限り上手に、あなたの子宮を摘出したいと思います。ちなみに麻酔とかはないんで、申し訳ないですけど、このままズブッと、やらせてもらいます。あと、あそこにいる子……見えないか。シマ、こっちおいで」

また呼ばれて、別の男が顔を出す。

若い。というか、少年と言っていいくらいの年頃の子だ。

「シマの、オジサンがウイグル人なんだっけ」

「違う。姉貴が結婚したのが、ウイグルの男の人」

「じゃあ、義理のお兄さんってことだ」

うん、と頷いて、男の子が一歩下がる。

女が包丁を構える。

「……ま、そういうことなんで。あたしらにとって、ウイグル人は身内も同然なので、その仕返しとして、あんたの腹を搔っ捌いて、ナマの子宮を取り出してやろう、と思ってるんだけど……こういうの、日本語でなんて言うか知ってる？　もしこのクイズに正解したら、助けてあげてもいいよ」

やった、と思った。それなら知ってる、絶対分かる。

「め、め……メッ、目には目を、目には目をッ」

女は、ニヤリと片頰を持ち上げた。

「残念。正解は……『ソウゴシュギ』でした」

その音を、頭の中で「相互主義」と変換した瞬間だ。

包丁の先端が、ぷつりと、私の鳩尾の皮膚を突き破り——。

××　××

全日本経済団体連盟には、会長の下に、副会長が二十名ほどいる。

この篠塚《しのづか》と小久保《こくぼ》も、私と同じ「経団連・副会長」の職にあるが、私は代表理事事務総長を兼務している。この二人は無役の副会長。組織における格には少々の差がある。

その格下の二人が、真っ青を通り越して、真っ白になった顔で、私に談判してきた。

「初島さん……お願いします。もう限界です。我々はもう、こんなことには耐えられない」

篠塚は、京都に住んでいる隠し子が、旅行先のグアムで、体を少しずつ酸で溶かされる映像を見せられ——正確には、そのような映像を個人用メールアドレス宛てに送り付けられ、完全に怖気づいている。それには【お嬢さんとお孫さんはお元気ですか。】というメッセージが添えられていたという。

小久保は先々月、妻と娘を亡くしている。二人とも、死因は覚醒剤の過剰摂取。それを知っているのは、死亡診断書を書かせた旧知の医師だけのはずだったが、ある日【シャブ中の女房と娘が死んでよかったね。】というメールが彼のもとに届いた。しばらく無視していると、今度は、二人が身体を拘束された状態で、何者かに注射を打たれる映像が届いた。添えられていたメッセージには【息子さんはお元気ですか。】とあったらしい。

それとは別に、共通のメッセージも、我々のところには送り付けられていた。

【全日本経済団体連盟は、各加盟団体、各加盟企業に対し、中華人民共和国からの撤退を推奨し、そのための支援を積極的に行う方針を示せ。】

この手の脅しは、平素から引っ切りなしにあった。これもその類だろうと高を括り、誰もが無視を決め込んでいた。

だがある日、海燕が姿を消した。

中国から手を引けとの脅迫と、海燕がいなくなったこととは、すぐに結びつかなかった。しかし、同様の脅迫を受けた者から、隠し子が殺されたかもしれない、妻や娘は殺されたのかもしれない、などと相談を受けるうちに、海燕の不在がドス黒い暗雲となり、私の心に覆い被さってきた。

篠塚と小久保の件以外にもある。

千葉にある水産加工品メーカーの、対中交渉責任者が姿を消した。他の会社でも、普段は車を運転しない常務取締役が、急にドライブに出て事故を起こし、瀕死の重傷を負って入院した。神奈川に本社を置く医療機器メーカーでは、大阪支社の社長が泣きながら辞表を提出、逃げるように去っていった。電話をして理由を訊いても、勘弁してください、何も言わずに辞めさせてください、と言うだけだった——。

経団連内に何かが起こっているのは間違いない。それは分かっていた。だがそれと、海燕の不在はどうにも結びつかなかった。

正直、海燕はもう生きていないだろう、と思っていた。

彼女が自らの意思で中国に帰るとは考えづらかった。あるとすれば、拉致に近い形で連れ去られた可能性だろう。だとしたら、まず命はない。その背後には必ず中国共産党がいるからだ。しかし、いずれにせよ「中国から撤退せよ」という脅迫と、海燕の失踪は結びつかない。

海燕がいなくなってから二ヶ月以上、私はずっと考え続けてきた。

何が起こっているのか。誰が、何を企んでいるのか。

それが、あの刑事たちの訪問後に、ようやく分かった。

私の元にも、映像が届いたのだ。

レストランの厨房のような場所だ。ラーメン屋とか、中華料理店なのかもしれない。とにかく厨房の、大きな調理台の上だ。

全裸にされた上で、調理台に縛り付けられた海燕が、何者かによって、生きながらにして腹部を切開される映像だ。

私の股間は、激痛を伴うほどの勃起《ぼっき》で破裂寸前になっていた。こんなに硬くなるのは何年振りだろう。

泣き叫ぶ海燕の声も入っている。半透明の雨合羽を着た男女が、三人がかりで黙々と、海燕の腹から内臓を摑み出していく。ときおり何かの資料と取り出した内臓とを見比べ、首を横に振る。あとになって分かるのだが、彼らの目的は子宮の摘出だったようだ。それ以外の内臓には興味なし。だから首を横に振り、切り取ることもなく放置していく。

海燕の臓器が、ぶらんと、調理台の横に垂れ下がっているのが見える。

そしてようやく、子宮が見つかったようだった。

切除したその臓器を持って、一人がカメラの前まで来る。資料と並べて、双方が同じものであることを示す。印刷された子宮の図と、この血だらけの臓器は同じである、とアピールする。そのあとで、切除しなかった臓器は体内に戻された。戻されたというか、雑に詰め込まれていた。

なるほど、と思った。

刑事が「腹部を刃物のようなもので傷つけられ、それが元で死に至った」と言ったのは、実際にはこういうことだったのだ。

なるほど、なるほど。生きたまま、中国女の腹から子宮を取り出す、か。

それだけなら、中国がウイグルにおいて行った人権弾圧に対する抗議、あるいは報復行動と解することもできる。

だが実際には、繰り返し、あのメッセージが添付されている。

【全日本経済団体連盟は、各加盟団体、各加盟企業に対し、中華人民共和国からの撤退を推奨し、そのための支援を積極的に行う方針を示せ。】

さらに、だ。

【中国国内で得た収益は日本に持ち帰れない。不動産の所有が認められない。これらのことを理由に、中国に頼らないサプライチェーンの構築を目指すと宣言せよ。】

要するに、こういうことだ。

犯人の狙いは、中国への単純な報復などではない。

これは中国の「覇権主義」に対し、日本から「相互主義」を突きつけようという、大いなる運動の一環なのだ。

2

もう一軒か二軒は話を聞きに回れるだろう、と思っていた十六時過ぎ。

東の相方、山本主任の携帯電話に着信があった。

「はい、山本です」

聞込み中は別にして、普段の山本は感情表現の豊かな、かなり分かりやすい性格をした男だ。

だからその連絡が、何か良からぬ内容であることは、彼の表情から容易に読み取れた。

「えっ……ええ、はい……分かりました。夕刊には……まあ、はい、何かで見てはみますが……はい、よろしくお願いします」

通話を終え、携帯電話を上着のポケットに戻す。

ふう、と彼が息を吐いたところで訊いてみた。

「デスクからですか」

「ええ」

山本は半周ほど辺りを見回してから、雑居ビルの入り口に近づいていった。他人の目や耳を気にするのは分かるが、彼のその挙動自体がすでに怪しい。あまりに分かりやす過ぎる。

それでも、東は彼に従うしかない。

隣に並んで訊く。

「……で、なんですって」

山本が眉をひそめる。

「麻布署管内で死体が出たらしいです。しかも、二体。今度は男女で」

男女の死体、というだけで充分な大事件だが、それを一々、外回りをしている捜査員に知らせてくるとは解せない。

案の定、それだけではなかった。

「その、女の死体がまた……子宮を摘出されていると」

確かに。これは東でも「えっ」と口にしたくなる。

「やはり、素人オペで、ですか」

「そこまでは、まだ」

「夕刊というのは」

「もう記者発表をしたのかと思ったんですが、それはまだみたいです。夕刊への掲載はないらしいですが、テレビとネットニュースは分かりませんからね。十八時くらいには出るのかもしれない、そこは分からないと言ってました。ウチの係長は」

麻布署と渋谷署は管区を接している。通常、麻布署管内で殺人事件が発生し、特捜本部が設置されたら、渋谷署をはじめとする隣接署は応援の捜査員を出すことになる。だが今、渋谷署は周海燕事件で手一杯だ。隣に捜査員を貸し出す余裕などない。ただ、子宮を摘出するという手口が同じとなれば、ある程度の情報共有期間を設けた上で、特捜を統合する可能性はある。

ちなみに東が籍を置く赤坂署も、麻布署とは管区を接している。新たに応援要請があれば、赤坂署は当然捜査員を出す。

行くとしたら、今度は誰か。


東たちは、少し早めに特捜に戻った。

考えることはみな同じらしく、デスク周りにはすでに捜査員が十名近く集まっている。麻布の情報が欲しくて、早めに上がってきたのだ。

その中心にいるのは殺人班四係長だ。受話器を耳に当てたまま黙っている。相手は誰だろう。

管理官か。それとも捜査一課長か。麻布の特捜の誰か、というのもあり得る。

「……そうですか、分かりました。ではのちほど」

どういう結論だったのかは分からないが、四係長が受話器を戻す。

すぐに周りを見回し、帰ってきている顔触れを確かめてから、統括主任の水谷に頷いてみせる。

「やはり、麻酔もメスもなしの、素人オペらしい」

「二人の身元は」

係長がかぶりを振る。

「あっちも所持品なしで不明。発見時、二人は全裸だったらしい」

「発見場所は」

「中国大使館の裏手にあるマンションの、住人用のゴミ置き場だそうだ」

中国大使館の、裏手。

水谷が訊く。

「あの、道端にある、ステンレスとかでできた、フタ付きの箱に入れられてた、ってことですか」

「いや、引き戸があって、コンクリートの棚もあると言っていたから、建物の中にあるゴミ置き部屋ということだろう。そこに、朝一番でゴミを捨てにきた住人が、第一発見者だそうだ」

山本が、小刻みに頷きながら割って入る。

「そういうところなら、今度は防カメ映像も期待できそうですね」

係長も頷いて返す。

「それに、背の高い男女四人組でも映っていようものなら、もう決まりだな」

もう決まり？　一体、何が決まるというのだ。

周海燕の拉致映像を入手したからといって、本件の捜査は何一つ進展などしていない。仮に同一グループによる犯行との見方が強まり、麻布の特捜と統合されることになったとしても、それだけで、この件が解決に向かったりなどするだろうか。東は、まるでそんな楽観視をする気にはなれない。

男女の死体が遺棄されていたという、マンションのゴミ置き場。確かに、広尾中央公園の公衆トイレよりは防カメ映像も期待できそうではある。しかし、あの犯人たちが今さら、防カメに姿を晒すなどというヘマをするだろうか。むしろ彼らは、吟味に吟味を重ねて遺棄場所を選定し、細心の注意を払って実行に移したのではないのか。だとすれば、防カメの設置場所くらい把握しているだろうし、それをかわす工夫もしているはず。レンズに何か貼り付けて塞いでしまうとか。車両を間に置いて見えなくするとか。

何より、遺棄場所が中国大使館の裏手というのが気になる。

周海燕の死体が遺棄された広尾中央公園の近くには、中華人民共和国大使館商務部がある。そして今回は、まさに中華人民共和国大使館、本館の裏手。しかも、女性は二人とも子宮を摘出されている。

これに、意味がないはずがない。

では、男性の死体はどうか。現時点でそれは分からないが、死体検案書を具《つぶさ》に見れば、子宮摘出に匹敵するようなメッセージが隠されている可能性はある。

あと、マル害の国籍だ。

今回の男女も、やはり中国人なのか。


麻布も天手古舞《てんてこまい》しているのだろう。

東らが捜査会議をしている間も、それが終わってからも、男女全裸死体に関する新情報が流れてくることはなかった。テレビでは《男女の身元不明遺体が、元麻布のマンションのゴミ置き場で発見された》と報じられていたが、それ以上の情報はなし。殺害方法や、被害者は発見時二人とも全裸だった、といった点は伏せるというのが、麻布の方針のようだ。

東は、トイレに行く振りをして講堂を離れた。そのまま一階まで下りてきて、渋谷署の玄関を出る。人の耳がない場所ならどこでもいい。とりあえず左手、コンビニの前まで行く。

取り出した携帯電話で、内調の磯谷にかける。

だが、出ない。

コンビニでカップのホットコーヒーを買い、それを飲み終えてからもう一度かけたが、やはり出ない。

仕方ない。次は赤坂署にかけよう。

こんな日だ。何時だろうと、統括係長も電話くらい出るだろう。

案の定、呼び出し音は二回で途切れた。

『はい、塩村《しおむら》です』

「お疲れさまです、東です。こんな時間にすみません」

『ええ。いつかかってくるんだろうと、お待ちしてたんですよ』

塩村は、階級は一つ上の五級職警部補だが、歳は東より三つ若い。少々変わった性格をしており、東が単独で行動したりするのを、妙に喜ぶ癖がある。

「重ねて申し訳ありません……では手短に用件だけ。ウチからも麻布の特捜に応援を出していると思いますが」

『ええ。須藤《すどう》と高須《たかす》が、今日から』

須藤は捜査一課の経験もある警部補。高須は生安（生活安全）の経験が長い巡査部長。二人とも優秀な捜査員だ。

「何か向こうから要望はありましたか」

『本部捜査の経験がある者を三名、と言われましたが、三名は無理ですと申し上げ、須藤と高須の二人に』

「マル害の身元に関して、情報はありましたか」

『いえ、こちらには』

「分かりました。ありがとうございました。また連絡します」

須藤と高須なら、須藤の方が話はしやすい。だが、今のところは携帯電話番号宛てのメッセージにしておこう。向こうはまだ会議中だろうから。

【お疲れ。塩村統括に聞いた。手が空いたら何時でもいいから電話をくれ。】

これで、今夜中に連絡があれば御の字だ。

さて。もう一人かけてみるか。

あまり東からはかけないので、今もこの番号でいいのか、若干の不安はある。

「……」

まあ、一回で出てくれるとは、こっちも思っていない。

少し歩きながら気長に待とう、と思っていたところ、意外にも五分と待たずに折り返されてきた。

『もしもし……川尻《かわじり》です』

川尻冬吾《とうご》。東の知り合いとしては非常に珍しい、警視庁公安部の人間だ。

「すまんな、折り返してもらって。こんな時間だが、大丈夫か」

フッ、と息が掛かる音がする。

『東さんからかけてくるなんて、嫌な予感しかしないので。逆に、いつでも大丈夫といえば、大丈夫です』

こいつも、ずいぶんと軽口を叩くようになったものだ。

「すまんが、一つ二つ、探りを入れさせてくれ」

『また。嬉しくない言い方ですね』

「俺が今、何をやってるか知ってるか」

『知ってますよ。中共の女スパイの件でしょう。私も興味は持っています』

「それはよかった。じゃあ隣の件は」

『麻布ですか』

「ああ」

『大変ですよね、刑事部も……コロシばっかり続いて』

「君がこっちに同情してくれるとは、驚きだな」

『そろそろ、ご用件を伺ってもいいですか』

東と出会った頃の川尻は、まだ青いところのある、下ろし立ての金属バットみたいな男だった。今はさしずめ、程よく使い込んだ木製バットといったところか。大きく飛ばすより、思い通りの方向に飛ばす技を身に付けた、とでも言おうか。それは同時に、公安臭くなったという意味でもあるが、東は、この男の「芯」を見て知っている。

その信頼は容易《たやす》く揺らぐものではない。

「少し、話をしないか。君の都合のいいところまで行くよ」

『分かりました。じゃあ二時間後に、目黒区青葉台《あおばだい》の、サイゴウヤマ公園でいいですか』

よく知らないが、そこがいいなら、こちらに異存はない。

そういえば、以前も川尻に呼び出され、公園まで行って話をした記憶がある。いや、あのときは東から「公園まで来い」と言ったのだったか。さて、どっちだったろう。

川尻との電話を切ったのが二十三時七分。

東はいったん渋谷署に戻ったが、山本はもう帰ったらしく、講堂には姿がなかった。なので一人で冷えた弁当を食べ、残っていた水谷統括と少し話をして、それから再び署を出た。

夜中の一時。

ネット情報によると、西郷山公園には展望台があり、天気がよければ富士山も見えるとのことだったが、むろん、こんな真夜中では何も見えはしない。

かなり大きな公園なので、どこから入ればいいのか、どこで待てばいいのか迷ったが、方角でいったら西側か、「西郷山公園」と彫り込んだ石碑がある入り口から入り、正面の石段を上りきると、右手に真っ直ぐ延びる通路に出た。

そこを歩き始めると、すぐだった。

後ろから声をかけられた。

「……東さん、川尻です」

とりあえず足を止め、そのまま動かずにいた。返事もしなかった。前に会ったとき、周りにそうとは分からないように話してくれ、と言われたからだ。

だが、じっと黙っていたら鼻で嗤われた。

「いや……別に、今回は大丈夫ですよ。この辺りはもう、充分に点検しましたから」

なるほど。二時間後という時間設定は、指定場所の点検を見込んでのことだったのか。

振り返ると、スーツ姿の川尻が立っていた。二年前より少し恰幅がよくなったように見える。

「久し振りだな」

「ええ。東さんも、お元気そうで何よりです」

それとなく、辺りの暗がりに視線を巡らせる。

「仲間も、何人か来てるのか」

「部下が六人で囲んでます」

偉くなったものだ。

「じゃあ俺も、渋谷の特捜の公式見解として、喋る必要があるわけか」

「いいえ、それは別に。ここは私と東さんの、個人的情報交換の場と考えていただいて、差し支えありません」

「でも、部下がいるんだろ」

「我々は、同僚が隣で何をしているのかなんて気にしません。与えられた場所で、与えられた対象の監視をするのが任務です」

ほう。

「君にとっては、俺も上司から与えられた監視対象ってことか」

川尻が苦笑いを浮かべる。

「東さん……あなたに、そういう言葉遊びは似合いませんよ」

なんだろう。この一本取られた気分は。

「ずいぶん、言ってくれるじゃないか……まあいい。歩きながら話すか」

「はい」

石貼りの小道。左右は植え込みの暗闇。どこに川尻の部下がいるのかは分からない。まるで忍者だ。やはり公安部員は、好きになれそうにない。

とっとと話を済ませよう。

「俺のところのマル害は、ご存じの通り中共の女スパイだった。死因は聞いてるか」

「それとなく、ですが」

「聞かせてくれ」

「素人オペによる子宮の摘出、らしいと」

一体、この情報はどこまで出回っているのだろう。

「麻布の二人に関しては」

「女性の方は、同じ手口だったらしいですね」

そこだ。

「男の方は」

「もちろん、子宮摘出ではない」

馬鹿野郎。

「俺を笑わせたいなら、もう少しマシな冗談を考えてこい」

「失礼しました。普通に、喉元を刃物で切られての失血死、でしょう」

そうなのか。

「君は、この二件をどう見ている」

川尻は真っ直ぐ、暗い道の先に目を向けている。

「子宮摘出といったら、真っ先に浮かぶのは、中共による、ウイグルでの民族浄化ですよね」

民族「浄化」とは、なんと怖《おそ》ろしい表現だろうと常々思っていた。

「ああ。ところが、こっちのマル害、周海燕……彼女のパトロンだった、パナテック会長の初島邦之は、経団連事務総長の立場で、日本企業の中国撤退を支援すると発表した」

ひと呼吸置いたが、川尻が口を挟んでくる様子はない。

続けよう。

「……逆なら分かる。中共に愛人を殺されて、次はお前の家族だと脅されて、今後も経団連は中国と一蓮托生、何があっても中国様々に付いていきますと、そう言うのなら分かる。記者会見を開いてそう発表するかどうかは別にして、な。もしそうなら、子宮摘出という手口も、逆らったらお前らもウイグルと同じ運命だぞ、というメッセージと受け取れる。しかし、初島のとった行動は正反対だった。脱中国に思いきり舵を切った。果たして、そんなことがあり得るだろうか。愛人を殺されたからといって……それだけでも大事件ではあるが、それはここが日本だからだ。ウイグルだったら、日常茶飯事かどうかは知らないが、強制的な不妊手術は、少なくとも数十万人レベルで行われたという報道もある」

ようやく川尻が頷く。

「確かに、渋谷と麻布の、特に子宮摘出に主眼を置いた場合、黒幕を中国共産党と仮定すると、構図は見えづらくなりますね」

　いきなり、大胆な言い方をしてくれたものだ。

「つまり公安は、一連の事件の黒幕は、中共ではないと見ている、ということか」

　これにはかぶりを振る。

「そこまでは言っていません。見えづらくなる、一見、筋が通らないように思えてしまう、というだけです」

　本当にそれだけか。

「おい、何か知ってるんだったら教えてくれよ」

　川尻が、鼻息を吹きながら視線を下げる。

　石貼りの小道には、淡く二人分の影が伸びている。

「……知っているわけでは、ありません」

「予測、推測の類ってことか」

　川尻が東を見る。

「先に申し上げておきます。我々は、これらの事件を外から眺めているに過ぎません。外から眺めているからこそ、渋谷と麻布の、二件の共通点といった情報が得やすい面もあるのは確かですが、しかし、本当に有益な情報というのは、上がってこない。本当に意味のある情報とは、重要な一次情報というのは、やはり現場の捜査員からしか得られないものです。そこは、逆に自信を持っていただきたい。我々が、刑事部以上の情報を持っているということは、ないです。少なくとも、連続して起こった、子宮摘出事件に関しては」

なるほど。そういうことか。

「じゃあ、逆に聞かせてくれ。そっちが今、中共絡みで抱えている案件とは、なんだ」

川尻が、上唇を苦そうに捲り上げる。

「……それ、なんですがね」

「ああ」

「そちらの件と、直接関係あるかどうかは、分かりませんよ」

つまり、間接的には関係している可能性が高い、と。

「……ああ。なんだ」

川尻が足を止める。

少し離れたところで、猫が鳴いた。

「実は今、留学で日本に来ていた、中国共産党の、大幹部の息子が一人……行方不明になっています」

なに。

3

そろそろ起きようか、と思っていた午前十一時。

アパートのドアポストに何かが落ちる音がした。

やや重みのある、周りを柔らかいもので包んだ、比較的小さな物。想像したのはそんなものだ。

陣内の部屋に直接、郵便物以外のものが届くことはない。宅配便はまず来ない。欲しい物は全て店舗まで行き、現金で購入し、自力で持ち帰るようにしている。ベッドや冷蔵庫はさすがに配送してもらったが、覚えのない物が届くことは、絶対というほどない。

なんだ。まさか毒ガス噴霧器。まさか時限爆弾。

ベッドから静かに下り、身構える。

台所とこっちの六畳間を隔てているのは、昭和スタイルのガラス障子だ。防音性も気密性もほぼゼロの、哀愁漂う曇りガラスの引き戸だ。

音をたてぬよう三十センチほど開け、そこから玄関を窺う。

今のところ変わった様子はない。毒ガスも漏れ出ていなければ、時限装置が作動しているような音も聞こえない。

横目で時計を見ながら、三分待った。念のため、もう二分待った。

何もない。何も起こらない。

足音を殺し、台所に出てみる。

何か長いものはないか。箒《ほうき》やモップの類はない。靴ベラも、その手の靴を履かないので置いていない。だが、昨夜使った菜箸が水切り籠にあったので、やや頼りなくはあるが、それを右手に握った。いや、これくらい細い方が、逆に扱いやすくていいかもしれない。

摺《す》り足で上がり框《かまち》の際まで行く。左手でトイレドアの枠に摑まりながら、可能な限り右手を伸ばす。とにかく安普請のアパートなので、ドアポストにもフタの類はない。向こうから挿入されたものは、こっち側の、プラスチック製の「受け」に落ちるだけだ。

それを、菜箸で探る。

先端が謎の物体に当たった瞬間、パスッ、という音がした。俗に「プチプチ」と呼ばれる、エアパッキンみたいなもので梱包されているようだ。

このまま菜箸で引き上げられないか、しばらく試してみた。だがその包みの重さと、菜箸の先端の形状、材質、ドアポスト受けの中途半端な深さもあり、それは断念せざるを得なかった。

仕方ない。手を突っ込んで、直に摑み取るしかなさそうだ。

仮に爆発物だったとしても、持ち上げただけでドカン、ということはないだろう。常識から言って。

菜箸は口に咥え、そっと上から右手を差し入れる。まず、中指の先がプチプチの表面に触れた。続いて薬指、人差し指。ドアポスト受けには楕円形のスリットがある。そこにキラキラと、動くプチプチの表面は見えている。しかし中身までは分からない。なんなんだ。この、微妙に膨らんだ小さな物体は。

プチプチの角を指先で摘《つま》み、どこにもぶつけないよう、そっと真上に引き上げる。

全体が見えた瞬間に、分かった。

携帯電話だ。

しかも、裏返したところに「市村より」と書いた紙が貼ってある。

なんでこんな朝っぱらから、断わりもなく他人の家のポストに、こんな物を捻じ込むんだ。

プチプチを乱暴に引ん剝き、中から携帯電話を引っ張り出す。

電源を入れると、すぐにメイン画面が表示された。パスワードは設定されていない。

「なんなんだよ……」

メールボックスのアイコンに「未読1」のマークが出ている。これを読めということか。

幸い、陣内が使っているのと同じ方式の携帯電話なので、操作方法が分からないということはない。

表示された文面はこうだった。

【ミサキが帰ってきた。シンと噂のガキも一緒に。ジロウの行方が分からない。連絡もとれない。至急集まりたい。代々木公園通りの、井ノ頭通り寄りの歩道橋下に、午後二時。】

陣内の携帯電話を鳴らせないほどの異常事態、ということなのか。

指定場所まで行ってみると、駐まっているのはイヌの顔が描かれたパネルトラック、一台だけだった。イラストの下には【ワンちゃん引越センター】と入っている。こんな引越し業者は今まで、街中でもＣＭでも見たことがない。

だが、届けられた携帯電話を確認すると、新たにメッセージが入っていた。

【引越し屋の車に乗れ。】

見ると車体の後ろに一人、白いツナギ姿の作業員がいる。休憩中なのか、携帯電話を弄りながら電子煙草を吹かしている。

陣内が「あの」と声をかけると、作業員が顔を上げた。

なんと、関根組の蒲田勝一だった。

「あ、サトウ様、お待ちしておりました。お荷物のご確認、よろしくお願いいたします」

キャップを取りながらそう言い、後部パネルのロックを慣れた手つきで解除していく。

両開きの右側だけを開け、どうぞ、と手で示す。

「足元、お気をつけください」

「……はい」

上がってすぐのところには、段ボール箱が壁のように積み上げられている。陣内がそこに立つと、勝一は容赦なくパネルを閉めようとする。

「そちらの左です。はい、手ぇ、引っ込めてください。失礼いたしまぁす」

言われた通り、段ボールの壁を左向きに迂回していくと、奥は広く空いていた。

天井には照明、床にはマットレスや毛布、食べ物や飲み物が入ったレジ袋。さながら避難施設のような有り様だ。

左奥にミサキ、右奥にシン。二人の間に、見たことのない少年が座っている。

市村はシンの手前、右の壁際に腕を組んで立っている。

「……なんだこりゃ、って思ってんだろうが、俺なりにいろいろ考えた末だ。苦情は受け付けねえ」

むろん、文句を付けるつもりなどない。

「元締めには連絡したのか」

「話は通したが、昼間は動かない方がいいだろうと思って、俺が来るなと言っておいた。その代わり、小川にもそれとなく事情は話しといてくれって、頼んどいた」

聞きながら、陣内は他の三人の顔を見比べた。

シンは、キョロキョロと車内を見回している。頭に白タオル、水色のツナギというふうにいつも通りの恰好だ。

ミサキは、陣内の足元をじっと睨んでいる。長袖Tシャツを肘まで捲り、カーゴパンツの片膝を抱えている。噴火寸前といった顔つきだが、ギリギリ持ち堪えている。かなり強く歯を喰い縛っているのだろう。顎の筋肉が硬く締まっているのが分かる。

少年は――。

なるほど。確かに年齢不詳だ。中学生、高校生、童顔の大学生。どうとでも言える雰囲気ではある。緑のネルシャツにジーパンという恰好も、年齢を測る材料にはならない。

市村が短く咳払いをする。

「……シンが用意した相模原の隠れ家から、東京に向かう途中、町田に入った辺りで、二台の車に追いかけられ始めた。住宅街の空き地に追い詰められて、ジロウはそこで一人、車を降りた。ミサキが運転を代わり、そこからは一対一のカーチェイス。芝浦《しばうら》辺りでようやく撒《ま》いて、乗ってたレクサスは近くのコインパーキングに乗り捨てて、俺がその近くまで、こいつらを拾いに行った……というのが、今朝四時の話だ」

ミサキはまだ、陣内の足元を睨んでいる。他のところに目を向けたら、特に隣の少年を視界に入れてしまったら、自分がどうなってしまうか分からない。それだけは分かっているから、見ない。そんな心境なのではないか。

代わりにシンが顔を上げる。

「ジロウさんが車を降りると、向こうも一人降りてきました。黒っぽいおかっぱ頭の、スラッとした女でした」

あれだ。あのリーダー格の女だ。

「その女なら、たぶん俺も会ってる」

シンが頷く。

「僕もそれ、ジロウさんから聞いてたんで、あの女かぁ、と思って見てて。でも、あんな女にジロウさんがやられるわけないいんで、大丈夫だろうと、思ってたんですけど」

「けどじゃねえよッ」

そう吐き捨てても、ミサキは陣内の足元から視線を動かさない。

「……ジロウが、あんな素人女に、負けるわけねえだろ。あいつは、ただ用心してるだけだよ。そもそも、ケータイもなんも、持ってってねえからよ。きっと、きっとさ……自販機の釣り銭口に指突っ込んで、小銭集めて、そのうち、連絡してくるよ……あたしのケータイ番号は、あいつ、覚えてるし……小銭、拾えなくてもさ……歩いてだって、帰ってくるよ……もしかしたら、もう恵比寿辺りまで、戻ってきてんのかも、しんないし」

市村が陣内に顔を向ける。

「思いのほか、厄介なことになったな……なあ、ジンさんよ」

そう言われると、返す言葉もない。

「……すまなかった。最初から、俺が行けばよかったんだ」

「そういうこっちゃねえんだよッ」

ミサキが左脚を蹴り出す。そこに何か物があったら、間違いなく陣内目がけて飛んできていただろう。

市村が「おい」と漏らす。

「こんなパネル、遮音性能なんてほとんどねえんだからよ。大声は勘弁してくれ。こっちまで巻き添え喰って、こんなところで丸焦げにされたかねえんだ」

そう言った市村が、厭味《いやみ》ったらしく鼻息を吹いたときだ。

それまで、膝を抱えて微動だにしなかった少年が、急に、ネルシャツの左袖を嚙み始めた。

変なことをする子だな、とは思った。そういう癖の持ち主なのか。袖を噛むと気持ちが落ち着くとか、そういうことなのか。

いや、違う。無意識のうちに爪を噛んでしまうとか、そういう動作より、格段に「作業」っぽい。開けられない袋を、最終的に歯で噛んで開けようとするような、ハサミがないから、ほつれた糸を犬歯で切ろうとするような、そんな動きにむしろ似ている。

ミサキもシンも気づき、少年を横目で見ている。まるで、変態行為を目の当たりにするような目つきで。驚きと、軽蔑の入り交じった眼差しで。

少年はやがて、袖の内側に右手の人差し指を突っ込み、穿り始めた。親が見たら、たぶん注意するだろう。陣内だって、自分の子供が同じことをしていたら、とりあえず訊く。なんで糸を抜いちゃうんだよ、それじゃ、袖がペロンってなっちゃうだろう。

実際、少年はそうしたかったようだ。

袖の捲れたところに指を突っ込み、何かを穿り出す。小さな、欠片のような物だ。フィルム状のもので包んであるらしく、爪でそれも剝がそうとする。

フィルムを剝がすと、

「……」

指先で摘んで、陣内に差し出してくる。

俺か、という意味で自分を指差すと、少年が頷く。

そんなに小さなもので、しかもシャツの袖に収まっていたものだ。毒ガスが出てきたり、爆発したりはするまい。

一歩前に出て、少年からそれを受け取る。一辺が一センチかそこらの、黒いプラスチック片。表面には金色の、おそらく電気信号をやり取りする金属が埋め込まれている。一番小さなタイプのＳＤカードに似ている。

市村が横から覗き込んでくる。

「……そら、シムカードだな」

ＳＤカードではなく、ＳＩＭカードか。携帯電話の契約情報等を記録し、回線を開通させる、アレか。

しかし、これだけ渡されても困る。

一応、本人に訊いてみよう。

「これを使って、どっかにかけろっていうのか」

少年が頷いて返す。それを見たミサキとシンが、両目を限界まで見開く。

陣内は自分の携帯電話を出し、今まで試したことなどなかったが、でもなんとか、側面のフタを開けてＳＩＭカードを抜き取ることには成功した。

二枚を掌に並べてみる。白いのが陣内の、黒いのが少年から渡されたものだ。

市村に訊いてみる。

「同じ、だよな」

「ああ。同じタイプだな、こりゃ」

「入れてみるか」

「ああ。入れてみろよ」

入れてみた。

電源ボタンを押すと、再起動ののち、メイン画面が表示された。

アドレス帳を開いてみると、一件だけ登録がある。

【土屋昭子（緊急）】

市村が「ケッ」と唾を吐く真似をする。

「何が緊急だ、馬鹿野郎」

ミサキとシンも立ち上がって見にくる。

「あっ……あんの糞女、糞フザケたことしやがって」

「まあまあ、ミサキさん、落ち着いて」

このまま車内でかけるか、降りて外でかけるか。

どう考えても、多少騒がしくはあるが、ここでかける方が安全ではある。

「言いたいことはあるだろうが、とりあえず、これで連絡がとれるなら、かけてみるしかないだろう……」

表示された電話番号を押し、通話状態にする。

コールは、五回、六回――。

七回目で途切れた。

『はい、もしもし……ジンさん、ですか』

なぜ分かった。番号か。いや、番号は変わっているはず。

「ああ、俺です。陣内です」

『よかった……あの、ほんと、いろいろ、すみません。大変なことになってしまって』

一応、本気で申し訳なく思っているのであろうことは、口調からも伝わってくる。

「ああ、大変だよ。とんでもないよ……なんなんだ。どういうこと。何が、どうなってる」

『この番号にお電話いただいたということは、彼から、SIMを受け取ったということですよね。つまり、いま陣内さんは彼と一緒にいる』

腹は立つが、仕方ない。

「……その通りだ」

『この通話は、現時点では間違いなく安全です。盗聴もされてないし、メッセージのやり取りをしても敵側に傍受される心配はありません』

「敵側、とは」

『もちろん、NWOです』

やはり、そういうことなのか。

「どうしたらいい。君は、この事態をどうしたいんだ。こっちは今、ジロウと連絡がとれなくなってる。今現在、どういう状況にあるのかは分からないが、最悪、向こうに拘束されている可能性だってある。もしそうなら、俺たちは」

違う。

「……俺は、命を懸けてでも、ジロウを助けにいかなきゃならない」

土屋が深く息を吐く。

『はい。今回ばかりは、私も責任を感じています。事が全て済んで、その上で、陣内さんが私に死ねと仰るなら、死にます。結果的に、あなたを騙したように、なってしまいましたから』

その言葉も、信用に値するかどうかは怪しい。

「その後のことなんて、どうでもいい。今はとにかくジロウだ。ジロウと連絡をとって、状況を把握して、必要なら……実力行使でもなんでもするんだ。そのために、あんたは何ができるんだ」

数秒、間が空く。

それで肚は決まったのか。

『……陣内さんは、今どこですか』

先の、盗聴云々と言われたのが脳裏に甦る。

「それを言っても、大丈夫なのか」

『現時点では大丈夫です。最悪、本当に最悪の場合でも、四十分から一時間程度は大丈夫です。向こうに探知される心配はありません。なので、この通話を終えたら携帯電話からＳＩＭを抜いてください。そうしたら追跡も不能になります』

なるほど。

「分かった……今ここは、代々木公園だ。代々木公園通りの……」

『分かりました。じゃあ、代々木公園からだと、原宿駅のちょっと先、千駄ヶ谷三丁目に、使える部屋があります。そこまで来ていただけますか。陣内さん一人で』

いいだろう。


指定されたのは、渋谷区千駄ヶ谷三丁目※※－◎◎、プランタン千駄ヶ谷、三〇一号室。

鍵は開いている、何も言わずに入るよう書いてあったので、その通りにする。

スチール製のドアを引く。暗い内部に外光が射し込む。

空っぽの玄関、空っぽの廊下。左右にドアが一つずつあり、その奥にリビングダイニングのような広がりが見てとれる。

そこに、土屋昭子が立っている。

腰を落とし、両手で拳銃を構えて。

ドアを開けたのが陣内だと認め、土屋が銃を下ろす。

「……鍵を閉めて、入ってください。靴のままでいいですから」

言われた通り鍵を掛け、土足のまま上がった。

正面奥の窓には遮光カーテンでも掛けてあるのか、昼間にしては室内が暗い。

廊下を進み、部屋に入る。調度品は一切ない。完全なる空き物件のようだ。

土屋が拳銃を腰に収める。

「……本当に、いろいろ、ご迷惑をおかけしました。お詫びのしようもありません。陣内さんに殺してもらえるなら、私は本望です。全てに片が付いたら、もう、陣内さんの好きにしてください」

その前に、ここに誰かが踏み込んできて二人ともお陀仏、という可能性もないではない。

「とりあえず説明が聞きたい。あの少年は何者だ」

私の息子です、という返答も想定の一つではあったが、違った。

「彼は、中国人民政治協商会議の幹部、ヤン・チンチエの息子……ヤン・ハオユウです」

よく分からないが、要するに大物中国人の息子ということか。

「なぜそんな奴の息子を」

「それについてはかなり事情が込み入っているので、今じゃない方がいいです。それよりもジロウさんです」

その通りだ。

「ああ……ジロウとは一度会って話したんだが、ウチの店に、妙な連中が押し掛けてきてな。それは、そっちがトラブってるのと同じ連中なのか」

土屋が深く頷く。

「はい、同じです」

「ＮＷＯか」

「はい。ＮＷＯはＮＷＯですが、中でも今、一番ヤバい連中です」

よりによって。

「なぜ、そんなことになった」

「あのグループは……言わば、実行部隊みたいなものでしょうか。NWOの中でも、かなり特殊な技能の持ち主ばかりで構成されています。正式名称は分かりませんが、おそらく『キャット』と呼ばれているのが、そのグループなんだと思います」

そんなに可愛らしい連中ではなかったが。

「実行部隊が、猫?」

「ごめんなさい、その『キャット』ではなくて、C、A、T……たぶん『カウンター・エージェント・チーム』か、『カウンター・エージェント・テロリズム』の、どちらかなんだと思います。その頭文字を取って、『CAT』と呼ばれているのかと」

カウンター、エージェント。

「どういう意味だ」

「『エージェント』は『スパイ』と同義ですから、意味するところは『ボウチョウ』です。諜報活動を防ぐ、の『防諜』です」

「NWOが、スパイ活動を防ぐのか」

「はい。そのためのチーム、あるいは、敵のスパイ活動に対して仕掛けるテロリズム、という意味だという説もあります」

なんにせよだ。

「その『ＣＡＴ』って連中が、中国の大物の息子を、なんだ……誘拐してたとか、そういうことか」

「ちょっと違いますけど、結果的には、そう解釈されても仕方ないと思います」

分からない。話があまりに大き過ぎる。

4

中国大使館裏にあるマンションの敷地内に遺棄された、男女の死体。その一方の女性は、周海燕と同様に子宮を摘出されていた。

これらの事件と、公安部の川尻が明かした、中国共産党幹部の息子の行方不明とは、果たして関係があるのか、ないのか。

川尻は一枚の写真を差し出してきた。

「これ、なんですがね」

その少年に、日本人が漠然と抱く中国人的な特徴はほとんどなかった。どこがどう、と言いきるのは難しいが、髪型が占める割合は大きいかもしれない。中国人男性がしがちな、鋭角的な刈り上げ切りっ放しではなく、もう少し自然な仕上がりになっている。

白いシャツを着て、真正面を向いている。証明写真かもしれない。

「年齢は」

「十九歳」

「この時点で、何歳」

「これで、十九歳です」

驚いた。見た目はせいぜい十四、五歳だ。

「いなくなってどれくらいだ」

「分かりません。二ヶ月と言う関係者もいれば、三ヶ月と言う者も」

「誘拐の可能性は」

「多分に」

「誘拐だとして、犯人側からの要求は」

「それはないと、我々は見ています」

「なぜ」

「中国サイドは、こちらに捜索の要請をしてきていません。外交問題の、恰好のネタにできる可能性があるにも拘わらず、むしろ、この少年の不在を隠そうとしている節すらある。その意図が、我々には読めません」

東は、その少年の写真をヒラヒラと振ってみせた。

「このネタを俺に摑ませて、どうするつもりだ」

川尻は、片頰を持ち上げて苦笑いを浮かべた。

「分からないからですよ。中国人の考え方は、我々日本人とも、欧米人とも違う。一見、不合理に思えることでも、コツコツと二十年、三十年、それで駄目なら五十年、でも続けていれば、いずれは成果は出る……そんな馬鹿なと我々は思いますが、そういうことを平然とやるのが中国人です。なのでこちらも、考えや想定の幅を広めに持っておく必要がある。その広げた幅の範疇《はんちゅう》に、東さんはいるということです」

あまり嬉しくない言われ方だが、そういうことなのだろうと、自分でも思った。

なんとなく「ワクチン」を連想した。コンピュータウイルスに対抗するための予防プログラムではなく、実際に体に入れて感染症を防ぐ方の、あのワクチンだ。

当たり前だが、東がしたいのは感染予防ではない。事件捜査、疑問の解明なので、目指すところはかなり違う。だが、異質なものを体内に取り込んでしまったこの違和感は、やはりワクチンのそれと酷似している。

行方不明の、中共幹部の息子。身代金が目的であるならば、なかなかいい目の付け処ではないかと思う。だがそれと、子宮摘出殺人の共通点となると、さっぱり分からない。だが分からないからこそ、考えてしまう。体内に植え付けられた謎が、グツグツと胸の奥で増殖していくような感覚がある。

中共幹部の息子の誘拐に、身代金以外の目的があるとすれば、なんだ。何が考えられる。

むろん、その親が党内でどういうポジションにいるかで話は変わってくるが、仮に非常に高い位だったとしたら、どうだ。息子の誘拐で、中国共産党の方針に影響を与えることが——いや、そんなことは万が一にもないだろう。中華人民共和国の国家運営方針は、国家主席を兼ねる中国共産党最高指導者の一存で決まる。その決定が、幹部の「息子が日本で誘拐されて」などという泣き言で揺らぐとは到底思えない。

それと比べたら、子宮摘出殺人の方がまだ分かりやすい。ウイグルにおける民族弾圧、民族浄化に対する、一種の抗議とも、報復とも考えることができる。

それと、中共幹部の息子の誘拐が同一犯によるもの、ということはあり得るのだろうか。中共に対するプレッシャーという意味では、大雑把に言ったら方向性は同じ、と言えなくもないが。

そんなことを考えていたら、内調の磯谷からメッセージが届いた。

【昨日はお電話に出られず申し訳ありませんでした。こちらからお電話差し上げるとしたら、何時頃がご都合よろしいでしょうか。】

ちょうど、遅めの昼食にザル蕎麦《そば》を食べているところだったので、【今すぐなら。】と打ち返した。

すると、まさにすぐかかってきた。

「……」

最後のひと口を頬張り、山本に片手で詫びながら席を立った。山本の鴨南蛮蕎麦《かもなんばん》はまだ出てきたばかりなので、一分や二分で食べ終わることはあるまい。

東は店を出て、向かいのマンション前にある自動販売機のところまで行った。

「……もしもし、東です」

『磯谷です。昨日は、大変失礼いたしました』

電話とはいえ、昼間に磯谷と会話をするのはこれが初めてかもしれない。

「こちらこそ、お忙しいところ申し訳ない」

『何かありましたか』

これも川尻が言うところの、広げた「考えや想定の幅」の範疇に入るものと、東は判断する。

「磯谷さんが、なぜ情報交換を申し入れてこられたのか、私は、ずっと考えていました。それがようやく、少し分かってきました」

厳密に言えば、東が考え続けて出した答えではない。ただ単に、川尻からワクチンを打ち込まれただけの話だ。

それが、毒のように回ってきてしまった。

磯谷が『ほう』と応じる。

『もう少し具体的に、お願いできますか』

「その前に……然《さ》る国の要人の息子が、日本で行方不明になっているというのは、本当ですか」

ほんの一瞬、間が空いた。これが対面であれば、磯谷は顔色を変えていただろうか。それとも、意地でも顔には出さなかっただろうか。

『……然る国とは』

国名を確認するということは、要人の息子の行方不明は認めた、とも解釈できる。

ここはもう少し、出し惜しみさせてもらう。

「カードは一枚ずつ、でしょう」

『中国と、思っていいですね』

意地でも自分の文脈で話そうというわけか。

「それなら、お心当たりはあると」

『わざわざ「然る国」と前置きされたので、お訊きしたまでです』

「中国の要人の息子が行方不明になっているんですか」

『……はい』

この肯定が意味するところは大きい。

川尻のスタンスは、子宮摘出殺人に興味はあるが、軸足はあくまでも中共要人子息の行方不明、といったものだった。また川尻は、重要な一次情報は現場の捜査員からしか得られない、とも言った。

磯谷が東に接触してきた目的もそれ、と見ることに特段の無理はない。

「磯谷さん。中国大使館の近くに、子宮を摘出して殺害した女性の死体を遺棄する。それと、中国要人の息子が行方不明……これを誘拐事件と仮定した場合、共通する目的とはなんですか」

いま磯谷が沈黙しているのは、東の質問に対する答えに迷っているから、ではない。

東にその答えを教えるか否か。それを迷っているに過ぎない。

磯谷の出した結論は「否」だったようだ。

『東さん。いま私の口から、それは言えません。だがしかし、私があなたに情報交換を申し入れた意味は、もう少し重く見ていただきたい』
これ以上話しても意味はないと思ったのだろう。
磯谷は『また連絡します』と断わって切った。
自分が情報交換の相手として、磯谷に選ばれた意味、か。

東たちは今も、周海燕の交友関係を調べている。

口が裂けてもこんなことは言えないが、特捜本部の一員としてこの範囲を割り当てられているので、東は相方の山本と、関係者に話を聞いて回っている。

本音を言ったら「仕方なく」ということになる。

この線で調べていっても、本件の解決には結びつかない。そういう悪い予感が色濃くある。この事件の背景にあるのは、マル害の人間関係や、個人的恨みなどではない。それならば、警視庁公安部が興味を示すことも、内閣情報調査室が動くこともない。

今朝になって、麻布の特捜のマル害、男女二人の身元が割れたとの情報が入ってきた。東が麻布の特捜にいる須藤から密かに聞き出したとか、そういうことではない。渋谷の特捜に、正式な報告の形でもたらされた情報だ。

被害男性は、尾身崇彦、三十歳。帝都大学大学院在籍。この四月から静岡の大学に助教として勤務する予定になっていたが、突如その行方が分からなくなっていた。

もう一人の被害者、子宮を摘出されていた女性は、原田里香。外資系投資銀行に勤務する二十八歳。尾身とは大学時代の先輩後輩の仲で、二人は学生時代から交際していたという。

二人の行方が分からなくなったのは三月九日。すでに二ヶ月半が経過している。仮に、行方不明になった直後に殺害され、その後ずっと放置されていたのだとしたら、さぞ悲惨な腐乱死体か、白骨死体になっているのではと思ったが、そうではないという。

「発見時、二人の死体はまだ、半ば凍った状態だったそうだ」

死体を、冷凍保存したのか。

犯人グループは、この一連の犯行に一体、どれほどの手間をかけているのだろう。周海燕に関しては、男女四人がかりで拉致し、殺害後に広尾中央公園まで運び、遺棄場所までの道筋にわざわざ足痕と血痕を残している。

尾身崇彦と原田里香。二人を拉致するときは、何人がかりだったのだろう。単純計算で二倍の八人か。それとも一方が男性だから、十人以上か。

女一人を、男女四人がかりで拉致。

二件目の被害者は、男女二人。

男女、男女、男女――。

いや、まさかとは思う。世の中に「男女のペア」なんてものは、考えるのが無駄なくらい溢れ返っている。何一つ珍しくない。情報としては微塵《みじん》も注目に値しない。

しかし、連想してしまったものは仕方がない。

門倉美咲が見せにきた、あの画像。死刑囚、伊崎基子によく似た女と、えらく体格のいい男。

あの男女が、周海燕を拉致した四人のうちの二人である可能性はないのか。

東は、山本が渋谷駅のトイレに行っている間に、手短にメールを打った。警視庁の貸与品ではなく、個人所有の携帯電話を使ってだ。

【この前の画像を送ってくれ。】

たぶん、他の相手だったらこんな書き方はしない。どんなに慌てていても、挨拶のひと言くらい冒頭に入れるし、文末に「お願いします」くらいは書き添える。でも、なぜだろう。門倉相手なら、これでいいという思いがある。雑な扱い、と受け取られる可能性もないではないが、東に言わせれば、これも一つの信頼の形だ。

実際、門倉はすぐに送ってきてくれた。

【東弘樹様
お疲れさまです、門倉です。データが重いので、念のため三回に分けてお送りいたします。

ちなみに、何かあったのでしょうか。もし私にできることがあれば、いつでもなんでもお申し付けください。こちらでは、そんなに大きな事件は起きそうにないので。

今の事件が一日も早く解決されるよう、願っております。くれぐれもご無理などなさいませんよう、ご自愛くださいませ。　門倉美咲】

山手線で大崎《おおさき》駅まで来たところで、今度は「すみません」と東が断わってトイレに行った。

個室を見つけ、そこに籠もる。

洋式便器のフタを上げ、腰掛ける。

「……」

携帯電話のディスプレイなので、小さくて見づらいのは致し方ない。よく見たいところを、拡大して確認するしかない。

周海燕拉致グループの方は、あらかじめプリントアウトした資料写真がある。それと、携帯電話を並べて見比べる。

結果から言ったら、これは全くの見当違いだった。

周海燕拉致グループの四人は、顔こそちゃんと写ってはいないが、体付きはかなりはっきり捉えられている。四人ともすらりと背が高く、まるでファッションモデルのような体型をしている。

一方、門倉が送ってきた画像の二人はというと。

伊崎基子似の女の方は、車の助手席にいるので全身が写っているわけではないが、それでも首の太さや肩回りの肉付きから、大よその体形は想像できる。おそらく、アマチュアレスリングの選手みたいな体型をしているものと思われる。「エポ」ですれ違った女が、まさにそんな体付きだった。

そして男は、さらにその上をいっている。言ったらプロレスラーだ。東の乏しい知識の中で喩えるとしたら、往年の藤波辰巳《ふじなみたつみ》選手だろうか。あんな感じの、恰好いい筋肉の付き方をしている。

これは駄目だ。全然違う。違い過ぎる。こんなもの、比べるまでもなく気づくべきだった。あの二人のガタイのよさは頭に入っていた。拉致グループ四人のスタイルのよさも、イメージにはあった。それをわざわざ門倉に画像を送らせ、見比べてみるまで気づかないとは。

いよいよ、自分も焼きが回ってきたか。

東は、溜め息をつきながら拉致グループの写真をカバンにしまい、携帯電話をポケットに納めた。まあ、せっかくここまで来たのだから、出せるモノは出していこう。

だが、スラックスを脱ごうと中腰まで立ち上がって、やめた。

待て。

座り直してもう一度携帯電話を取り出し、門倉から送られてきた画像を再度拡大して確かめる。

伊崎基子似の女ではない。藤波辰巳ばりの体をした男でもない。

助手席の後ろに乗っている、男の子の顔だ。

これは、似ているかもしれない。

カバンのポケットを探り、今度は、公安の川尻から受け取った写真を取り出す。

中国共産党幹部の、行方不明になっている息子。

やはり、こっちは似ている。

ネタ元は、コンビニの防犯カメラが捉えた駐車スペースの映像。そこから切り出した画像なので、解像度は決して高くない。だがそれでも、似ていると言える程度の写りではある。

まあまあお洒落にカットされた髪、幼い顔つきと細い首。川尻経由の写真だと左こめかみにホクロがあるように見えるが、門倉経由の画像では残念ながら確認できない。確認はできないが、ぼんやりとその辺りにホクロがあるように、見えなくもない。

これは、どういうことだ。

伊崎基子似の女と、プロレスラーじみた男が、中共要人の息子を誘拐して連れ歩いているということなのか。なんのために。金か。それとも狙いは他にあるのか。もっと大きな、外交問題になりかねないような何かか。

もっと怖ろしいのは、これが伊崎基子似の女などではなく、伊崎基子本人だった場合だ。伊崎基子は十一年前、現役の警視庁警察官であるにも拘わらずＮＷＯの一員となり、「歌舞伎町封鎖事件」実行犯グループに加わったとして逮捕、起訴された。伊崎基子が実際に何人殺害したのかは明らかになっていない。だが映像に残っているだけでも四人を射殺したのは間違いないとされ、伊崎基子もそれを認めたことから、一審で死刑の判決が下った。伊崎基子はこれを控訴せず、そのまま死刑が確定している。

確かに、伊崎基子の死刑が執行されたという話は聞かない。刑が執行されていなければ、伊崎基子の身柄は今も東京拘置所になければならない。

だがその前提をいったん度外視し、伊崎基子が娑婆に出てきているとしたら、どうだ。

あれだけの戦闘能力を持つ人間だ。しかも、伊崎基子は躊躇というものを一切しない、まさに殺人マシンだ、と言う者すらいる。そんな人間が、犯行グループに加わっているとしたら。

これは、とんでもないことだ。

死刑囚の伊崎基子が娑婆に出てきているという、話はその一点に留まらない。いや、それ自体がある状況を克明に物語っていると言ってもいい。

伊崎基子の背後には、必ずＮＷＯがいる。

つまり周海燕の殺害も、尾身崇彦・原田里香の殺害も、中共要人子息の誘拐をも含む、一連の事件の絵図を描いたのはＮＷＯであり、伊崎基子はその先兵として動いている――そういう可能性が浮上してくる。

だがとりあえず、用を済ませてここを出よう。

中共要人子息を誘拐したのは、ＮＷＯの一員として死刑判決を受けた、伊崎基子かもしれない。こんな馬鹿げたことは、とてもではないが他人には言えない。磯谷はもとより、川尻にだって言えやしない。ただ、伊崎基子本人か否かという点を棚上げすれば、情報として二人に提供することは吝かでない。それによって二人の調べが進み、見返りとして周海燕殺害に関する情報が得られれば、事は全て丸く収まる。

だがその前に、だ。

東があの二人を見たのは、日時こそ違うが両方とも「エポ」だった、という点は大いに気になる。

あの二人の素性を、陣内は本当に知らないのか。

しかし、尋ねるにしても、どう訊いたらいい。

ここの、階段のところで私がすれ違った女性なんですが。何かスポーツでもやっていそうな、がっしりとした体格の方で。まだ寒い頃だったと思います。その方は黒い革のジャンパーを着ていて、背中に確か「PITBULL」って、型押しのロゴみたいなのが入っていたような記憶があります。たぶん、あの事件のあとだから、一昨年の二月の末だったんじゃないでしょうか。あのお客さん、その後も見えますか。

駄目だ。こんな訊き方では、よく分からないと言われてお終いだ。

じゃあ男の方は。あれは同じ年の、でももう夏になってたかもしれない。やはり、とても体格のいい方で。言ったら、プロレスラーみたいな感じで。なんか、焼酎をストレートで飲んでいたように記憶しているんですが、そういう男性客、心当たりはないですか。

これも駄目だ。こんな訊き方をして、焼酎好きの、本職のプロレスラーを紹介されたらどうする。ファンですと言って、握手でもしてもらうか。

まあ、例の写真は門倉からのもらい物だから、ちらっと陣内に見せるくらいは問題ないだろう。

そう決心し、電話をかけてみたのだが、繋がらない。

何度かけても、何十回鳴らしても、陣内は出ない。

5

目隠しをされていたので、どんな建物に連れ込まれたのかは分からなかった。両手首、両足首共に手錠のようなもので拘束されていたので、車内では抵抗を試みることすらできなかった。

ジロウが不覚にも伸され、気を失ったのは町田の住宅街にある空き地だった。たとえ目隠しをされていても、意識さえあればどっちに何回曲がったとか、体感する速度や走った時間などで、漠然とどの辺まで来たか分かる可能性はあった。だが、気絶していたのでは話にならない。

　走っている途中で意識は戻ったが、乗せられていた車はベンツ・Ｇクラス。静か過ぎて、外の音もほとんど聞こえなかった。駅のアナウンスであるとか、航空機のエンジン音であるとか、ヒントになる街のノイズはけっこうあるものだが、聞こえないのではどうしようもない。

　カーナビの案内や、ＥＴＣカードの利用状況を告げるアナウンスも聞こえなかった。それが用心のためか否かは分からないが、その手のものは利用せずに走っていたのだと思う。あるいはアナウンスをミュートしていたのか。

　目的地の駐車スペースにも、非常にスムーズに入ったように感じた。誰かにゲートを開けさせるとか、シャッターが上がるまで待つとか、そういうモタつきはなかった。またスロープを下りる感覚もなかったので、駐車場所は地上階だったのだと思う。水平を保ったまま車は停まり、ジロウは足首の拘束だけを解かれ、車から降ろされ、連行された。

　降りたところの床面はコンクリート打ちっ放し。多少砂が載っていた。足音の反響から、かなり広い場所であることは分かった。天井も高い。イメージしたのは小型飛行機の格納庫。だがそれにしては物が多い。反響から、ところどころに何かが積まれているのは感じた。それが段ボール箱か、布を被せられた工作機械の類なのか、具体的なことは分からなかった。

　そこから階段を下りるよう促され、地下に連れていかれた。さして広くはない通路を通り、角を二回曲がったので、他にも部屋はいくつかあったのだと思う。なので、感覚的には地下一階の部屋だ。

そこにジロウは、今も監禁されている。

見事なまでに自由を奪われて。

上衣はビリビリに破かれて剝がされた。包丁かジャックナイフのような刃物も使って。上半身裸にされてから、手錠を付け替えられた。警察官が用いる被疑者用から、戦争時に用いるような捕虜用に、といったらいいだろうか。感触から、左右の手首に巻かれたのは革ベルトであろうと察した。それには鎖が繫がっており、鎖はコンクリートの壁に打ち込まれたボルトと繫がっているわけだ。

靴は脱がされたが、ジーパンはそのままだった。凶器の有無をチェックする程度のボディタッチはあったが、パンツ一丁にされることはなかった。

その恰好で、両足首にも革ベルトを巻きつけられた。

最終的に、コンクリート床に両膝をつくことはできるが、足輪が嵌《は》まっているので、両膝を閉じることはできない。同様に、両腕は真横より少し上までは上げられるが、バンザイはできないし気を付けもできない。上半身の形は、十字架に磔にされたキリストに近い。

この体勢ができあがって、ようやく目隠しが外された。

蛍光灯の白い明かり。壁と天井は白いクロス貼り。床には接着剤を剝がした跡があるので、もとは何かしら貼ってあったのだろう。

壁には格子状の跡がある。スチールラックのようなものが設置されていたのではないだろうか。枠が当たっていたような線が白く残っている。その角に当たる何ヶ所かには、錆をもらったような茶色い汚れも付着している。

部屋の広さは二十畳弱。そこに、ジロウ以外に女が二人、男が一人いる。一人は、あの黒髪ボブの女だ。もう一人の女は、金髪と銀髪の中間くらいのセミロング。男は、少し長めの黒髪。女二人は二十代半ばに見えるが、男はもっと若い。下手をしたら十代かもしれない。

ジロウの目隠しを外したのはセミロングの女だが、話し始めたのは、正面の壁に寄りかかって腕を組んでいたボブの女だ。

「……あなたが、ジロウさん」

とてもではないが、返事をしてやる気にはなれない。

「『歌舞伎町セブン』の中でも、『手』と呼ばれている、暗殺実行担当のメンバー……なんですよね？」

答える義務もない。

ボブが鼻で嗤う。

「あのさ……あたしには、疑問で仕方ないわけ。あんたらの存在そのものが。新宿歌舞伎町の、暗黙の掟を守るための、粛清部隊ってこと？　でも一応、有料なんでしょ？　そんなに法外なお値段じゃないらしいけど……なんかさ、その辺の線引きっていうか、組織のあり方みたいなのが、曖昧で嫌なんだよね。ビジネスモデルとして成立してないっていうか」

肯定も否定もするつもりはないが、惚けても無駄な程度には、こっちの素性は割れているらしい。

ボブが壁から背中を離す。

「そのわりには……なんだろうね。上の方は、あんたらのこと嫌いじゃないんだよね。あんたらっていうか、伊崎基子のことが」

上の方、伊崎基子。

やはりこいつら、NWOなのか。

「そんなに凄いのかなぁ、伊崎基子って……あれでしょ、セブンで『ミサキ』って呼ばれてるのが、伊崎基子なんでしょ？　あの、えらく厳《いか》つい女……あんなの、どうってことないと思うけどな。ヤっていいって言われたら、今すぐにでもヤれんのに」

この女の言う「ヤる」は、もちろん「殺す」という意味だろう。

こっちも口が利けないわけではないので、一つ訊いておく。

「……お前ら、NWOの狙いは、なんだ」

ボブが、ひょいと片眉を吊り上げる。

「狙い？　それはこっちの台詞ですよ。あたしらの大事なお客さんを勝手に連れてって、どういうつもりよ。どうするつもり。あんたらだって、あの土屋昭子って女を信用してるわけじゃないでしょう」

NWOか否かは、答えるまでもないということか。

「……君も、あの女が嫌いなのか」

「こっちの客を勝手に連れ出されて、好きなわけがないでしょ……でも、それもまた分かんないんだよね。これって年代の差なのかな。上の連中は、そんなに嫌いじゃないみたいなんだよね。あたしが、もう土屋なんて始末しちゃいましょうよって言っても、いやまだまだ、って。まだ使い道はあるから、って。そこはだから、あんたらも一緒よ。『歌舞伎町セブン』なんて潰しちゃいましょうよ、って言っても、まだだって……ねえ、あんたらって、あたしらが知ってる他に、なんか特殊な能力でも持ってんの？」

例の名簿のことかもしれないが、むろん言うつもりはない。

「さてな。少なくとも、この腕輪を一瞬で外すような、そういうイリュージョンは」

グンッ、と引っ張ってみせる。

「……できない」

「オッサン、意外と面白いとこあんだな」

お褒めに与《あずか》れたのは光栄だが、

「ンどッ……」

いきなりの回し蹴りは、できれば遠慮したかった。

それも例の、金属製の脛当てを着けた右脚で、真正面から胸を、だ。爪先は鳩尾に入った。

ボブがいったん距離をとる。

「ねえ。伊崎基子は、あの坊やをどこに匿ってんの。あんたらじゃさ、あの坊やの価値も分かんなきゃ、使い道も思いつかないでしょ。お願いだから返してよ。あたしらには、やらなきゃいけないことが山ほどあるんだから」

そんなことを言われても困る。

「……確かに、あの坊やを、どうしたらいいのか……俺たちが、持て余してたのは、その通りだ。でもさ、奪ったものか、盗んだものかは別にして、他人が欲しがるってことは、それに価値があるってことの、証でもあるわけだろ。あんまり『くれくれ』言われると、返したくなくなるってのが……」

人情じゃないのかね、までは言わせてもらえなかった。

また蹴りが飛んできた。寸分違わず、同じ場所に。

「……んぶ……」

「一応、あんたらの『愛の巣』は見張ってんのよ。新宿六丁目の、元金物屋だったところ」

NWOにヤサがバレていないという確証はなかったが、実際にバレていたと分かると、やはりいい気持ちはしない。それでも今までは襲撃を免れていたのだから、あの名簿には一定のご利益があったと考えてよさそうだ。

ボブが続ける。

「でも、伊崎基子は戻ってない。ゴールデン街の『エポ』にも立ち寄らない。ちなみにあの、陣内ってオッサン。あのオッサンはどっちなの。情報収集担当？　それとも暗殺実行担当？　見た感じ、あんたや伊崎基子ほども強そうじゃないんですけど。それこそ、なんか特殊能力でも持ってるわけ？　三キロ先の標的を、確実に狙撃できるとか……でも、そういうんじゃないんだよね。なんかもっと、エロい感じなんだよな、あのオッサン。変な色気がある」

それは、分かる気がする。

ボブが部屋の隅に目をやる。

そこにあるのはボロ切れの小山だが、それらはかつて、ジロウが気に入って着ていた、Tシャツやブルゾンを形成していた。

「……あんたはあんたで、ナイフやチャカは疎か、ケータイすら持ってきてない。それって用心？　逆に不用心？　ほんと、ワケ分かんないよねッ」

またきた。同じところに、同じ蹴り。

この女の持つ技能で最も評価すべきは、ここまでの打撃技術を持っていながら、最初はまるで素人のようなパンチを放ち、完全にジロウを油断させた、あの演技力だろう。

「……ン……ん……ぶっ……」

そう思って見てみれば、立ち姿もなかなか決まっている。着ているのはどうということのない長袖Tシャツとカーゴパンツだが、そのままファッション雑誌のページに載っていても違和感はない。少なくとも、その程度には洒落た雰囲気がある。

さしずめ、演技もできるモデルといったところか。

少し離れたところにボブがしゃがみ込む。剣道の蹲踞《そんきょ》よりは、ヤンキーの「ウンコ座り」に近い。

「でも、あれね……『伊崎基子』って名前を出した途端、『NWO』って単語が出てくるんだね、やっぱり。そういう話もするんだ、ミサキちゃんと」

しかし、今の一発は効いた。胃に何か入っていたら確実に吐いていた。

ボブが小首を傾げる。

「でもさ、あんたの思ってる『NWO』が、本当の『NWO』とは限らない……なんか、唄の歌詞にありそうなアレだけど、それってかなりあると思うんだよね。そもそもさ、あんた『NWO』をなんだと思ってんの?」

それに関しては、元警察官としての、ごく常識的な知識しかない。

「新世界、秩序……という」

「ああ、そっから言っちゃう。『New World Order』の略ってね。そういう基礎知識はいいよ、飛ばして」

英語の発音も、なかなかいい。

「じゃあ、歌舞伎町……封鎖、事件を、起こした……テログループ。それ以外に、何かあるのか」

ジロウが八年ほど前に始末した、名越和馬《なごしかずま》という男もNWOと関わりがあったようだが、今そこまで言う必要はあるまい。

ボブが腕を組む。

「歌舞伎町封鎖計画の首謀者の名前は、ご記憶かしら」

「確か、ミヤジ、タダオか、ケン……ケンイチか」

ボブが目を見開く。

「すっごい、両方とも覚えてるなんて、ちょっとびっくり。ミヤジケンイチは乗っ取った戸籍の名前で、その前に名乗ってたのがミヤジタダオ。それも本名かどうかは怪しいけど」

ジロウは「それと」と付け加えた。

「……ジウ、だろ」

ここは、あまり評価されなかった。

「ああ、ジウね……あれはさ、一種の象徴だから。歌舞伎町封鎖実行部隊の、リーダー的存在ではあったんだろうけど、首謀者とは言えないかな。まあなんにしても、あたしが小学生の頃の話だから。あたし自身は、直接見たわけでも、その場にいたわけでもないんで。あとからお勉強しただけだから、あんま知ったふうな口は利きたくないけど」

この女は、なんの話がしたいのだろう。

ボブが立ち上がる。

「ミヤジは歌舞伎町を封鎖して、何がしたかったんだと思う？」

ようやくジロウも、普通に息ができるようになってきた。

「……確か、歌舞伎町に治外法権を認めさせ、そこで覚醒剤を合法的に製造、販売しようという」

「うんうん、やっぱりオッサン、めっちゃ物知り。偉い偉い。ミヤジが狙っていたのは、まさにそういうことだった。でもそれは成功した？　失敗した？」

「失敗、したろ。ＮＷＯは同時に、民自党の船越幸造《ふなこしこうぞう》を、総理大臣に押し上げようと画策したが……」

ボブが「そこ」と指を鳴らす。

「まさにそこよ。あんたらは……あんたらっていうか、世間はそこで、必ず『NWO』の名前を出すんだよ。そこがまず違うんだって。NWOはさ、別に歌舞伎町を独立国にして、そこで覚醒剤を製造してボロ儲けしようなんて、そんなアホなこと考えてませんから」

なんだ、それは。

ボブの勢いは止まらない。

「ミヤジって爺さんは確かに、当時『闇の不動産王』みたいに言われてたし、実際そういう手腕もあったらしい。でも、断じてミヤジがNWOのトップだったわけじゃないからね。むしろ逆。NWOがミヤジの、不動産取得……っていうか、ほとんど詐取だよね。手段を択《えら》ばず、不動産をザックザク掻き集めていく手腕に目をつけて、資金提供もして、いろいろやらせてただけだからね」

完全に、初めて聞く話だ。

「そう、なのか」

「そうなんですよ。それをミヤジが、途中から調子に乗ったんだかなんだか知らないけど……そりゃある程度、金も力も、各界に人脈もできて、さらにシャブでジャブジャブ稼ぐ体制までできてくりゃ、気も大きくなって独立……いや、いくら気が大きくなったって、独立国はねえだろって気もするけど、でもとにかく、暴走し始めたわけですよ。でもそれは、NWO本隊の望むところではなかった。ミヤジにＮＷＯを乗っ取られたとか、そういうことは全くなかったけど、でも、ピタッとその暴走を止められないくらいには、ミヤジの力も大きくなってた……というのが、ＮＷＯプロパーの、お偉いさんたちの言い分なんですよ」

この手の話を「陰謀論」と呼ぶかどうかは分からないが、即座に「あり得ない」と否定できない程度には、真実味があるように聞こえた。

だとしても、この女が何を言おうとしているのかは分からない。

「……確かに、それが本当なら……世間が思うＮＷＯと、その実態には……かなりの、乖離《かいり》がありそうだな」

「うん。違うのは、ある意味当たり前だと思う。むしろ、知られてなくていいと思う。ただ『歌舞伎町封鎖事件』と『ミヤジ』って名前を代名詞にして、ＮＷＯが語られるのは赦せない。ミヤジは、あくまでもＮＷＯが金を摑ませて動かしていた駒、いわば下っ端。その下っ端がイキってしでかしたのが、『歌舞伎町封鎖事件』。ＮＷＯにとってはいい迷惑ってこと。あんたみたいのが、ふた言目には『ＮＷＯ』って気安く口に出すこと自体、あってはならないわけ。本来は」

そこまではいったん、こっちも呑み込もう。

「だったら……本当のＮＷＯってのは、一体なんなんだ」

ボブが、フンと鼻息を漏らす。

「それもね……今ミヤジのことを下っ端呼ばわりしたばっかりで、こんなこと言うのはなんだけど、でもあのミヤジだって、ＮＷＯの一部ではあったわけよ。下っ端だろうと、とんでもない暴走をしようと、それでもＮＷＯの一部であったことは嘘じゃない。でもそれって、よくある話ではあるじゃない。日本は他国と比べて圧倒的に犯罪の少ない国ではあるけれども、でも決して犯罪がゼロなわけではない。例外は必ずある。そしてそれは、ミヤジだけではない……あんた、沖縄で反基地活動やってた、花城数馬《はなしろかずま》って男は知ってる？」

知ってるも何も、あの男を始末したのは陣内だ。そのとき、羽交い絞めにしていたのはジロウだ。

「……ああ、名前だけは」

「あれも、ＮＷＯがお金を出して動かしてるうちに、おかしな方に行っちゃった悪い例。沖縄、普天間《ふてんま》の米軍基地が辺野古《へのこ》に移転するのを見越して、その土地の権利を買い集めさせていたら、なんか変なことになっちゃった……でもＮＷＯって、あんな馬鹿ばっかりじゃないから」

この女は、花城の仲間が「歌舞伎町セブン」のメンバーを殺害したことも、セブンがその報復に動いたことも知らないのかもしれない。

とにかく、それはどうでもいいらしい。

「ジロウさん。あんたの政治スタンスがどうかは知りませんよ。でもたとえば、よ……保守の民自党に代わって、リベラルと言われている新民党が政権を取ったとしても、それで日本という国が変わるわけではないでしょう。少なくとも『日本』という国名が、変わるわけではない。それはそうだよね」

ここは、頷いていいだろう。

「それと、よく似たことですよ。あんたらはＮＷＯとひと括りにするけど、実際その中には、いろんなレベルで、いろんな方向性の、いろんな思惑を持った人間が犇《ひし》めいてるわけ。だから時として……ミヤジみたいなのが出てきて、『我こそはＮＷＯ』みたいな顔をすると、そういうふうに思われちゃうことだってある。でもそれは、決して真実ではない……ここはね、今のリベラル左派の人たちにも、もうちょっと考えてもらいたいところなんだけど。今の総理が気に喰わなかったら、引きずり下ろすのもいいですよ。政府を批判して与党の座から追い落とすのもいいですよ。ただ、それはこの日本という国があってこそ、というのだけは、忘れてもらっちゃ困るわけ」

それも、分かるが。

「でもね……この国には、日本人でありながら、この日本を他国に売り渡そうとする、馬鹿者が多過ぎる。その手の馬鹿は民自党にも、新民党にもウジャウジャいる。労産党なんて『日本労働共産党』でしょ。もう、党名に『共産』が入ってる時点でアウトだから」

何やら、妙な雲行きになってきた。

「政治家だけじゃない。ある意味、官僚はもっとひどい。外務省なんて、行った先で何を仕込まれてくるんだか、相手国のパシリみたいになって帰ってくる奴ばっかでしょう。文科省は、いつまで経ってもＧＨＱの亡霊をありがたがって拝んでるだけだし、防衛省は自分たちで予算を積み上げることもできない。財務省に至っては、自分たちが犯した過ちで国が沈没しかかってるってのに、その過ちを正そうともせず、さらに過ちを積み重ねて、定年後の天下り先さえ確保できてれば人生薔薇色、見て見ぬ振りで逃げ切ることしか考えてない」

だから、なんだというのだ。

ボブが、左と右、彼女の斜め後ろにいる女と、男に目をやる。

「さらに言うと……そんな、腑抜けた日本の政治や行政を巧みに操って、好き放題やらかしてる国がある。ここまで言ったら、もう分かるよね……中国。中華人民共和国、つまりは中国共産党。あたしらは、自分たちが正義の味方だなんて言わない。ＮＷＯは清廉潔白、善意の民間団体だなんて、そんな、クソの足しにもならない綺麗事を言うつもりはない……ええ、犯罪集団ですよ、我々は。殺しもするし恐喝もします。でもね、それはこの国があってこそ、日本という国があってこそ、そこは分かってやってんの。それが分かってるだけ、そこらのリベラルよりは目が覚めてんの。日本っていう国がなくなっちゃったら……綿飴みたいにさ、横からムシャムシャ、毟《むし》り取られて食い尽くされちまったら、法律も伝統も、民族性も憲法も、通貨としての『円』も、なんの意味もなくなっちゃうんだよ」

ボブが右手を出すと、スッと後ろから、セミロングが何か手渡す。

小さめの刃物。メスか。

「ちょっと、喋り過ぎたかな……どうする。『歌舞伎町セブン』があたしらと足並み揃えて、お国のためとまでは言わないけれど、大陸の盗人連中にひと泡吹かせてやろうって、汗掻くつもりがあるんだったら、仲間に入れてやる。でもそのつもりがないんなら、邪魔だから消えてもらう。特にあんた……伊崎基子や土屋昭子、『歌舞伎町セブン』には上からの待ったがかかってるけど、あんた個人はノーマークだから。誰も殺しちゃ駄目だなんて言ってないから」

ひと振り、ボブがメスを弄ぶ。

「あたしの権限で、今すぐここで殺したって、いいわけよ。ねえ、どうする？」

ＮＷＯと組むか否かを、今ここで、決めろと言うのか。

第5章

1

民自党衆議院議員、石橋紀行の公設第一秘書、前田久雄。

あの日、前田は昼食を共にしたあとで、慇懃《いんぎん》に頭を下げながら囁《ささや》いた。

「中辻先生。これからしばらく、興味深い報道が続くかと思われます。くれぐれも、お見逃しになりませぬよう……」

前田は、何を、とは言わなかった。

だがテレビを見ていれば、新聞を読んでいれば、このことかと、刮目《かつもく》せざるを得ない報道が目に飛び込んでくる。

最初は携帯電話やパソコンで使用する、無料通信アプリ「LeIN」のコマーシャルに起用されていた、女性タレントの告白だった。

私が先に目にしたのは、秘書が持ってきた新聞記事だった。

【女優・タレントの小倉双葉さんは十日に記者会見を開き、自身がCM出演する無料通信アプリLeIN を「実質的には韓国アプリ。契約情報等は全て中国に筒抜けになる。日本では使用禁止にすべき。私自身、CMに出演したことを後悔している」と痛烈批判した。これに対し LeIN を運営するLホールディングスは同日、小倉さんを名《めい》誉《よ》毀《き》損《そん》で告訴すると発表したが、小倉さん側は「CM契約時に知らされていなかった事項、虚偽と思われる内容もある」とし、徹底抗戦の構えを見せている。】

この「LeIN」に関して、複数の民自党議員が問題視し、予算委員会等で質問していることは承知していた。だがまさか、そのCMに出演していたタレントがいきなり、韓国と中国を名指しした挙句、「日本では使用禁止にすべき」などと発言するとは思わなかった。あとから動画サイトに上げられていた記者会見映像も確認したが、そっちは新聞記事とは比べ物にならないくらいの激しい口調で、最後には「みんな、お願いだからもう使わないで、今すぐ削除して」と泣き叫んですらいた。

同アプリは、地方公共団体の六〇%超、中央省庁では厚生労働省、経済産業省、文部科学省、消費者庁、金融庁などが公式アカウントを取得し、業務に組み込んで活用している。

このタレントの発言はつまり、これらの官公庁が韓国や中国に、日本国民の個人情報を垂れ流していると言ったも同然なのだ。

実に由々しき問題だが、事はこれに留まらなかった。

次はなんと、日本学術会議だった。

帝都大学法学部の高垣昌良教授は、同会議の法学委員会メンバーということだったが、その発言は常軌を逸しているとしか言いようがない。

これを知ったのは、テレビのニュース番組でだった。

《我々、日本学術会議は、従来の方針を大きく見直し、特に安全保障の分野において、新たに、三つの方針を、お示しいたします。まず、憲法に関して……日本学術会議は、日本国憲法第九条を改正し、自衛隊を『国防軍』と明記するよう、政府に提言いたします。次に、日本学術会議は軍事科学研究を容認し、今後は、日本国の安全保障に、積極的に、貢献していく所存であります……次が、最後になります。日本学術会議は、中国国防七大学との、大学間交流協定、破棄を推奨し、今後、中国人留学生は一切受け入れない方針を、日本の各大学と共有してまいります》

怒りで、頭蓋骨ごと脳味噌が吹っ飛びそうになった。

こんなことをテレビで流して、あとで、どんなことが起こるか分かっているのか。

そこへきての、全日本経済団体連盟、代表理事事務総長の初島邦之の発表だ。

経団連は今後、経済安全保障の観点から、中国に進出した日本企業の、国内への撤退を積極的に支援していく。国にもその方向で支援を求めていく――。

もはや、狂気の沙汰としか言いようがない。

そんな頃になって、またあの男から連絡があった。

是非とも中辻先生に、お目に掛けたいものがあると。

もう前田久雄を「たかが秘書風情」と鼻であしらうことはできなくなっていた。会いたいと言われたら、場所と時間を設定せざるを得なかった。

「……私の、自宅でもいいですか」

『ご迷惑でなければ、私はどちらでも』

あんな男を自宅に入れるのは汚らわしい限りだったが、他所ではどんな話をされ、その際に映像やら音声やら写真やら、どんな証拠を握られるか分かったものではない。それならば、少なくとも隠し撮りをされる可能性はないに等しい、自宅に入れた方がいい。

そう私は考えた。

「失礼いたします……」

応接間に入ってきた段階では、前田もごく普通の政治屋然としており、特に危険なニオイや雰囲気は発していなかった。

だがもう、私もそんなことで安堵したりはしない。

「わざわざ、拙宅までお運びいただき、申し訳ない」

前田は勧められたままソファに座り、丁寧に頭を下げた。

「中辻先生も、いろいろ大変だったのではありませんか、ここ二週間ほどは。あちこちで、妙な動きが頻発して」

この時点ですでに、前田の魂胆が読めなかった。この男には、何を言ってよくて、何を言ってはいけないのかの判断がつかない。

「まあ……世の中は、常に、動いておりますからな」

前田が、ほんの小さく首を傾げる。

「それは、たとえば」

何を惚ける。

「いろいろ……諸々《もろもろ》ひっくるめて、ですよ」

「たとえば」

この男、喧嘩を売っているのか。

「……経団連の、あれなんかは、ちょっとまあ……困りますな」

「そうでしょうか」

困るに決まっているだろう。

「私も一応、日中議連に、名を連ねておりますから。ものには順序や、言い方というものがありますでしょう」

「初島事務総長のあれは、お気に召しませんでしたか」

「気に召すとか、召さないとか、そういう……」

「学術会議の件は、いかがでしたか」

こいつ、一つひとつ、私に言わせるつもりか。

「まあ、あれは……もともと、与党内でも、賛否両論、ありましたからね」

「そろそろ、本題に入らせていただいてよろしゅうございますか」

フザケるな、前置きを引き延ばしたのはキサマだろう、とは思ったが、むろん口になど出せない。

前田は、自身の足元に置いていたカバンをまさぐり始めた。

なんという名前の機械だったか。前田はあの、ノートパソコンの画面だけのようなやつを取り出し、操作し、こちらに向けた。

「……中辻先生にお目に掛けたいものというのは、実は、こういうものでして」

そう言いながら、画面をこっちに押し出してくる。

瞬時に、吐き気が込み上げてきた。

大師――。

それには、宗教法人「塔花協会」の教祖、神泉法仁《ほうじん》大師が、自身の寝室のベッドに横たわっている場面が映っていた。

そこに、紫色のナイトウェアに身を包んだ女性が入ってくる。

このあとのことは、もう見るまでもなく分かる。女性が大師の、紺色のバスローブを脱がし、自らも全裸になり、手で、口で、あらゆる奉仕をするのだ。

前田も、向かい側から覗き込んでくる。

「実はこのあとに……この女性の、インタビューが収録されておりまして」

なんだと。

「……」

「その女性は、同様の奉仕を、中辻先生にもさせていただきましたと、告白していらっしゃる」

「う、嘘だ」

そんなこと、あの女が言うわけがない。

「おや、でもこの女性、後藤秀美さんは、中辻先生のお腹には、これくらいの手術の痕があるとか、背中に赤い痣《あざ》が二つあるとか、まるでご覧になったことがあるかのように、お話しされていますよ。こんなものが、週刊誌にでも載ったら」

「やめろ」

「そもそも、塔花協会と公民党は、それぞれ独立した組織であるはずなのに……当然ですよね。政教分離が原則のこの国で、国政政党である公民党が、宗教法人である塔花協会と表裏の……失敬、塔花協会が公民党に対して、政治上の権力を有するような関係にあるなどと、認めるわけにはいかない。しかもこんな、双方のトップ同士が……ねえ。俗な言い方をしたら」

「よせ」

「義兄弟、ってことじゃないですか」

「やめてくれ……」

やはり、こんな男を自宅に入れるべきではなかった。怒鳴りたくても、大きな声も出せやしない。

「前田さん、あなた……なんのために、こんなことを」

動画の再生はまだ続いている。神泉大師の出っ張った腹の下で、後藤秀美がゆっくり、優しく丁寧に、右手を上下させている。

「中辻先生。先日も、私はお願い申し上げたではありませんか。いわゆる『ソウスイ法案』が、いずれ政府案として閣議に上がってまいりますから、よくよく吟味していただいた上で、公民党さんにもご賛同いただだいてですね、なんとしても、次の臨時会で成立させたいと、そういうことです」

ソウスイ法案。正式には「外交・通商等における相互主義推進法案」という。

だからって。

「あなた……よくも、こんな真似を」

「申し上げたはずです。私は公民党さんにも、必ず、うんと言わせると。この法案を通すためであれば、我々は、こんな真似だろうとどんな真似だろうと、手段は択びません」

キサマの言う「我々」とは、本当に民自党のことなのか。

×　×　×

内閣総理大臣官邸で、マスコミが入れるのは三階まで。総理執務室がある五階と、閣議室などがある四階は立入禁止になっている。

そのため各社の「総理番」と呼ばれる総理大臣担当記者は、三階にある控室、通称「番小屋」で、ずっとテレビモニターを見て待機することになる。モニターには官邸五階の外廊下、総理執務室前の様子が映し出されており、それを見ていれば誰が総理に会いにいったか、どれくらい執務室に滞在したかが分かるようになっている。

話を終えて総理執務室を出、正面玄関のある三階に下りてきた来客は、当然、そこで各社の総理番記者に囲まれることになる。総理と何をお話しされたんですか、総理はなんとお答えになりましたか、と質問攻めに遭う。

これへの対応は様々だ。自身が有利になるよう情報を漏らす巧者もいれば、大勢に囲まれて浮足立ち、余計なことを口走る未熟者もいる。かつては私も、そこで質問攻めに遭う立場だったが、とにかく黙っていた。その程度には分を弁えていたつもりだ。迂闊なことは喋らない、こんなところで人気をとろうとなど思うまい。そう自身に言い聞かせ、足早に正面玄関を出たものだ。

だがそれらは全て、表から総理執務室に入ってきた場合の話だ。

官邸五階には、総理執務室の他に官房長官室、官房副長官室があり、さらにはそれらを繋ぐ内廊下がある。内廊下にはカメラが設置されていないので、マスコミに動きを悟られることなく、総理執務室に出入りすることができる。

今日、ここに集まってきたのは官房長官の豊田篤典《とよだあつのり》、官房副長官の世良芳英《せらよしひで》、石橋紀行、細田《ほそだ》玉恵《たまえ》の四人。豊田と世良は、ほぼ毎日ここに来る。石橋と細田も、三日に一回くらいは来るが、このように四人が顔を揃えるのは珍しい。

私を含む五人で、応接セットのソファに「コ」の字に座る。

最初に口を開いたのは、官房長官の豊田だった。

「総理。毎度の、例の件ですが……なんとわざわざ、あちらから連絡がありましたよ」

例の件とは、言うまでもなく「ソウスイ法案」のことだ。いま我々は、この法案を国会に提出するか否かの岐路に立っている。

　この法案の閣議決定に、かねてより強く反対してきたのは、民自党と連立を組む公民党だった。

「やはり承服しかねると、突《つ》っ撥《ぱ》ねてきましたか」

「いえ、それが、応じてもいいと」

　そう言ってから、豊田は自分で否定した。

「いや……ニュアンスとしては、もう少し前向きというか。公民党として、賛成に回りますと、言い回しとしては、そうでした」

　どういう風の吹き回しだ。

「その、連絡をくれたというのは」

「中辻さんです、当然」

「代表自ら、あの法案に賛成すると」

「ええ」

　果たして、そんなことがあるだろうか。

「何か、交換条件を提示してきたとか」

「いえ、特に」

「この部分を書き替えたいとか、ここを削ってくれないと、部会をまとめきれない、とかなんとか」

「いえ、そういったことも、特に」

それは妙だ。

公民党の支持母体である宗教法人「塔花協会」の教祖、神泉法仁大師は、大の中国贔屓だ。五十数年前の話だが、神泉は訪中した際に大変な歓待を受け、当時の中国共産党トップから直々に「ぜひ塔花の教えを中国でも」と持ち上げられ、ご満悦で帰国。それ以来の中国贔屓だというから、なかなか年季が入っている。

逆にいえば、中国はこの五十数年、神泉と塔花協会、公民党を巧みに利用し、日本の政界への浸透工作を継続してきたわけだ。

むろん政界ばかりではない。経済界も学界も、様々なレベルで中国との関わりを余儀なくされてきた。

日本企業は安価な労働力を期待し、こぞって中国に生産拠点を設け、そこから製品を世界中に輸出、もしくは日本国内に逆輸入した。それがまさか、生産技術を盗まれ、生産能力を制御され、供給網を牛耳られる結果になろうとは思ってもみなかった。

学界は中国人留学生を積極的に受け入れることで、次世代を担う中国の若者を「親日派」に育成し、日中で米国を抜き去り、世界の頂点に立つ夢でも見ていたのだろうか。しかし結果は、研究内容を一方的に盗まれただけ。日本で研究開発された科学技術が、次々と中国で軍事転用され、その照準が日本に向けられるという「皮肉な未来」が今、現実となっている。

だがこのところ、それらの風向きが一気に変わりつつある。

日本学術会議の方針転換、さらには全日本経済団体連盟の中国撤退宣言。ひと筋縄ではいかなかった対中戦略、そのいくつもの歯車が、突如としてガッチリ組み合わさり、音をたてて回り始めたような印象を、個人的には持っていた。

豊田が下から、すくい上げるように覗き込んでくる。

「総理。もう、肚を括るしかありませんよ。この機を逃す手はない」

この豊田もかつては、どちらかといえば中国に甘いタイプの政治家だった。だが尖閣《せんかく》諸島近海で起こった、日本の海上保安庁の巡視船と中国漁船の衝突事件辺りからだろうか。徐々に厳しい対中姿勢をとるようになった。また昨今、同様の方針転換をする議員が民自党内でも増えてきている。

そんな中で、最も厳しい対中姿勢で知られるのが、そこにいる細田玉恵だ。女性でありながら、などと言っていい時代ではないのだろうが、男顔負けの強硬姿勢で数々の対中問題に取り組んでいる。いま話題に出た「ソウスイ法案」も、ほとんどはこの細田玉恵が政調会長時代に、たった一人でまとめ上げたものだ。

正直、私はそこまでは踏み込めない。

民自党では、保守派の「明和会」とリベラル派の「創志会」が二大派閥ということになっている。一概に保守が厳しい対中姿勢、リベラルが融和的というわけではないが、しかし概ね、そういう棲み分けになっているのは事実だ。

私自身、自らの総理任期中に中国と事を構えたくはない、という思いがある。細田玉恵が掲げるような法案を丸呑みし、閣議にかけて国会に提出するなど、できることならばしたくない。

個人的な考えを言えば、軍事面でも経済面でも、それらを踏まえた上での外交面でも、中国には強い姿勢で臨《のぞ》んだ方がいい。それは分かっている。しかし現実には、民自党を長きにわたって支え続けてきた経団連に「中国とは協調路線でお願いします」と言われたら、とてもではないが逆らえない。それを突っ撥ね、対中強硬路線に舵を切った途端、次の選挙で経団連が新民党をはじめとする野党側に寝返り、民自党が下野でもしたらと考えると、そんな怖ろしい決断はできない。

しかもこれに、中国べったりの公民党がすり寄っていく可能性が多分にある。新民・公民の連立与党なんてものが実現してしまったら、民自党は——何年か冷や飯を食うくらいで済めば、まだいい。民自党が分裂でもしようものなら、もう日本に未来はないと言わざるを得ない。

そのためには対中強硬派と融和派、双方が乗れる方向性を打ち出し、ギリギリの線を狙って国会を乗り切る。外交ではなく、経済対策に力を入れるとしながら、財務省とも連携し、緊縮財政を否定しない路線で、次の選挙に臨む——臨みたいと、日々思ってきた。

ところが、この細田玉恵だ。

「総理。こんなにも各界が、今この国の置かれている状況を憂えて、厳しい判断をしてくれているんですよ。経団連だって、中国とは上手くやっていきたいに決まっています。学術会議だって、優秀な中国人学生をたくさん入れて、未来志向でやっていきたいと思っていたと思いますよ。他でもない、米国がそうだったわけですから」

そう。中国に、ここまでの台頭を許した責任は米国にも大いにあると、個人的には思っている。

細田玉恵の熱弁は続く。

「中国という魅力的な市場を手に入れたい。そのためには投資も、援助も融資も必要だろう。そうやって、手と手を取り合って関係を深めていけば、いつか、中国も自由な市場経済の素晴らしさを理解し、西側諸国と同様の資本主義国家になってくれると、そう信じて、日本も米国もやってきたわけじゃないですか……でもそれは、とんでもない幻想だった」

本音を言ったら、この女にだけは独走を許したくない。この女を日本初の女性総理大臣の座に押し上げる手助けなど、一ミリたりともしたくない。

しかし、現実はなぜだか、全てこの女の思い通りに進んでいる。

まず、日本学術会議が折れた。

次に、経団連が折れた。

そして、最も難しいと思われていた、公民党までがこれに続いた。

もはや何一つ、私の推測が及ぶ状況ではない。

何が起こっている。今この国で、何が起こっているというのだ。

細田玉恵が、さらに身を乗り出してくる。

「何も、中国に無理難題を押し付けようというんじゃありません。相互主義ですよ。お互い平等に、ギブ・アンド・テイクでいきましょう、と言うだけなんですから。我々がボヤボヤしているうちに、中国人が買い占めた北海道の土地は、すでに静岡県の広さを超えたとまで言われていいます。外国人参政権なんて、彼らには必要ないんです。ひょっとしたら、ミサイルも必要ないのかもしれない。金に物を言わせて、とにかく日本の土地を買い占めてしまえばいいんですから……

総理、ご決断ください。今この法案を国会で通さなければ、日本は中国に買い占められ、占領されてしまうんですよ」

この法案を通すことが、悪い意味で、私の名前を歴史に刻むことになりはしないか。

だが、いま私がやらなければ、いずれこの女がやる。日本の対中外交を大転換させたのは細田玉恵だと、後世まで語り継がれることになる。

どうする。

この法案を、私の任期中に通すのか。

それとも先送りし、名も実も全て、この女に明け渡すのか。

どうする。どうしたらいい。

2

休みをもらえたのが、幸いなことに土曜日だった。

土曜に店を開けない歌舞伎町の飲食店はない。むろん「エポ」も例外ではない。東が一人で陣内に直接会いにいくのに、これほど都合のいい曜日はなかった。

十八時を過ぎた頃。とりあえず様子を見に、花園三番街を歩いてみた。「エポ」の階段下のシャッターはまだ閉まっており、その隣にある「ババンバー」という店も、準備中の札を出している。さすがに早過ぎたかと思い、いったんゴールデン街を離れた。

直近の目標が視界から外れると、決して褒められたことではないが、すぐに捜査のことが脳内に湧いて出てくる。

周海燕、尾身崇彦、原田里香の殺害。

初島邦之が発表した、経団連の「脱中国」方針。

留学で日本に来ていた、中共要人子息の行方不明。

川尻が提供してきた、その少年の写真。

内調の磯谷も中共要人子息の行方不明を認め、「エポ」の客である女と男が、それとよく似た少年を車に乗せて連れていた。

これらは本当に、全て関連しているのか。一つか二つは、無関係な事象も交じっているのではないか。それを無理やり繋げて考えようとするから、結果として仮説が捩じ曲がり、真実が見通せなくなっているのではないか。

考えごとをしていると、どんどん真っ直ぐ歩いていってしまう。靖国通りに出て左、このままだと曙橋《あけぼのばし》駅、下手をしたら市ケ谷《いちがや》駅辺りまで行ってしまうかもしれない。

適当なところで折り返し、再びゴールデン街を目指す。

しかし気になると言えば、日本学術会議の発表も大いに気になる。

日本の大学に軍事科学研究はさせないと、これまで一貫して主張してきた同会議が、ここにきて急に正反対の方針を打ち出した。

要約すると、憲法九条の改正と「国防軍」の明記、軍事科学・安全保障研究の容認、中国国防七大学との関係解消、中国人留学生の締め出し、となるだろうか。

ここでも「脱中国」だ。

経団連と日本学術会議の二件に関わりはないのか。いや、ないはずがない。

歩きながら携帯電話で調べてみる。日本学術会議の、この発表をしたのは帝都大学法学部の教授だった。そう、高垣昌良教授。

帝都大学、法学部。

尾身崇彦が確か、帝都大学大学院に在籍していたのではなかったか。これは確かめておかねばなるまい。

時間もいいので、電話で訊いてみよう。

『……はい、須藤です』

赤坂署から麻布の特捜に入っている、あの須藤だ。

「東です、お疲れさまです。今いいかな」

『ええ。二、三分なら』

「そっちのマル害、尾身崇彦。彼と、帝都大学の高垣教授とは、何か関係があるのかな」

『関係あるも何も、教え子ですよ。尾身は高垣教授の研究室にいて、そこから静岡の大学に就職する予定だったんです』

ぞわりと、背中に冷たいものが広がった。

「分かった、ありがとう」

ちょうど花園三番街まで戻ってきた。

「エポ」の斜め向かいの店が開いている。窓に近い席に座れば「エポ」の出入りもチェックしやすそうだ。

入ると、髪を真っ赤に染めた小柄な女性が一人、カウンターにいるだけだった。

「いらっしゃいませ」

会釈して窓際の席に陣取り、背にしたアーチ窓から表を確認する。問題ない。「エポ」の出入りは充分にチェックできる。

「ええと……ビール」

「生でしたらアサヒ、瓶でしたらこちら、各種ございますが」

「じゃあ……ハイネケン」

すぐに柿の種が入った小鉢と、ハイネケンのボトルが出てきた。

「お待たせいたしました」

「どうも」

しかし、そうか。尾身は高垣教授の教え子だったのか。

教え子を殺された教授が「脱中国」を宣言。

同じように、愛人を殺された初島も「脱中国」を宣言した。

この大きな絵図を描いたのがＮＷＯだとしたら、その目的はなんだ。これまで、中国利権にしがみ付いてきた団体を翻意させることで、ＮＷＯは何を狙っているのか。

腕時計を見ると、もう十九時を十五分ほど過ぎている。

おかしい。これまでは、少し早いかなと思ったときでも、たいてい十九時より前に「エポ」は開いていた。ただ個人経営の店なので、致し方ない面はあろう。食材の買い出しから料理の仕込みから酒類の手配まで、陣内が全て一人でこなしているのだろうから、何か一つでも歯車が狂えば、十分や二十分、開店が遅れることはあるだろう。

「……」

喉が渇いていたというのもあり、最初のひと口で思わず半分まで空けてしまったが、ここからはチビチビいく。赤毛の彼女には申し訳ないが、この一本でできるだけ長居させてもらう。

十九時半を回った頃だ。

黒っぽいエプロンを着けた細身の女性が、ふいに「エポ」のシャッター前で立ち止まった。右肩には頑丈そうなトートバッグ、左手にはレジ袋。両方ともだいぶ中身が詰まっており、実に硬そうに張りつめている。

女性が、くるりとこっちに向き直る。他の店の開き具合を確認するように、一軒一軒、注意深く視線を巡らせる。むろん東がいる店にも、彼女は目を向けた。

そうされて、東も思い出した。あれは確か「信州屋《しんしゅうや》」という酒屋の看板娘ではなかったか。五年ほど前に殺された歌舞伎町商店会会長の、たぶん孫娘だ。

あの娘も「エポ」と関わりがあるのか。つまり、陣内とも。

いや、酒屋の娘ならどこの店と関わりがあってもおかしくはない。そもそも歌舞伎町には物販店が非常に少ない。酒屋に至っては、小さな店まで入れてもせいぜい三軒か四軒だったはず。しかも、ゴールデン街には車が入れない。ここまで歩いて持ってきてくれるのは「信州屋」だけ、なんてこともあるのかもしれない。

そうだとしたら、かなり気の毒な状況だ。

トートバッグとレジ袋の中身は缶か瓶の酒類だろう。つまり全部液体。それを両手一杯に提げてきて、店が開いていないとはどういうことだ。彼女は、シャッターも少しガシャガシャやってはみたが、やはり開かない。携帯電話で連絡も試みたようだが、通じない。これでは、諦めるよりほかにあるまい。東は、シャッターに蹴りの一発くらい大目に見るつもりだったが、彼女はそんなこともせず、実に大人しく来た道を戻っていった。

東は初めて、少しだけ陣内が嫌な奴に思えた。

それはそれとして、東自身はどうすべきだろう。

ハイネケン一本で粘れる時間には限度がある。そもそも、他に客もいないこの店で一人、店員と会話を交わすでもなく、背後のアーチ窓をチラチラ見ながら居続けるのは明らかに変だ。

残りは、ひと口で飲み干した。

「……ご馳走さま」

ここは、作戦を練り直した方がよさそうだ。

酒屋の彼女ではないが、今も陣内は電話に出ない。

幸いにして陣内の自宅住所は新宿署時代に調べてあった。実際に見にいったこともある。大久保二丁目の真ん中辺り。建てられたのは昭和中期ではないかというくらい古びた、ひどく小さなアパートの二階だ。

あんなところに、自分とさして歳の違わない男が一人暮らしとは、さぞ侘《わび》しかろう。大きなお世話は承知の上で、そう思う。東自身も独り身だから余計に、なのかもしれない。

「エポ」のカウンターにいるときの陣内は、質素ではあるけれど、いや質素であるからこそ、ある種の「凄み」を纏《まと》っている。

地味な色のニットや、夏なら麻のシャツなんかをよく着ている。自分を大きく見せようとか、強く見せようなどという見栄とは無縁の佇まい。客ともよく話し、よく笑う。目尻の辺りを皺々にして。

だがその笑顔に、何か暗いものが混じっているように、常々感じてはいた。ふと真顔になった瞬間、ストンと、重たいシャッターのようなものが、彼と東のいる空間とを隔てる。そんな感覚だ。

陣内にとってあの部屋は、素の自分でいられる場所なのだろうか。それとも、あそこでも彼は重たいシャッターを下ろし、暗闇に心を委ねて眠りにつくのだろうか。

「東さん」

完全に、虚を衝かれる恰好になった。

全く予期しないタイミングで、真後ろから声をかけられた。

自分は、どれほど無防備に振り返ってしまったのだろう。怯えた目を、辺りの暗がりに走らせたのだろう。

　それだけに、声の主が敵ではないと分かった瞬間の安堵は大きかった。

「……小川巡査部長」

　新宿署時代、東が交番勤務から刑事課に引っ張り上げた男だ。

　本人に確かめたわけではないが、小川は、新宿区長だった父親を何者かに殺され、その真相を解き明かすため警察官になったようなところがある。だがいつからか、どこからだったか、この小川も「奇妙な空気」を纏うようになった。陣内のそれとは違う、しかし通ずるところのある「何か」だ。

　本音を言ったら、東はこの小川も「歌舞伎町セブン」のメンバーなのではないかと疑っている。もしメンバーではなくても、何かしらの関わりは持っているのではないかと思っている。

　長身で、警察官にしては細身の小川が、頭を下げながら近づいてくる。

「いや、すごい偶然ですね。どうされたんですか、こんなところで」

　一聴すると、何気ない会話のように思える。だがかつての小川は、こんな口の利き方をする男ではなかった。もっとオドオドした、大きな音がしたらすぐ巣穴に隠れてしまう小動物のような青年だった。

　しかし、今はどうだ。

　紺色のナイロンジャンパーを着て、大きく胸を張って歩いてくる。おそらく本人は、自身の変化に気づいてはいまい。

あまり、答えに間を空けるのは上手くない。

「ちょっとした野暮用でね……君こそ、どうしたんだ」

「自分は普通に、出店荒らしの聴取です」

小川が、上から下に東を見る。

「……東さんって、オフはそういう感じなんですね。ちょっとやっぱり、仕事中とはイメージ違いますね」

とっさにではあったが「野暮用」と言っておいてよかった。

脅かされっ放しでは面白くないので、こっちからも少し仕掛けてやろう。

「ちょうどいい。少し、話せるか」

「はい、いいですよ」

大久保通りまで出れば、座って話せる店はいくらでもある。

東は「そっち」と指差し、来た道を戻り始めた。

だが、歩きながらの方が訊きやすいこともある。

「そういえば、君は、ゴールデン街にある『エポ』って店は、知ってるか」

小川は、ごく自然なタイミングで頷いてみせた。

「はい、何度か入ったことがあります」

「ほう。どういうきっかけで、あの店に」

「あれ……最初は、なんだったかな。誰かに連れていってもらったのかな。ちょっと、忘れちゃいましたけど」

「ひょっとして、亡くなった上岡の……」

上岡慎介《しんすけ》。歌舞伎町ネタを得意としたフリーライターだが、とある事件に巻き込まれ、二年前に殺された。その際、小川は新宿署から上岡事件の特捜に応援に行っているが、彼は上岡とも面識があったものと東は解釈している。

つまり、小川、陣内、上岡は一本の線で繋がっている。

その線が、まさに「歌舞伎町セブン」なのではないのか。

だが、小川も大人になったものだ。

「あ、そうかもしれないです。最初は、上岡さんに連れてってもらったような気がします」

そう簡単に認められてしまうと、却ってこっちは次の手に困る。

致し方ない。早めにカードを切るか。

あえて、足を止めて訊く。

「じゃあ当然、マスターの陣内陽一とも、面識はあるわけだな」

「はい、もちろん」

話しながら携帯電話を用意する。

「彼を、どう思う」

街灯の、白い明かり。

立ち止まった小川の、白い顔。

「どう、って……まあ、なんていうか、色男、って感じですか」

そういうことを訊いているのではないことは、小川も分かって答えているのだろう。

「他の顔触れはどうだ。客筋を見て、何か感じたことはなかったか」

小川が眉根を寄せる。

「客筋が読めるほど、常連ではないんで、そこまではちょっと」

「これを、見てもらえるか」

例の写真を表示した携帯電話を、小川に向ける。

小川は、明らかに表情を止めた。感情が出そうになり、しかしそれを、無理やり止めて固定した。こういう表情筋の動きを、東はもう何千回、下手をしたら何万回と見てきた。取調室で。嘘つきどもを相手にしたときだ。

小川はこれから、知っているのに「知らない」と答える。

「……ちょっと、心当たりはないですね」

「よく見てくれ。こっちの女、それと……この男。この二人は『エポ』の客だ。確実に、陣内陽一とは繋がっている。いま詳しいことは言えないが、この男女二人組は、とある事件に関わっている可能性がある。できることなら、この二人の氏名、身元を知りたい。俺はそれを、陣内に尋ねたくて店に行ったんだが、週末だっていうのに今夜は店を開けてない。聞いている番号にかけても出ない。実は、これから自宅まで行ってみるつもりだったんだが、そっちもあまり期待はできない。たぶん、留守にしてるんじゃないかと思う……小川。君は、陣内陽一について何か知っていることはないか。俺の知らないような、陣内陽一の、何かだ」

意外、だった。

携帯電話から視線を上げた小川は、とても優しげな、でも少し悲しそうな顔をしていた。

「……東係長。はっきり言って、僕から、陣内さんに関して、お話しできることは、ないです。何も……ただ」

するっと、光る雫がひと筋、小川の頬を伝い落ちていった。

「僕は、陣内さんを、信じています。陣内さんが、悪人かどうかというお話でしたら、僕は、こうお答えします……陣内陽一さんは、誰よりも優しい、信用するに、値する人物です」

なんだ。なんなんだ、お前。

まだ続けるか。

「この男女の名前も、身元も、知りません。でもこのお二人が、陣内さんのお知り合いなのだとしたら、『エポ』の常連か、陣内さんの友人なのだとしたら……この方たちもきっと、信用に値する、優しい人たちなのだと、僕は思います。僕は……そう、信じています」

小川。君は今、自分で自分が何を言ったか、分かっているのか。

自ら「歌舞伎町セブン」のメンバーである可能性を、示唆《しさ》したも同然なんだぞ。

警視庁巡査部長、小川幸彦。

二年前に殺されたフリーライター、上岡慎介。

ゴールデン街のバー「エポ」のマスター、陣内陽一。

そして中共幹部の息子を誘拐した疑いのある、男女。

これらが全員「歌舞伎町セブン」のメンバーなのだとしたら。

もう、脳味噌がパンクしそうだった。

ゴールデン街に戻ってみても、やはり「エポ」は開いていなかった。何か陣内について聞けるかと思い、下の「ババンバー」に入ってはみたが、どうやら古い日本のフォークソング好きが集まる店らしく、なんとも肌に合わないというか、わざわざ会話に割って入ってまで、陣内の話題を切り出す気にはなれなかった。

それでも、頼んでしまった酒とツマミはいただこうと思う。

「お待たせいたしました、キムチ・チャンプルーです」

変わり種の野菜炒めとしては、まあまあ美味そうだ。それをトリスのハイボールで流し込んでいく。

変な酔い方だけはしないよう、注意深く食べ、注意深く飲んだ。

しかし、小川の言葉が頭から離れない。

「陣内陽一さんは、誰よりも優しい、信用するに、値する人物です」

優しいってなんだ。信用に値するって、どういう意味だ。

もし東の読みが「はずれ」でないのだとしたら、陣内陽一は、金で人の命を奪うプロの殺し屋ということになる。小川はその仲間か、最悪の場合、彼自身も同業者ということになる。上岡も、あのレスラーのような男女も。

「……」

一杯で出るつもりだった。だが飲み干してみると、野菜炒めがまだ残っている。もう一杯頼むか。どうせならもう少し強い酒にするか。バーボンのロックとか。

そんな誘惑に待ったをかけたのは、内ポケットで始まった携帯電話の振動だった。取り出してみると、ディスプレイには相方、山本主任の携帯電話番号が表示されている。今日は彼も休みを取っているはずだが、こんな時間になんの用だろう。

「はい、もしもし」

『ああ、山本です。お休みのところすみません。今、大丈夫でしたか』

「はい、大丈夫です。何かありましたか」

『ええ。いま私も、特捜から連絡をもらったばかりなんですが、経団連のナンゴウ会長が、自宅で自殺したらしいです』

ナンゴウ。三石重工《みついしじゅうこう》代表取締役の、南郷敬《たかし》会長のことか。

「場所は」

『皮肉なことに、渋谷区神山町なんですよ、それが』

思いきり渋谷署管内だ。だからこそ、特捜経由で情報が入ってきたのだろうが。

遺書は、と訊きたいのは山々だったが、周りの耳が気になった。

しかしそこは、山本が察してくれた。

『書斎の机に遺書が残されてまして。それには、身命を賭して、希代の悪法となるであろう、相互主義推進法案に反対する、とあったそうです』

相互主義推進法案。

相互主義——。

そうか、そういうことか。

「……なるほど、分かりました。今からでも行った方がいいでしょうか。少し、酒を入れてしまってるんですが」

『いえ、その必要はないと思います。何しろ、他殺の線はないようなので』

「そうですか。分かりました。では明日……」

通話を切ってから、慌てて携帯電話であれこれ調べた。

相互主義推進法案。俗に「相推法案」と呼ばれているようだが、正式には「外交・通商等における相互主義推進法案」というらしい。現状はまだ、民自党の政務調査会が取りまとめた段階だが、できるだけ早い時期に閣議決定まで持っていき、次の臨時国会で成立させる方針だと言われている。

もし、もし仮にだ。

経団連と日本学術会議が打ち出した「脱中国」の方針が、この相互主義推進法の成立を後押しするためだったとしたら。それならば、一連の事件の背景にある意図も読めてくる。

要するに「目には目を」ということだ。

ＮＷＯの真の狙いも、そこにあると考えられる。

歌舞伎町でも、沖縄の普天間でも、ＮＷＯは常に「土地の買収」に強い拘《こだわ》りを持ってきた。だがそれでは、真の目的を達成することはできなかった。もっと効果的に、包括的に、事に当たる必要があると考えるようになった。

それがこの「外交・通商等における相互主義推進法」の成立。

そういうことではないのか。

3

陣内は土屋昭子を連れ、タクシーで目黒に移動。市村たちとは大鳥《おおとり》神社前で合流した。トラック組には蒲田勝一の他にもう一人、関根組の若中が同行してくれているが、今回も後部パネルを開けてくれたのは蒲田だった。

「どうぞ……」

もう「お荷物の確認をお願いします」のような芝居はない。

「ありがとう」

「……ありがとうございます」

まず土屋を荷台に上げ、続いて陣内も上がると、すぐに背後でパネルが閉められた。

「そっちに進んで」

「はい」

段ボール箱の壁を迂回し、土屋が奥に入る。

いきなり、だった。

タンッ、と乾いた音がし、土屋がその場に膝から崩れ落ちる。とっさに陣内が手を出して支えたので、床に膝を打ったり倒れて頭をぶつけたりすることはなかったが、その瞬間、意識は完全に失われていたように見えた。

だが陣内が抱き止めた、その衝撃が逆に気付けになったらしい。土屋はすぐに意識を取り戻し、自ら壁に手をつき、姿勢を保とうとした。

「すみません……」

土屋の頬を打ち抜いたミサキが、ゆっくりと左手を下げる。

「とりあえずは挨拶代わりだ。事と次第によっちゃ、走ってる途中だろうと放り出すからな。覚悟して喋れよ、この糞女が」

土屋が、弱々しく頭を下げる。

「すみません、でした……」

「あんたのお涙なんざ、蟬《せみ》の小便よりも価値ねえんだからよ。くだらねえ小芝居挟んでねえで、足りねえ脳味噌フル回転させて、ここに至った経緯を説明しな……おい、組長」

「分かってる」

市村が携帯電話で、運転席にいる若中に「出してくれ」と指示を出す。どこに向かうのかは分からないが、とりあえずトラックは走り始めた。

市村が壁を指差す。

「吊り革なんて気の利いたもんはねえから、適当にその、レールにでも摑まってくれや」

「はい……ありがとうございます」

不意打ちで殴られて気を失って、それでもすぐ意識を取り戻すのだから、ミサキほどではないにしろ、彼女も一般女性よりはタフな部類に入るのだろう。

そんな土屋が、少年に目を向ける。

少年も、土屋と視線を合わせる。

頷き合うことこそしなかったが、二人の間に何かしらの意思疎通があったのは間違いない。

ミサキは、陣内から見て荷台の左奥、運転席とを隔てる壁際に座り直した。右奥にはシン、その手前には市村が腰を下ろしている。

少年は、相変わらずミサキとシンの間にいる。

ミサキが土屋を睨《ね》め上げる。早く説明しろ、とでも言いたかったのだろう。

だが、口を開いたのは土屋ではなかった。

「……お願いが、あります」

初めて聞く声だった。

か細く、透き通った、でも間違いなく男の声。

少年だった。

ミサキ、シン、市村が一斉に目を見開く。その目を少年に向ける。

しかしどうやら、少年は陣内に言っているようだった。

「……うん、お願い。なに」

「パソコンと、バーコードリーダーを、用意してもらえますか」

中国人と聞いているが、訛りはさほどない。

「パソコンはともかく、バーコードリーダーってのは、あれだろ、レジのところで、ピッてやる」

「はい」

「あんなもん、どこに売ってんだよ」

「たぶん、家電量販店で売ってます。できれば、日本製を買ってほしいです」

「パソコンは」

「それも、日本製で」

こういうことは、市村に頼んだ方が早い。

陣内が目を向けると、市村はさも面倒臭そうに眉根を寄せた。

「……あんま、人の多い街はなんだからよ、環七の方まで出て、探してみよう……パソコンのスペックは」

少年が市村に向き直る。

「ノートでメモリーが八ギガあれば、多少古い型でも大丈夫です」

この時点で、もう陣内には意味が分からない。

市村が口を尖らせる。

「用意してやるのは、別に構わねえけどよ。それで坊やは、何をしようってんだい」

「ジロウさんの、居場所を探します」

土屋と少年以外の、四人が一斉に、グッと黙った。

そんなことが、パソコンとバーコードリーダーで、できるのか。

しかし、市村の決裁は早かった。

「よし、分かった」

携帯電話で何やら調べ始める。

それをすぐ左耳に持っていく。

「……あー、もしもし。そちらのお店で、バーコードリーダーって取り扱いありますかね……ああ、スキャナーね。ありますか、手持ちの……でも、あるにはあるのね……在庫もあるのね……はい、分かりました。今から伺います」

通話を終え、市村が少年に向き直る。

「日本製かどうかを選んでる余地はなさそうだ。あるにはあるが、種類は一つだけだってよ」

少年が頷く。

土屋を糾弾しようという空気は、いつのまにか消え去っていた。

少年が所望した品は、蒲田ではない、もう一人の若中が買いにいってくれた。トラックは環状七号線のどこかに停まっているはずだが、荷台には窓がないので、具体的にどの辺りなのかは分からない。

その間に土屋は、陣内にしたのより、もう少し詳しい説明をミサキたちにした。

少年の名はヤン・ハオユウ。漢字では「楊浩宇」と書くらしい。中国共産党及び中国人民政治協商会議の幹部、楊俊杰《チンチエ》の息子で、来日は二年前。日本では主にＩＴについて学んでいたという。

そしてジロウを拉致したのは、ＮＷＯの防諜部隊「ＣＡＴ」。

「構成員一人ひとりの名前や、背景は私にも分かりません。でもおそらく、十人から二十人程度のグループだと思います。今現在は」

ミサキも、怒りが収まったわけでは決してないのだろうが、話は一応冷静に聞いている。

「連中の目的は」

「ＣＡＴ自体に定まった目的はないのかもしれません。彼らは、上からお題を与えられて、それを達成する実行部隊です。たとえば、親中議員を翻意させるために、ハニートラップを仕掛けるとか。それでも駄目なら、身内を誘拐して恐喝するとか」

市村が「けっ」と吐き出す。

「それじゃ、中国のやってることと変わんねえじゃねえか」

「その通りです。というか、『カウンター・エージェント』というのが、まさにそれを指しています。ハニートラップしかり、懐柔工作、恐喝しかりです。今まで中国に一方的にやられてきたことを、たとえば日本の情報機関は表立ってはできないので、それを肩代わりしてやってやろうというのが、『ＣＡＴ』のコンセプトです」

珍しくシンが「あのぉ」と手を挙げる。

「……はい？」

「えっと、その、そういうふうに聞くと、まるでＣＡＴが、正義の秘密戦隊みたいに聞こえるんですが」

土屋が頷く。

「初期のコンセプトは、実際にそうだったんです。発想自体が邪悪だったわけでは、決してない。ただ、そのターゲットとなるのは誰なのか、ということです。ＣＡＴのモットーが対抗措置、報復措置の代行なのだとしても、中国まで行って、中国共産党幹部にハニートラップを仕掛けるわけではない。そんなことをしても意味はない。やるのは、ハニートラップに掛かった日本人への恐喝だったり、中国共産党に協力する日本人の排除です。彼らの工作対象は、あくまでも日本国内にいる日本人なんです」

市村が低く唸る。

「中国に尻尾を振る日本人なんざ、殺しちまった方がお国のため、ってわけか」

土屋が、久々に「らしい」表情を見せる。

唇の端を歪め、フッと笑いを漏らす。

「そうなんだと思います。そしてそれは、二億や三億の人民が死んだところで痛くも痒くもない、むしろ口減らしができて都合がいいと考える、中国共産党の発想とよく似ています。皮肉としか言いようがありませんが」

ミサキがじろりと土屋を見る。

「……で、なんでそんな奴らが、ジロウを拉致するんだよ」

土屋が表情を引き締める。

「それは、申し訳ありません。私のせいだと思います。私が頼ったから、ジロウさんが……ただＮＷＯのトップは、基本的には『歌舞伎町セブン』のことを高く評価しています」

市村が顔をしかめる。

「俺たちのこと、連中はどんだけ分かってんだ」

「ほとんど分かっています。大変残念ですが、上岡さんがいらした時代の七名の身元は、漏れなく把握されています。ジロウさんの正体が、かつて警視庁の警察官だった『津原英太《つはらえいた》』であるということも、向こうは承知しています」

そこで市村の携帯電話が鳴った。

「……おう。分かった」

すぐに後ろが開き、だがゴトゴトッと音がしただけで、すぐにまたパネルは閉められた。

市村がそっちを見にいく。

「おーい、ジンさん……ちょいと手伝ってくれ」

段ボール壁の向こうを覗くと、市村の足元に、さらにいくつかの段ボール箱が並べられているのが見えた。

「そっちに渡すからよ、バケツリレーで」

「分かった」

「おっと……」

危ない。いきなり車が走り出した。

「あっぶね……ほい、ジンさん」

「おう」

届いた段ボール箱は、全部で五つ。

それを荷室の中央に並べ、少年に訊いてみる。

「これで全部だけど、用は足りるか」

少年は頷き、膝立ちで段ボール箱のところまで出てきた。

「大丈夫だと思います。電源はありますか」

それには市村が答える。

「そこ……シンちゃん、そこどいて」

「ああ、ごめんなさい」

そこからの作業は、少年が一人で進めた。

少年は次々と段ボール箱を開け、買ってきたものを床に並べていく。

まずはノートパソコンとアダプター、運転席とを隔てる壁にあるコンセントを繋ぎ、パソコンの電源を入れる。バーコードリーダーも取り出し、それもパソコンに接続する。あえて開けない箱もあるが、その辺はよく分からない。

一番大きな段ボール箱は、机代わりにするようだ。その他の箱や発泡スチロールなどを詰め込み、潰れないように整えてからパソコンを載せる。

土屋が、自身の提げていたバッグから何やら取り出す。

「……楊くん。これ、まだ空のやつ」

「はい、ありがとうございます」

携帯電話と黒いケーブル。

少年はしばらくパソコンを弄ったのち、土屋から受け取った携帯電話もそれに接続した。その意味は、さすがに陣内にも分かった。ここにはインターネットに接続する環境がないので、携帯電話を繋いでその代わりにしようというのだろう。

少年は撫でるように、なめらかにキーボードを操作する。視線はディスプレイに向けたまま。手元は全く見ない。今どきはこれくらいできないと、社会人として生きていけないのかもしれないが、陣内には到底無理な芸当だ。陣内は携帯電話の文字入力も、上と下を見比べながらでないとできない。

ある段階まで作業を進めると、少年は緑のネルシャツの、今度は右袖を捲り始めた。

手が空いたようだと、市村は判断したのだろう。

「あのよ、ちょっと訊いてもいいか」

一度では反応がない。重ねて訊く。

「楊くんよ」

ようやく「はい」と市村を見る。

「なんですか」

「そもそも、なんで君がジロウを助けようとなんてするんだい」

少年はバーコードリーダーに手を伸ばしかけ、だがやめた。

「ジロウさんは、僕を助けてくれました。今度は僕が、ジロウさんを助ける番です」

そういうことではなくて、と思ったのだろう。市村は土屋に説明を求める視線を送ったが、意外なことに、少年が率先して続けた。

「僕の父親は、中国共産党の幹部であり、中国人民政治協商会議全国委員会の副主席ですが、今の中国の体制が正しいとは、考えません。僕は父に協力するため、日本に来ました。日本で最新の技術を学んで、中国の改革に役立てようと考えました。その父の考えと、NWOの考えは一致しました。CATの考えと一致しました」

そういうこと、なのか。

少年がやや俯《うつむ》く。

「でも……NWOが始めたことは、CATが始めたことは、中国共産党の国家安全部や、中央統一戦線工作部がやっていることと同じです。一人の日本人に言うことを聞かせるために、その周りにいる人を何人も、殺しました。何人も、何人も……僕は、そんな組織に協力したくなかった。とても悲しかったし、苦しかった。そのとき、話をしにきてくれたのが……土屋さんでした」

思わず、陣内は土屋の顔を見てしまった。

土屋自身は、少年の手元に目を向けたまま動かずにいる。

さらに少年が続ける。

「一緒に逃げようと、言ってくださいました。でも、このまま逃げても、いつか捕まって、連れ戻されて殺されるだけだと思いました。自分が殺されないためには、自分を殺してはいけないと、相手に思わせる武器が必要です。それが……これです」

ネルシャツの袖を捲った、右腕。

少年は左手でバーコードリーダーを摑み、それを右手首の辺りに持っていく。

「これが……僕の武器です」

か細く、生《なま》っ白《ちろ》い肌に機械を当てる。

ピッ、と電子音が鳴った。

同時に、パソコンのモニターに変化が表われる。

全体が暗転し、真ん中に四角い枠が現われる。

少年はいくつかキーを押し、またバーコードリーダーを腕に当てる。

ピッ――。

これを何度も繰り返しながら、パソコンに何やら入力していく。

邪魔をしてはいけないと思ったのか、土屋が口を開いた。

「彼が今アクセスしようとしているのは、中国人民解放軍のサーバーです」

えっ、と漏らしたのはシン一人だったが、陣内も市村もミサキも、同じように驚いてはいた。

土屋が続ける。

「彼の腕には、透明な特殊インクで、いくつものバーコードのタトゥーが入っています。肉眼では見えませんが、ああいった市販のスキャナーで読み取りができます……正確には、中国人民解放軍のサーバーにアクセスするための、プログラムを読み出している段階、なのだと思います。プログラム自体はまだ開発途中ですが、完成して、それを機能させることができたら、中国人民解放軍の全サーバーを、二分でダウンさせることができるらしいです」

市村が訊く。

「でも、現段階では未完成なんだろ」

「ダウンさせる機能はありませんが、バックドアを使って、中国人民解放軍のサーバーにアクセスして、その中にあるデータを閲覧したり、プログラムを無断使用したりすることは可能だそうです」

無断使用、というのに疑問を持ったのは陣内だけではなかった。

シンが訊く。

「中国人民解放軍のサーバーを使って……つまり?」

土屋が頷く。

「日本国内の携帯電話キャリアのサーバーに逆ハッキングして、ＣＡＴの居場所を割り出す……のだと、思います」

もう陣内には、さっぱり訳が分からない。

少年はパソコンの画面を、とり憑《つ》かれたような目で凝視し続けている。

暗い背景の画面には、文字列とグラフが、陣内の目では追いきれない速度で移り変わりながら次々と表示されていく。それがＣＡＴの居場所を特定するプロセスなのか、それともまだ人民解放軍のサーバーに侵入しようという段階なのか。そんなことは、陣内に分かろうはずもない。

ミサキは、瞬きもせず少年の横顔を見ている。

シンは、チラチラとディスプレイを覗き込んでは、溜め息をつく。

市村はいつのまにか目を閉じ、車の揺れに合わせて頭をゆらゆらさせている。まさか居眠りか。

土屋と陣内は依然立ったまま。壁に設置されたレールに摑まって、姿勢を保っている。そもそもは、積荷を固定するベルトを引っ掛けるためのレールだから、摑み心地は決して好《よ》くない。あまり体重を掛けると、指の腹が切れそうになる。なので、あくまでも姿勢をキープするための補助として、陣内は摑まっている。

土屋が、陣内の方にちらりと目を向けた。

「……申し訳ありませんでした、いろいろ」

すでに陣内は、それを当然の謝罪とは思わなくなっていた。

「まるで、思いもよらなかったよ。彼の行動の理由も、それをあなたが、助けようとしていたことも」

土屋は小さくかぶりを振った。

初めて見る、彼女の表情だった。

少し、はにかむような笑み。幼い頃は、土屋もよくそんなふうに笑っていたのだろうか。

一つ、訊いてみたくなった。

「なぜ、楊くんを助けようとしたんだ」

土屋は、今度は真っ直ぐ、陣内に視線を向けてきた。

「変えたくなったんです。自分で、自分を。これで変われないんだったら、もう、死んでもいいと思って……」

その言葉には、まだ続きがありそうだった。

だがその暇は、陣内たちには与えられなかった。

「分かりました」

全員の意識が、一斉に少年に向く。

各々が少年の背後からディスプレイを覗き込む。

表示されているのは、携帯電話でもよく使われるインターネット地図だ。

「ここです」

あまりに拡大され過ぎていて、逆にどこだか分かりづらかった。

海か湾に向けて、西に突き出た岬のような地形。周りには埋め立て地か、直線的な形の陸地も描かれている。

少年の指差した地点の左には【富津《ふっつ》海岸潮干狩り場】の表記がある。

千葉県富津市、か。

「この、富津総合美術館です」

その横に【閉業】【閉鎖】と出ているが。

4

大した男だ。

鎖で壁に繋がれて、ノーガードで殴られ蹴られしても、決して音をあげない。顎やコメカミを打ち抜けば失神はするが、意識を取り戻すと、もうその時点で目に力が戻っている。ここはどこだ、なぜ俺はこんな恰好をさせられている。そんな寝惚けた顔は一切しない。

一ミリでも指が掛かったら、お前を殺す——。

そういう目を、ずっとしている。

噂通りと言うべきか、それ以上と言うべきか。

だからこそ、余計にいたぶってやりたくなる。

肉体と精神の強さは認めよう。

だが「賢さ」はどうか。

人間は、いくら体が強くても、栄養補給を止められたらお終いだ。いずれ体は動かなくなる。また、いくら強靭な精神力を有していても、人質を取られたらお終いだ。途端に手も足も出なくなる。

実戦における強さとは、肉体や装備、精神力や統率力など、様々な要素の合算で決まるものだが、作戦や知力、駆け引きや判断力といった要素も同等か、それ以上に重視しなければならない。汚かろうが狡《ずる》かろうが、相手に勝てばいいのだ。肉体で劣るなら知力で、精神力で劣るなら駆け引きで勝負すればいい。結果は、その合計値で上回った方が勝つ。ジロウ対自分でいえば、勝者は自分だった。そういうことだ。

ランが隣に並んでくる。

「……テン、電話」

預けてあった連絡用の携帯電話。呼び出し音もバイブレーターもオフにしてあったので、かかってきたこと自体、全く気づかなかった。

ワイヤレスではなく、有線のイヤホンが接続されている。

「ああ」

両手で受け取り、イヤホンを左耳に捻じ込む。

ディスプレイには【01】と出ている。

気絶しているとは思うが、念のため、ジロウに聞かれないよう廊下まで出る。

「……はい、もしもし」

『私だ』

岩村雅哉《いわむらまさや》。かつては防衛省統合幕僚監部で、総括官まで務めた男だ。

「お疲れさまです」

『どうだ。そう簡単に口は割らんだろう』

腹立たしい限りだが、仰る通りだ。

「はい。床置きのサンドバッグを蹴っているみたいで、いい加減疲れました」

『だからって殺すなよ。資源は有効活用するものだ』

「コストのかかり過ぎるエネルギーの使い回しは、結局のところ環境に悪影響を及ぼします」

『だとしても、資源に恵まれない我が国に許された選択肢は、決して多くはない』

「逆ですね。決して少なくないと言うべきです。利権にしがみ付くことばかり考えていないで、きちんと周りを見ることです。海に目を向ければ、我々は決して資源最貧国などではありません。その海を本気で守る覚悟が、国にあるならばの話ですが」

フッ、と岩村の息が鼓膜を圧する。

『……分かった分かった。その手の議論はまた今度、ゆっくりやろう。今は津原英太だ』

岩村は最近、総理官邸にもよく出入りしているという。その影響か、物言いが少々政治屋臭くなった。嘆かわしい限りだ。

「はい、そうですね」

『現時点で飼い馴らせないからといって、誰彼構わず始末するのは得策ではない。武器に忠誠心は必要ない。他所から買ってきても、敵から奪っても、武器は武器だ。使いこなせれば、出所を問う必要はない……最高の特殊部隊員は、たった一人で敵領内に侵入し、最高司令官の暗殺を完遂し得る。生きて帰る気がなければ、その成功率はさらに上がる……そういう才能の持ち主は、よく探せば見つかるというものでも、じっくり育てればいいというものでもない』

だからって。

「お言葉ですが、津原英太がそこまで優秀な戦闘単位であるとは、私には到底思えません」

『私もそうは言っていない』

「仰っています」

『可能性があると言っているだけだ。それは伊崎基子も、君も、同じなんだよ……鬼木典子《おにきのりこ》くん』

一緒にするな、のひと言はかろうじて呑み込む。

「ご安心ください。許可がいただけるまで、処刑はしません」

『そう願いたいね。くれぐれも、楊浩宇の奪還を最優先で頼むよ』

「了解です」

通話を切るのと、同時だった。

上の方で、何か物音がしたような。

××　××　××

実に複雑な造りの建物だ。

作戦会議で渡された航空写真を見たときから、変な形の建物だな、とは思っていた。円筒形のビルに、四角いビルを増設したような構造といったらいいか。上から見た形は、まるでカタツムリだ。

元は美術館で、メインホールや小展示室、映像作品を鑑賞できるシアタールームなんかもある。裏には大きな搬入出口があり、大型トラックもそのまま入れるようになっている。

構造が複雑なのはいい。どことどこが繋がっていて、どの通路を行けばどこに出られるのか、前もって知っている方が有利なのは間違いないからだ。しかし一方で、元美術館というのはどうなんだ、という懸念もある。

円筒部分が地上三階建て、四角い部分が二階建て。そのいずれも、一階部分の多くはガラス張りになっている。昼間はいい。外の明かりがふんだんに入るので、雰囲気はこの上なく優雅だ。周辺はよく整備された緑地。腰に差した拳銃、シグ・ザウエルP220の存在さえ無視すれば、豪勢な別荘にいるような気分に、浸れなくもない。

ところが夜になると、これが無限の闇に包まれることになる。四方を緑地に囲まれているのだから当然だ。カーテンを引ける場所は限られており、その他の窓は、そこにガラスがあるのかないのかも分からない暗闇に没することになる。

今が、まさにそうだ。

月明りも、近くには外灯もない。あるのはメインホールの出入り口にある、非常口誘導灯の明かりだけだ。

今この建物は、CATのメンバー十二人で守っている。テン、ラン、シマといった主要メンバーは、捕らえた「歌舞伎町セブン」のメンバー「ジロウ」を拷問するのに躍起になっている。ケイは警備員室に籠もりっきり。そのため、四人を除いた八人で交代しながら警備を続けている。セブンは必ずジロウを取り戻しにくると、テンは読んでいる。そうなったら構うことはない、侵入者は皆殺しにしていいと言われている。

望むところだ。こっちは元陸上自衛隊員。銃の扱いにも、格闘術にも自信はある。

だとしても、この場所はよくない。

あの男を監禁、拷問し、奪われた中共要人子息の居場所を吐かせたいならば、もっと普通の、都内の空きビルとかにすべきだったのではないか。こんな窓だらけの場所では、何十人いても完全には守りきれない。手榴弾一個で窓ガラスは簡単に吹き飛ぶ。最初の一ヶ所に気を取られているうちに二ヶ所目を吹き飛ばされたら、敵はそこから続々と雪崩《なだ》れ込んでくる。

いや、「歌舞伎町セブン」というくらいだから、メンバーは七人なのか。そのうちの一人を捕らえているのだから、奪還しにくるのは最大で六人ということか。

だとしたら、大したことは――。

そう、思ったときだった。

ツキンッ、と腰に、鋭利な激痛が走った。陸自にいた頃、訓練中に一度だけギックリ腰をやったことがあるが、あの痛みに似ている。

「クソ……」

あまりの激痛に、思わず両膝をついた。だがそうしてみて、自分の背後、膝と膝の間に、何者かの爪先があるのが見えた。地下足袋のような、先の割れた黒い紐靴だ。

とっさに手を腰にやり、拳銃を抜こうとした。

だがそれが、さらなる激痛を呼び起こした。

拳銃が、腰の「痛み」に引っ掛かっている。

炎のような悲鳴が、自分の口から――出なかった。

なぜなら、

「……おご」

あの鋭利な激痛が、今度は右頬から左頬に、通過していったからだ。完全に同じ形の痛みが、舌の根元を串刺しにする恰好で、左右の頬を貫いている。

それとは別に、細い光が目の前をよぎる。刃物か。ナイフか何かの照り返しか。いや違う。針だ。細い針が非常口誘導灯の明かりを受け、煌《きら》めいたのだ。

まさか。両頬を貫通しているのは、それか。

腰の拳銃が抜けないのも、それなのか。

トリガーガードごと、拳銃が腰に、串刺しになっているのか。

×××　×　×××

テンの連絡用携帯電話を鳴らしたが、出たのはランだった。

『ごめん。テンはいま取り込み中』

「あっそ……連中、来たみたいだぜ」

ずっと警備員室でモニターを見ているのだが、さっきからチラチラ、妙な影が方々のカメラに映り込むようになった。

『分かった。じゃあ一階に移動するけど、通路はどこを通ったらいい？』

「今の感じだと……Ｆ通路から、荷物用エレベーターがいいかな」

『了解』

こっちはもう少しモニターで監視して、動きを読んでから迎え撃とうと思う。

楊浩宇と土屋昭子。あの二人がどうやって繋がったのかは分からない。二人の狙いも分からない。だが最悪、楊浩宇がセブンに協力し、この場所への侵入計画策定に手を貸したのだとしたら、面倒なことになる。

そういうときの、テンの判断は早い。

「あたしのケータイはオフらない。位置情報は流しておく。向こうがこの場所を特定するには多少時間がかかるはずだから、それまでに、ここをやったゼネコンのサーバーに残ってる設計図、全部書き替えよう。通路とか、監視カメラの位置とか。そんで、地下へのアクセスは……そうだな。この階段と、事務員用エレベーターだけってことにしよう。だから、ここと……ここ。それと、これも要らない。つまり……こういう間取りになるってこと。ＯＫ？」

データ上で書き替えるだけでいいのか、と俺は訊いた。

「書き替えたデータに合わせて、実際の通路も塞ぐのかってこと？　そこまではしなくていい。

予想と違う間取りだったら、普通、相手は慌てる。現場で抜本的な作戦変更を余儀なくされるって、けっこうなストレスだから。それはそれで活かす」

その彼女の読みは、果たして正しかったのか。

監視カメラは、確かに侵入者の「影」を捉えてはいる。しかし、あくまでも「影」だ。実体ではない。

その「影」が、次々とＣＡＴのメンバーを倒していく。モニター越しなので、生死の判断はつかない。結束バンドか何かで、拘束されているだけのように見える者もいる。床に大の字になり、完全に伸びてしまっている者もいる。

影だけなので、人数も分からない。ひょっとしたら一人なのかもしれないし、セブンの残りメンバー、六人全員なのかもしれない。

などと思っていたら、突如、全てのモニターが同時に暗転した。

モニターだけではない。室内の照明も、固定電話のランプも、何もかもだ。

面白い。

連中が配電盤、制御盤の位置を突き止め、破壊したのだとすれば、この警備員室の位置も把握されているものと思った方がいい。いきなり廊下に出て、左右から撃たれたり刺されたりしたくはないので、ここは慎重にいこう。

懐中電灯と、拳銃を一緒に構える。Ｓ＆Ｗのオートマチック。米国をはじめとする各国の軍や警察が採用している、９ミリ弾使用のモデルだ。

ドアノブの位置を確認したら、いったん明かりを消す。音をたてないよう慎重に扉を開け、様子を窺う。

廊下に人の気配はない。五秒、十秒。曲がり角の向こうからも、階段の方からも物音はしない。

懐中電灯のスイッチを入れる。

ここは一階、バックヤードに入って二つ目の部屋。左に進んでドアを開けたらメインホールである中央展示室、右に進んで突き当たりにあるドアを開けたら倉庫を兼ねた搬入出作業所。配電盤がある制御室に行くには、いったん搬入出作業所に出なければならない。

しかし、それ自体が罠だったら——。

その、一瞬の迷いが隙になったか。

キンッ、と小さく音がして、明かりが消えた。

今どきパチンコなんぞを使う奴がいるとは思えないが、何かしらの飛び道具で、懐中電灯の電球が割られたのは間違いない。

誰だ。どこだ。

そう思うと同時に、喉元に冷たい「線」を感じた。

「……ジロウはどこにいる」

信じられない。この暗がりで、この短時間で、物音を一切たてず、どうやって俺の背後に立ったのか。

だがまだ、傷一つ負わされたわけではない。

「ようやく……『歌舞伎町セブン』のお出まし、ってわけか」

言うだけ言って、即座に前転。回りながら銃を構え直し、背後に立った敵に向け、迷わず引鉄《ひきがね》を引く。

発砲の閃光に浮かび上がる、警備員室内部。

いない。誰も。

間髪を容れずに立ち上がった。テンたちは人質を連れて搬入出口に向かう。ならば自分は中央展示室に向かおう。少しでもこいつを、テンから引き離しておきたい。

だが動き始めて、もう二歩目で足が前に出なかった。

足首を摑まれている。

ならば――。

「……」

立て続けに引鉄を引いた。しかしまたしても、閃光が敵の姿を捉えることはなかった。俺はただ、誰もいない廊下の床に向けて、無駄弾を撃っただけだった。

「危ないな」

右の耳元でそう聞こえ、同時に、

「……ンギィッ」

拳銃を構えた両手の、親指の付け根に激痛が走った。

笑いを含んだ吐息が、今度は左耳をくすぐる。

「俺の仲間は、どこだ。案内しろ」

こいつ、ひょっとしてあの、バーのマスターか。

「あ……あんたらは、歌舞伎町の、正義の味方、だろ……ここは、だいぶ、管轄外じゃないのか」

両手の激痛に、さらに引き千切られるような痛みが加わる。

「ンギェァァァーッ」

「そんなことはどうだっていい。とにかく、俺の仲間を返せ。返してさえくれたら、今日のところは俺も、大人しく帰ってやる。命だけは勘弁してやるよ」

そうはいくか――。

今、相手が真後ろにいるのは間違いない。振り返って銃を向ければ確実に倒せる。

それは分かっているのに、弾が出ない。

引鉄が、引けない。

「無駄だ。俺がさっき、安全装置をオンにしといたからな」

そんな馬鹿な。

××××　××××

いよいよだ。

「テン、こっち」

「いや、Ｆ通路は使わない」

ケイはランに、Ｆ通路を通って搬入出作業所に出るよう提案したようだが、ここはあえて、Ｄ通路から中央展示室を目指す。もともとそのつもりだった。それをケイには伝えず、どういう判断を下すか様子を見ていたに過ぎない。

ジロウはある種の「落ち癖」か、それともダメージの蓄積か、今日になって、明らかに失神しやすくなっていた。お陰で拘束具の付け替えは楽に済んだ。決して油断などしなかったが、結果的には、手足の拘束具を外しても、パンチや蹴りが飛んでくることはなかった。

ランとシマともう一人、本郷《ほんごう》という男を呼んで、ジロウを地上階に連れ出す。かろうじて意識は戻っていたが、ここに来たときより、格段に足元は覚束《おぼつか》なくなっている。

一階に着いた。

ランは左手で自動拳銃を、右手で肩に差した日本刀の柄を握っている。

光度を落としたＬＥＤライトで辺りを照らしているのは、シマだ。

「……開けるよ」

「ああ」

分厚いスチール製のドアを開ける。

中央展示室。円周の約四分の三をガラス張りにした、富津総合美術館のメインホール。

エントランスが真正面に見えている。

ずいぶんと舐められたものだ。

グリルシャッターも、ガラス製の自動ドアも開け放たれている。

緑色をした、非常口誘導灯の下には人影がある。

シルエットからして、伊崎基子ではない。陣内陽一でもない。

おそらく、楊浩宇だ。

シマを脇にやり、本郷とジロウを前に押し出した。真上から狙われているとしたら、撃たれるのはこの二人だ。

幸か不幸か、二人が撃たれることはなかった。

ランが、携帯電話のカメラを使って確認する。

二階まで吹き抜けになった、無人の天井がディスプレイに映る。明かりが充分でないので安心はできないが、しかし、そもそもこの真上に人が立てるような足場はない。ジロウと本郷に続いて出ても、おそらく問題はない。

五人全員がメインホールに出ると、楊浩宇の方から、一歩近づいてきた。

「……ジロウさんを、解放してください」

おやおや。何を言い出すんだい、坊や。

5

意識を保つので精一杯だった。

ここに連れて来られたときと今とでは、何か事情が変わったのだろう。目隠しはされないまま、階段で地上階まで連れ出された。通ったルートも違ったと思う。

着いたのも、全く違う造りの部屋だった。部屋というよりは、ホールだ。暗く、広く、がらんとした空間。明らかに、来たときに通った小型飛行機の格納庫的な場所ではない。

真正面。緑色をした、非常口誘導灯の下に人影がある。

「……ジロウさんを、解放してください」

聞き覚えのない、男の子の声だった。

ひょっとして、あの少年か。

顔は見えないが、シルエットはまさに、あの少年を思わせるものがある。

なぜ、あの少年が自分を。

テンと呼ばれている、黒髪ボブの女が前に出る。

「ヤンくん。解放してください、じゃないでしょう。そういう、人聞きの悪い言い方はやめてください。元はと言えば、君が土屋と逃げたことが、こういう事態を招いているんであってね。分かる？　こっちだって、好きでこんなオッサンの面倒を見てるわけじゃないんですよ。君がね……そもそも、君のプログラム開発に資金提供をしてきたのは、我々ですよ。それを、完成まであと一歩ってところまで協力させといて、あとは自分でやりますからサヨウナラって、そんな虫のいい話がありますか」

少年は、非常口誘導灯の下から動かない。

「……約束を破ったのは、あなたたちだ」

「なんで」

「一緒に、中国共産党を倒そうって、そういう、約束だった」

「そうだよ。それは今だって変わってないよ」

「嘘だ。あなたたちのやってるのは、日本人を殺すことばかりだ。ＣＡＴは、日本人を殺してばかりだ。それじゃ、人民を平気で殺す、中国共産党と一緒です」

テンが溜め息をつく。

「あのね……中共に協力してるって時点で、もうそんなの、日本人でもなんでもないの。どんなに正直で、どんなに心の優しい中国人だって、国家情報法のもとでは、みんな中共のスパイにならざるを得ないでしょう？　それと同じ。キンタマ握られてんだか札束握らされてんだか知らないけど、中共の言いなりになる輩《やから》なんざ、もう日本人じゃないんだよ。中共の犬でしかないの。だから殺してもいいの、そんな犬っころは」

少年が、激しくかぶりを振る。

「駄目だ、それは駄目だ……中国共産党と同じことをやったら、あなたたちだって、中国共産党と同じになってしまう。人間として、同じになってしまう」

テンが、やってられない、とでも言いたげに両手を広げる。

「じゃあ、どうしろっての。日本の平和を破壊しようとする諸国民の公正と信義に信頼して、政府開発援助の再開でもしろってか。その金で造ったミサイルが、この国に撃ち込まれるかもしれないってのに」

少年の肩が、怒りで震えているのが分かる。

「違う違う、そんなことを言ってるんじゃないです……日本人には日本人の、日本人らしい戦い方があるはずです。それをしてくれるなら、してくれると約束してくれるなら、僕は戻ります。CATに戻ります……だから、ジロウさんを、解放してください」

少し前から、聞こえてはいた。

「なんだよ、それ……」

テンも、言いながら気づいたようだった。

野太い、エンジン音。

近くにいる連中。ラン、シマ。あとから来たもう一人は「ホンゴウ」といったか。その三人も、遅れて辺りを見回し始める。

暗闇を掻き毟るように、繰り返し繰り返し、何者かがエンジンを吹かしている。

「おい」

「うん」

テンがランに、何かしら指示を出す。こういう事態も想定し、対処法を決めてあったのだろう。ランがトランシーバーで連絡すると、《了解》と応答があった。

威嚇《いかく》するような、挑発するようなエンジン音は続いている。

先の連絡を受けて、ということだろう。少年が立っている正面出入り口より、やや左手にある階段から一人、どこから入ってきたのかは分からないが、右手からもう一人、仲間が駆けつけてきた。

その瞬間だった。

ひと際獰猛《どうもう》なエンジン音が吠え、建物を直に揺るがすような衝突音が轟《とどろ》き、ホールの右手、弧を描くガラス窓を三枚いっぺんに押し破り、巨大な漆黒の猛獣が、横向きになって飛び込んできた。

大型バイク。煌めく破片。

近くにいた一人は冷静に跳び退き、拳銃を構えた。横転し、床を滑っていくバイクに銃口を向ける。だが、運転手はいない。

敵を発見する間も、引鉄を引く間も、彼にはなかった。

バロロロロッ、と銃声が連続し、彼が横向きに倒れる。

アサルトライフル。撃ったのは誰だ。ミサキか。

「クソッ」

銃を構えたテンが走り出す。

ランとホンゴウも同様に出ていく。

テンは左回り、ランとホンゴウは右回り。残ったシマは、ジロウに銃口を向けたまま動かない。

テンと、上階から駆けつけた仲間が合流した、途端だ。

「……シュッ」

どこに隠れていたのか、ミサキがテンに蹴りを見舞った。

さすがのテンも避けきれず、ミサキの左足が、テンの右肩を削ぐように薙《な》ぐ。

そこに仲間も加わろうとする。拳銃を構え、しかし、テンを撃つわけにはいかない。

その躊躇を、ミサキは見逃さない。

「フッ……」

アサルトライフルを、薙刀《なぎなた》のように扱いながら繰り出す膝蹴り、横に回りながらのフック。

ミサキの左拳が、仲間の右脇腹を深々と抉る。

影しか見えないので、詳しいことは分からない。ただ、明らかに普通のフックではなかった。いくらミサキのパンチが強いからといって、大の男が一撃で倒れるとは思えない。しかも、ここにいる連中はみな、ある種の軍事訓練を受けている。一人ひとりがそういう動きをする。戦闘が長期化して動きが鈍ってからならともかく、一発目でそこまで「いいの」をもらうような輩ではない。

ミサキが嵌めているのはおそらく、メリケンサックを仕込んだグローブだ。あれを喰らったら、ジロウでも一発で悶絶する。

さらに、流れるような動きでアサルトライフルを構え、引鉄を引く。

男の頭が大きくバウンドする。

もう、あとはテンと一対一か。

一方、ホール右手でも始まっていた。

ホンゴウが右に、左に、斜め上に銃口を振り向ける。ランは左手で拳銃を、右手で日本刀を構えている。

何か音がしたのだろう。二人は跳び退きながら、足元に視線を向ける。しかし、ここから見ている限りは何もなかった。何もないのに、二人はいいように動かされている。どこかから飛んでくる、得体の知れない何かを避けようと、辺りに視線を走らせる。敵の動きを読もうと神経を尖らせる。

「……ンクッ」

ランが、目の辺りを庇《かば》いながら身を屈める。ダメージを受けたというよりは、反射的にそうしてしまったように見えた。

それで隙が生まれた。

ホンゴウに。

「……」

黒い影が、ふわりとホンゴウの背後に出現する。

刹那、ホンゴウの膝から、いや全身から、力が抜ける。

「オイッ」

ランの声は、もうホンゴウの耳には届くまい。

同じ場面を見ていたのだろう。

ジロウの真横にいる、シマの膝が震え始める。

ホールの、左手と右手で繰り広げられる戦闘の合間を縫い、あの少年が、大胆にもこっちに近づいてくる。少年は徒手空拳だ。バランスを取るように両手を広げ、姿勢を低くして小走りしてくる。

「……く、来るなッ」

そう。このシマという若いのだけは、ひょっとしたら例外なのかもしれない。テンやラン、その他の連中のような、戦闘要員ではないのかもしれない。セブンで言ったら「目」みたいなものか。あるいはハッキング等を担当するサイバー要員とか。何しろ銃の構え方が頼りないし、動揺もそのまま顔に出てしまっている。

それでも、銃を持っているというだけで、素人に対しては威嚇効果がある。

少年が数メートル手前で足を止める。

「シマくん……もう、やめよう。その銃、しまって」

シマがかぶりを振る。

「勝手なこと言うな……勝手なこと、言うなってッ」

「よくないよ。よくない方法で、いいことなんて、できないよ」

「黙れ、そんな綺麗事じゃ、なんにも変わんねえんだよッ」

まさか、これも全て、作戦ということなのか。

「シマくん、分かってよ」

「お前こそ、俺との約束を破ったじゃないかッ」

ジロウの背後から、誰か近づいてくる。

「違う、約束を破ったのは僕じゃない。ＣＡＴだ」

「お前だ、お前が俺たちを裏切ったんだッ」

音もなく、背後の暗闇から、二本の手が伸びてくる。

その一本がシマの、拳銃を構えた右手首を摑む。

もう一本がシマの、後頭部に尖った何かを突きつける。

「……動くなよ、坊や」

陣内だった。

まだいる。もう一人いる誰かが、ジロウの拘束具を外しにかかる。というより、拘束具同士を繫いでいる鎖を切断しようとしている。

「クッ……」

その、力んだ声で、分かった。

小川だ。

「ジロウさん……みんな、いますから……全員で、来ましたから」

ガチンッ、と鳴るたびに、両腕が、両足が、忘れかけていた自由を取り戻していく。

枯渇していたはずの力が、ドクドクと湧いてくる。

脳内から濁流のように、全身に行き渡ろうと流れ始める。

××× ××× ×××

これが「ミサキ」か。

これが「歌舞伎町セブン」なのか。

確かに「銃剣道」という格闘競技はある。自衛隊でも盛んに訓練されてはいるが、それとは全く の別物だ。

銃身、銃床、グリップ、ストラップ。

ミサキは、アサルトライフルのあらゆる部位を駆使し、殴り、振り回し、突いてくる。

「シュッ」

まるでヌンチャク。まるでトンファー。

それでいて、暴発なんていう初歩的ミスは犯さない。銃床で殴打し、膝蹴りで突き上げ、何か仕込んだグローブで殴りつけ、次の瞬間にはもう、ライフルをきっちり腰に構えている。

しかも連射ではなく単射に切り替え、その一発で、野崎《のざき》を仕留めた。

速い。とんでもなく。

こっちに来る。

「フュッ」

後ろ回し蹴り、と見せかけ、宙で体を返しての二段蹴り。

「……ングッ」

一発ガードしただけで、前腕も上腕も砕けそうになる。

脛に何か入れている。さては楊か。テンは膝下に強化アルミのレガースを着けている、ミサキも真似した方がいい。そんなふうに、あのガキが入れ知恵したのか。

しかも、そのグローブだ。

「んごっ……」

殴られる衝撃とは別に、刺される、削り取られるような痛みがある。ボディアーマーのないところだと、かすっただけで服が裂ける。筋肉が抉られる。

でも、助かった。

どこで何をやっていたのか。遅れ馳せではあるが、上階から下りてきた芦田《あしだ》が助っ人に入ってくれた。芦田も元は陸上自衛隊員。しかも元レンジャー。そう簡単にやられはしない――はずだったが。

芦田は、ミサキのローキック一発で出足を止められ、右フック、左ボディのコンビネーションをノーガードで喰らうと、早くもＫＯ寸前状態に陥った。

ミサキが、肩からするりとアサルトライフルを抜く。

その銃身を、野球のバットのように両手で握り、

「ンレアッ」

フルスイング。芦田の頭を、アサルトライフルの銃床でカッ飛ばした。その一発で首の骨が折れ、芦田の頭が肩の上から消える。

誰かが叫んだ。

「シマァァァーッ」

ランか。

連絡通路の方を見ると、シマの体が一メートル以上、床から浮き上がっていた。

いや、誰かに持ち上げられているのか。

そのまま、背中から叩きつけられる。

人工大理石の床に、その誰かの体重を浴びせられながら。

誰だ。誰が、ジロウの拘束を解いた。

無意識のうちに走り出していた。ランも、日本刀を振りかざしながら駆けつけてくる。

ランの方が、少しだけ早かった。

シマに覆い被さっていたジロウが、のっそりと立ち上がる。そこに、日本刀を振りかぶったランが踏み込む。

ランが、ジロウの首を斬り落とす——よりコンマ一秒早く、ジロウがランの懐に入る。左腕でランの胴を抱え、右手で顔面を鷲摑みにし、そのまま前に——シマもそうやってやられたのだろう。背中から床に叩きつけられそうになる。

だが、シマのようにはいかない。

ランはとっさに拳銃と日本刀を捨て、自分の顔を摑んでいたジロウの右手首を取り、空中で体を返し、さらに両脚を絡め、腕十字を取りにいった。

よし、そのまま圧《へ》し折ってしまえ。

ならば、これはもらっておく――。

連絡通路のドア口には、楊と、もう二人いる。一人は陣内のようだが、もう一人は誰だ。あれか、セブンのメンバーの、新宿署の刑事か。だとしたら大したことはない。

二人は、楊を搬入出口から連れ出すつもりのようだった。肩を抱いて、通路の向こうに誘導しようとする。

そうはさせない。

×××××　×××××

抱え上げたランに、逆に腕十字を取られそうになった。

なんとかそれを凌ぎ、首を抱え直してから、再びジロウはランを持ち上げた。そのまま、シマにやったように背中から浴びせ倒す。ボディアーマーがあるので致命傷にはならないだろうが、腕十字を外し、しばらく動けなくするくらいのダメージは与えられたと思う。

目を回しているランの両脚を振りほどき、自らの右腕を引き抜く。

すぐさまミサキの無事を確認する。よかった、こっちに駆けてくる。だが血溜まりでも踏んだのか、足を滑らせて姿勢を崩す。

マズい。テンはどこだ。

ジロウは振り返り、しまった、と思った。

テンが、すぐ後ろまで来ていた。しかも、ランが手放した日本刀を持っている。

そのテンが、少年に手を伸ばす。近くに小川はいるが、瞬時には対応できそうにない。陣内も、小川と少年が邪魔なのか、構えた針を投げられずにいる。

テンが、少年の右手首を掴む。行くな、こっちに来い、私たちと一緒に行こう。そういう意味だと思った。

しかし、違った。

「……おい、やめろ」

そんなジロウの言葉を、聞き入れるテンではない。

少年の右手首を、力一杯引っ張る。

真っ直ぐに伸びた右腕の、その付け根に、日本刀を振り下ろす。

スコッ、と小さな音がしただけだった。

「ンアァァァーッ……」

ぶらんと、少年の右腕が垂れ下がる。

それをテンが、高々と掲げてみせる。

「これは、もらっていくぞ」

どこからか、さっきとは違うエンジン音が近づいてくる。あっというまに大きくなったそれは、なんの爆発かと思うような轟音を響かせ、正面出入り口に突っ込んできた。

後ろ向きの、ベンツ・Ｇクラス。

勢いのままホール中央までバックしてくる。

テンが後部パネルを開ける。

「立て、シマ、ランッ」

日本刀を捨て、拳銃に持ち替えたテンが辺りに睨みを利かす。

よろよろと立ち上がるラン、シマ。

「早くッ」

跳び掛かろうと、ジロウが爪先に力を入れた瞬間、テンは躊躇なく撃ってきた。立て続けに三発。威嚇ではない。少なくとも最初の一発は、明らかにジロウの頭を狙ったものだった。

陣内と小川にも二発、起き上がったミサキには三発。

ランとシマに続き、テンも車体後部から乗り込む。

切断した少年の腕を、これ見よがしに振ってみせる。

「早く手当てしてやれ。出血多量で死んじまうぞ」

そう言い放ち、後部パネルを閉める。

バックでの突入時より、太く低く吹かしながら、ベンツ・Gクラスが走り去る。排気ガスのモヤに、一度だけブレーキランプの赤が浮かび上がった。

「おい、ヤンくんッ」

陣内が少年を抱き起こす。自分の腰からベルトを抜き、それで少年の肩を締め上げる。

ふいにそこで、ジロウは、頭の芯が痺れるのを感じた。

意識が、暗い穴に、吸い込まれそうになる。

だが、すんでで誰かに抱き留められ、その反動で、少し意識が戻った。

「ジロウッ」

ミサキだった。

おい、あんまり、揺らさないでくれ。

「ジロウ、おいジロウ、しっかりしろ」

アーマーフル装備の女に抱き締められても、痛いだけだ。

「ジロウ、お前……これ」

左目の辺りを、撫でられる。

「ああ……やられ、たよ……さすがに、全然、見えねえ」

テンに、メスで刺された。

額に、ミサキの頰を感じる。

「大丈夫だよ、ジロウ……」

ミサキ。泣いてるのか。

「治るよ。治るって、こんなの。大丈夫だって」

思わず、笑ってしまった。

「馬鹿……治んねえ、よ……けっこう、グッサリ、やられちまってんだ」

ミサキがかぶりを振る。

「大丈夫、大丈夫だって……治る、絶対治るって……もし、もし治んなくても、大丈夫。大丈夫だから……あたしが、あたしが一生、お前の、目になるから」

馬鹿。見えねえのは、左だけだ。

右は、ちゃんと見えてんだよ。

終章

五月三十日月曜日、十九時七分。

東が渋谷署の講堂に戻ると、実質、この特捜のトップである殺人班四係長が声をかけてきた。

「東担当係長、ちょっと」

捜査に関してなら、相方の山本から聞けばいい。山本は殺人班四係の担当主任。直属の部下なのだから、そうするのが筋だろう。

つまり、四係長は捜査に関して聞きたくて声をかけてきたわけではない、ということだ。

「はい、なんでしょう」

「どういう用件かは分からないんだが、戻ったら、署長室に来るようにって、さっき内線があってね」

「どなたから、ですか」

「ここのオヤジから。渋谷署長から」

渋谷署長は、特捜設置当初の捜査会議で何回か顔を見たくらいで、個人的な繋がりは全くない相手だが、呼ばれたら行くしかない。

「分かりました。じゃあ、今」

「うん、行ってみてくれ」

再びエレベーターで二階まで下り、署長室を訪ねる。

ゆっくり二回ノックすると、「はい」と応答があった。

「特別捜査本部の、東警部補です」

「どうぞ、入ってください」

ドアを開けながら「失礼いたします」と頭を下げ、姿勢を戻したところで、全てが読めた。

応接セットのソファにいるのは、元警察庁長官の吉崎厳だった。

「いやいや、東担当係長。忙しいところ、申し訳なかったね。これからあれだろ、夜の会議だろ。話はなるべく、手短に済ませるからさ。ちょっとそこまで、外まで出ようや……あー、署長も、なんか済まなかったね。暇潰しに付き合わせちゃったみたいで」

「いえ……」

訪ねてきたのが元長官とあらば、署長も部屋に通さざるを得なかっただろう。そして、特捜の東を呼んでくれ、まだ戻ってないようです、じゃあ戻ったら署長室に来るよう言ってくれ、承知しました、それまでここで待たせてもらっていいか、もちろんです——どうせ、そんなやり取りが交わされたに違いない。

そのまま東は、署の裏口から外に連れ出された。

吉崎は、パンダ（白黒パトカー）の隣に駐まっている、銀色のベンツに向かって歩いていく。

途中、リモコンでドアロックを解除する。

「まあ、乗って」

「……失礼します」

勧められるまま、助手席のドアを開けて乗り込む。

署の駐車場か、裏手のコインパーキングか。ベンツか、トヨタか。多少の違いはあるものの、やっていることは内調の磯谷と大差ない。

用件もおそらく、そういったことなのだろう。

東が黙っていると、吉崎から切り出してきた。

「その……例の件、なんだけどね」

「ええ。そうでしょうね」

「あれさ、磯谷から、もう済んだから、片が付いたからって、連絡があってね」

なんだそれは。

「磯谷さんから、長官に、そういう連絡があったんですか」

「そう」

「それはまた、ずいぶん……」

失敬、無礼、非礼、不躾、無作法。いくらでも言い替えは思いつくが、東がそれらを口にする暇はなかった。

「いや、俺から言ったんだよ。東主任には俺から言っておくからって。お前は余計なことしなくていいって」

どういうことだ。そもそも吉崎は、磯谷から「誰かいないか」と頼まれて、それで彼に東の連絡先を教えたのではなかったのか。

「しかし、済んだというのは、どういうことでしょう」

「もう終わったってことだよ」

「ご冗談でしょう。こっちは四人もいる犯行グループの、一人の身元も割れていないんですよ」

「それはそっちの……渋谷の特捜の問題だろう」

要するに、磯谷が抱えていた、中共要人子息の行方不明事案「だけ」は解決した、ということか。

吉崎が、ハンドルの上端に手を置く。

「向こうが終わったって言ってんだから、しょうがないじゃないか」

ぞっ、とした。

今まで、こんなことは考えてもみなかったが、まさか。

「……長官。私はこの一件、背後に、巨大な陰謀があるのではないかとすら、疑っているんですが」

吉崎は答えない。

ならば、致し方ない。

「その枠組が何であるのかは、私には分かりません。ただ昨今、政府内で検討されている『相推法』成立への動きと、ひょっとしたら関係があるのではないかと、推測しています」

今度は、吉崎も反応した。

長く息を吐き出し、視線を上げる。

「……あんまり、深掘りしねえ方がいいことも、世の中にはあるんだけどな」

「国内の各方面、各団体から、続々と『脱中国』の声が上がってきています。経団連、日本……」

学術会議、までは言わせてもらえなかった。

「東主任よぉ……人間一人、サツカン一人にできることなんざ、高が知れてるぜ。そもそも人間ってのは、群れて生きる動物だ。ときには大きな波に……呑まれてみることも、必要なんじゃないのかね」

東は、少し間を置いてから、話はそれだけですか、と訊いた。

吉崎は、そうだと答えた。

裏切られていたのだと、ようやく分かった。


翌三十一日の、午前十一時過ぎ。

池袋のサンシャイン60通りを歩いていると、ふいに【相互主義】の文字が視界に入ってきた。

どこだ。

見回すと、映画館の入り口にある街頭ビジョンに、沖田邦雄《おきたくにお》内閣総理大臣の姿が映し出されている。背景は濃紺の、ベルベットのカーテン。首相官邸の記者会見室だ。画面左上には【外交・通商等における相互主義推進法案について】と出ている。

慌てて山本を呼び止め、東は自らの携帯電話をポケットから取り出した。

山本が怪訝そうに覗き込んでくる。

「どうしました」

「すみません、ちょっと」

東はまず滅多に音楽など聴かないが、電車内でニュース番組を見ることはよくある。なのでイヤホンも常時携帯している。

ステレオミニプラグを挿して使う、有線のイヤホンが時代遅れなことくらい承知の上だ。電波はどうだ。大丈夫だ。屋外だから、問題なくテレビ番組は見られる。

映画館のそれが流しているのとは違うチャンネルのようだが、同じ青色のネクタイをした沖田総理を映している番組は、すぐに見つかった。

吉崎が、中共要人子息の行方不明事案収束を宣言したのが、昨日。

そして今日、これか。

《……繰り返しになりますが、本法案は、外交、通商等の場において、各国に対し、従来のような、一律、同一の対応をするのではなく、文字通りの、相互主義での対応を可能にするもの、であります。当該案件、一件一件につき、その相手国の措置と同様、もしくは同等の対応を、我が国もとっていく。そのことを力強く推し進めていく。外務省をはじめとする、各省庁に義務付け

ていく。そのための法案で、あります》
手元の原稿を見ながら、沖田総理は続ける。
《一つ、具体例を挙げてご説明いたしますと……仮に相手国が、我が国、日本国国民に対して、ビザの発給を停止したとします。そうした場合は、我が国も即時、相手国国民へのビザの発給を停止することを検討いたします。検討の結果、それが妥当な対応と判断されれば、ビザの発給は停止いたします。また、全く同様の対応がとれない場合……たとえば、なんらかの理由で貿易相手国が、我が国に対して特定の戦略物資の供給を停止するような場合は、我が国から相手国に供給している、別の戦略物資の供給を同程度、停止することを検討し、検討の結果如何によっては停止を実施する、それが国内法的に可能になる、ということです》
当然、会見室に詰めかけたマスコミからは矢のような質問が飛んでくる。
《そのような外交方針では、単なる制裁の応酬、報復合戦になり、良好な国際関係の構築は困難になるのではないでしょうか》
これくらいの質問は、総理も想定内だろう。
《まず申し上げたいのは、外交の場において、相互主義という考え方は、世界のスタンダードであり、常識であるということです。むしろ日本だけが、他国から何か制裁的な措置をとられても、相手国に遺憾の意を申し伝えるだけで、相互主義的な対応は一切とってこなかった。それこそが戦後の、日本外交の弱点であるのは明白な事実であります。外交のみならず、安全保障の分野でも、それは同じことです》

そう言われたら、記者も安保関連に言及せざるを得ない。
《領空侵犯、領海侵犯をされたら、同様のことをやり返すということでしょうか》
《これに関しては、逆の立場で考えることが重要です。仮に、我が国が他国の領空を侵犯したら、どうなるでしょう。おそらく、その航空機は撃墜されるでしょう。領海を侵犯したらどうなるでしょう。その船舶は撃沈されるでしょう。しかし、それが世界のスタンダードであり、常識です。領空、領海を侵犯する方が悪いのですから、撃墜、撃沈されて当然なのです。我が国がとるのは、この観点においての、相互主義になります》
ひと呼吸、総理が置く。
《……我が国の領空を侵犯した航空機は、撃墜。領海を侵犯した船舶は、撃沈。最終的には、そういう対応になります。そんなことをしたら戦争になってしまうのではないか、とのご懸念もおありかもしれませんが、これが国際問題になるか否か、武力衝突から戦争に発展するか否かは、世界の例を見ていただければ、ご理解、ご納得、ご安心いただけると思います。そんなことでは通常、戦争は起こりません。また憲法上も、なんら問題はありません》
さらに別の記者が訊く。
《この法案を踏まえて、対中外交はどのように変化するのでしょうか》
おそらくそこが、本法案の「肝」になるのだろう。
沖田総理も、緊張の面持ちで原稿に目を落とす。
《対中国外交についても、例外ではありません。大前提として、中華人民共和国は、土地を含む財産の個人所有を、認めておりません。日本国民に対して、諸外国民に対して、だけでなく、自国民、中国国民に対しても、土地の所有等を認めておりません。そうであるにも拘わらず、これまで我が国は、中国国民に対して、日本の土地の購入、並びに所有を認めてまいりました。しかしこれも、この法案の成立後は、全く不可能になります。中国国民は、日本で土地を買うことができなくなります。もちろん、日本人に土地の購入、所有を認めている他国の国民に対しては、その限りではありません。本法案成立後も、購入、所有が可能です。何かしら付帯条件がある国の国民に対しては、我が国も同様に条件の付帯を検討いたします》

会見室が一気にざわつく。

他の記者が訊く。

《日本は、外国人による土地の取得や、利用を制限する権利を留保せず、ＧＡＴＳ協定に加盟しています。よって、いま仰った、いわゆる「相推法」が成立、施行されたとしても、国際条約は国内法に優先するとの観点から、その運用は困難であるとの見方がありますが、それについてはいかがでしょうか》

東も詳しいことは分からないが、一九九〇年代、日本は外国資本を誘致したいあまり、外国人が無条件で土地を取得できるよう国際条約を結んでしまった、というのは聞いたことがある。

確かに、その条約と「相推法」は矛盾しそうではある。

沖田総理が答える。

《一度決めた法律、一度決めた条約は二度と変更できないと、絶対に覆すことはできないのだと、我々日本人は思い込みがちですが、そんなことは全くありません。もちろん、締結した条約を片っ端から破棄していけば、やがて日本は国際社会から孤立してしまうでしょう。しかし、正当な理由があり、誠実な外交交渉を、粘り強く続けていけば、国家としての信用を損なうことなく、条約を改定することは充分に可能です》

そこでいったん、総理の回答は終わったかに見えた。

だが、次の質問が出るより早く、総理は《もう一つ》と身を乗り出してきた。

《……付け加えさせていただくとすれば、今現在、中国国民によって買い占められた北海道の土地は、すでに、静岡県の広さを超えたとも言われています。日本人は中国国内に、たったひと坪の土地を所有することも許されないというのに、中国人は、一つの県より多くの土地を日本国内に所有している。この点に関しても、今後我が国は、相互主義を貫いてまいります》

一瞬の静寂。

総理の顔にも、緊張の色が浮かぶ。

《中華人民共和国が、日本人に土地の所有を認めない以上、日本国も中国国民に対し、土地の所有を認めるわけにはまいりません。もちろん、すぐにということではありません。猶予期間をどの程度設けるかについても、国会にて審議する必要があると思いますが、基本的には……中華人民共和国が、日本人に土地の購入、所有を認めない方針を、将来にわたっても変更しない意思を示す場合は、現在、すでに中国国民が日本国内に所有している土地を、全て、没収いたします。これが……相互主義です》

やはり、そういうことか。

土地を一つひとつ買い押さえていったところで、中国の脅威には到底対抗できない。ならば、国内法でそれを禁じてしまえばいい。中国人には土地を売らない、すでに買われた土地は没収する。中国が日本にそうしているのだから、同じことをし返して何が悪い。そういうことだ。

ＮＷＯが土地に拘り続けてきた理由は、おそらくこれなのだ。

×××× ×××× ××××

陣内は、携帯電話で市村に連絡をとった。

「すぐホールに車を回してくれ。楊くんがやられた」

まもなくベンツとワゴン車、計二台が美術館のメインホールに入ってきた。

「楊くん……」

ワゴン車から降りてきた土屋昭子は、右腕を失った楊浩宇を目にし、激しい動揺をみせた。他のメンバーが、それをどう見たかは分からない。だが陣内は、さすがにそこに嘘はないと思った。土屋昭子にも人間らしい心はある。そう思いたかった。

ジロウも重傷を負っていた。

上半身は大小の痣、ミミズ腫れ、切り傷、刺し傷で埋め尽くされていると言っても過言ではない。

さらに、左目をメスで刺されたのだという。常識でいったら、まず失明は免れないものと思われる。

「俺は、いい……急いだところで、どうなるもんでもない……その子を、早く……早く、医者に、診せてやってくれ」

こういうケースに対応してくれる医者は、そう多くはいない。

歌舞伎町でいったら、まず浮かぶのは「ブラック・ジョニー」先生だ。

真夜中。高速道路をスピード違反覚悟で走破しても、歌舞伎町までは一時間半以上かかってしまった。

「おーやおや、こいつは一大事だ……でもまあ、止血方法は及第点かな。くぐってきた修羅場の数が、こういう、いざってときに物を言うね」

修羅場の数でいったら、セブンよりジョニー先生の方が数段上だろう。

その分、診断結果も忖度なしのストレートで告げられた。

「この坊やが助かる見込みは、楽観的に言っても二割。一人か二人弟子も呼んで、できる限りのことはやってみるが、あんまり期待はせんでくれよ……ということで、はい、邪魔者は帰った帰った」

しかし、ミサキだけは喰い下がる。

「待った、こっちも診てくれよ、先生。目、左目……なあ、助けてくれよ。今からだって、治療したらなんとかなるだろうが。金はいくらだって出すからよ」

ジョニー先生が、深々と眉間に皺を寄せる。

「馬鹿言うな。メスで刺された目が、治療次第で見えるようになんざなるわけねえだろうが。そっちはよ、茨城にいる腕のいい医者を紹介してやるから。そこでできるだけ綺麗にしてもらって、一番上等な義眼でも入れてもらえ。今、俺に言えるのはそれだけだ」

義眼、か。

ジョニー先生から連絡先と住所を聞き、ジロウとミサキは茨城へと向かった。市村も「念のため」と、それに付き添っていった。

陣内たちはいったん歌舞伎町を離れ、六本木の外れに駐めておいた、例の引越しトラックに乗り換えた。今回はここが、半ば「歌舞伎町セブン」の移動基地のようになっている。

いま荷台にいるのは、陣内、杏奈、小川、と土屋昭子。ジロウたちの代わりに土屋、というのには、さすがに陣内も違和感を覚える。ちなみにシンは、いつでも出発できるよう運転席で待機してくれている。

杏奈が、缶コーヒーを開けながら陣内の方を向く。

「あのほら、『エポ』の斜向《はす》かいの、『リンダ』のマコちゃん」

「ああ。髪の毛が真っ赤な娘」

「そう。彼女がさ、機転利かせて連絡くれたの。ジンさんにメッセージ送っても、既読にならないからって」

なんの話だろう。

「マコちゃんから、なんて」

「店に変な男が来て、『エポ』の方をずっと見張ってるって」

「いつの話」

「昨日。いや、もう一昨日か。土曜の夜の話だから」

CATか、と思ったが、そうではないようだった。

杏奈が続ける。

「……で、私が様子を見に行ってみたら、刑事の東だった」

楊浩宇がジロウの行方を検索していた頃、ゴールデン街では、東が「エポ」の張込みをしていた——。

意外なことに、その話のあとを引き取ったのは小川だった。

「それで、杏奈さんが僕に連絡をくれて。僕もたまたま一人で動けるタイミングだったんで、急いでゴールデン街に向かったら、ちょうど東さんが、そのお店から出てきたところで。それから、どうも大久保方面に歩いていく感じだったんで、ひょっとしたら、陣内さんのアパートを訪ねるつもりなのかもって思って、途中で声をかけたんです」

小川も逞しくなったというべきか、平気で危ない橋を渡るようになったというべきか。

「……東さん、なんだって」

「君は、陣内陽一と面識はあるのか、って訊かれました」

なんでそういう話になったのかも、気にはなるが。

「それに、なんて答えたの」

「ありますって答えました。だって、新宿署の刑事だったら、誰と面識があったって不思議はないわけでしょう」

「そりゃ、そうだけど」

「いや、問題はそこじゃないんですよ。東さん、自分のケータイを取り出して、僕に見せてくるんです。どっかの駐車場だと思うんですけど、ミサキさんが車の助手席にいて、ジロウさんが外に立っている写真でした。しかも東さん、この二人は『エポ』の客だ、陣内とも繋がってる、名前を知らないか、って……もちろん、知りませんって答えましたけど」

　小川が、じっと陣内の目を覗き込む。

「東さん、またきっと近いうちに、『エポ』を訪ねてくると思うんですよ」

「だろうな」

　その話を聞いたのが、月曜未明。月曜はほぼ定休日なので気兼ねなく休みにできたが、さすがに火曜は、もう開けないとマズい。

　世を忍ぶとは、そういうことの積み重ねなのだ。

　なので、夕方には買い物に出た。珍しく鰻の佃煮が手に入ったので、今日のお通しはこれでいくとして。

　六時過ぎに店に着き、まず最初にしたのは、ＣＡＴが仕掛けていった盗聴器の撤去だった。

「こんなもん……フザケやがって」

床に叩きつけて踏んづけてやろうかと思ったが、床が傷つくのも嫌だから、側面からマイナスドライバーをこじ入れて、分解してから内部の配線をちょん切って、再利用しようと思ってとっておいたファスナー付きビニール袋に水を入れて、その中に水没させてから捨ててやった。

そして、七時ちょっと前にはアッコが来た。

「ジンさぁん、どうしたのぉ、土曜も日曜も休むなんてさァ」

「ごめんごめん、ギックリ腰。マジで動けなくて。参った参った」

こういうときに、ギックリ腰ほど便利な言い訳はない。

「なんだよぉ、水臭い。呼んでくれたら助けにいったのに」

「ところがさ、ベッドと壁の間にケータイ落としちゃってさ。そんなの取り出すなんて、絶対に不可能なわけよ。だって、トイレ行って座るだけだって、死ぬほど痛《いて》えんだから。ようやく取り出せたの、昨日だよ。月曜の朝。完全に電池切れ」

「ほんで、もう大丈夫なの」

「なんとかね。だから今日は、ちょいちょい座りながらやるつもり」

アッコは、鰻の佃煮と出汁巻き玉子で白飯を食い、

「お大事にね。無理すんなよ」

「ありがと。行ってらっしゃい」

今日も元気に出勤していった。

その他の客にも、けっこう言われた。

ホストクラブオーナーの、芦久保《あしくぼ》テルマ。

「てっきり、闇金かなんかに追い込みかけられて、高飛びしたのかと思っちゃったよ」

「なんで、いきなりそうなるんだよ。ギックリ腰で、むしろ身動きとれなかっただけだよ。キツかったんだから、マジで」

あるいは、昔馴染みの脚本家。

「なんだ。ヤクザに追い込みかけられて、山形辺りまで逃げたのかと思ってた」

「似たようなこと、元ホストのテルマにも言われましたよ……っていうか、なんで山形なんですか」

「あれ、ジンさん、生まれは山形だって言ってなかったっけ」

「言ってませんよ。誰と勘違いしてるんですか」

そんな、常連客が出たり入ったりを繰り返しての、十一時半過ぎ。

「ご馳走さん」

「じゃ、ジンさん、またね」

「はい、ありがとうございました。お気をつけて」

ライブハウスの店長と、ＳＭ嬢のカップルが帰っていったのとすれ違うように、東は現われた。

「……こんばんは」

「いらっしゃいませ。どうぞ」

他に客がいないのは、良かったのか悪かったのか。

東は奥から三番目のスツールに座り、カウンターに左肘をついた。

「土曜日……お店、お休みでしたね」

そらきた。

「あ、東さんも、いらしてくださったんですか。いや、大変申し訳ない。久し振りに、ギックリ腰をやってしまいまして」

「それは大変だ。いつ」

「金曜の夜に帰って……だから、日付としては、もう土曜ですか。風呂を沸かそうと思って、立ち上がったら、クゥーッと」

頷きながら、東が眉をひそめる。

「来ましたか」

「来ましたね。なんとか風呂は入ったんですが、出たときには、もう駄目でした。あとはひたすら、寝たきりです」

「もう、大丈夫なんですか」

「大丈夫、ではないです。けど、動けるようにはなりました。動かしてる方がいいみたいに、最近は言うじゃないですか」

まるで痛くなどないが、腰に手を当てながら訊く。

「……ご注文は、いかがしましょう」

「今日は、ラフロイグにしようかな。ロックで」

「かしこまりました」

いつものマッカランから打って変わって、今夜は癖が強めのラフロイグ。そこに何か意味はあるのか。

コースターをセットし、グラスと氷を用意しながら尋ねる。

「土曜日は、お一人でいらしたんですか」

これくらいは訊いておかないと、却って不自然になるので致し方ない。

東は、氷を削る陣内の手元を見つめている。

「ええ。ちょっと、陣内さんにお訊きしたいことがあったので」

当然、東はそう言うだろう。覚悟はしていたし、どうせいつか訊かれるなら、早い段階で済ませてしまった方がいい。答えも、ある程度は用意してある。

「ほう、私に……この前の、ＣＧの女性とは別に、ですか」

「ええ、別件です」

氷は、こんなものでいいだろう。

丸く削ったそれを、底の厚いロックグラスにそっと落とす。

「……なんなりと、お尋ねください。私で、お役に立てるかどうかは分かりませんが」

そこに、ラフロイグをワンショット。

軽くステアして、出す。

「お待たせいたしました」

「ありがとう。いただきます」

東はひと口含み、その癖の強い香りを、嚙み殺すようにして鼻から抜いた。それが東なりの、ラフロイグの楽しみ方なのであれば、陣内に異論はない。ただ陣内自身は、その手の薬臭さがあまり得意ではない。本当に、好き嫌いの分かれるウイスキーだと思う。

口直しに、ミックスナッツを少量出す。殻入れの小皿を添えて。

東は、ふた口目を運ばず、じっとグラスの縁を見ている。

別件というのは、どういったことですか。

その内容を知らなければ、陣内も親切を装って、そう訊いていたかもしれない。だが陣内は、それがジロウとミサキに関わることだと知っている。どちらかといえば、避けたい話題ではある。一度は自分から訊いておいてなんだが、有耶無耶《うやむや》に終わるのなら、それに越したことはない。一度訊いたことで、義理は果たしている。

東が、ピスタチオを一粒、指先で摘む。

親指の爪で、小さな殻をこじ開ける。

「……なんだか、警察官をやっているのが、虚しくなりましてね」

意外、も意外。まさか、そんなカミングアウトをされるとは、陣内は思ってもいなかった。

「えっ、それ、というのは……」

「別に、今すぐ辞めるとか、そういうことではありませんが」

陣内は、東ほど警察官という職業が、刑事という仕事が向いている人間はいないのだろう、と思っていた。東本人も、これぞ天職と任じて日々、捜査に奔走しているのだとばかり思い込んでいた。

違うのか。そういうことでは、なかったのか。

東はピスタチオを口に入れ、そこにラフロイグを合わせる。

やはり今回も、長めに鼻から香りを抜く。

「……これまでにも、私の与り知らぬところで、事件が解決することはありました。よく分からないうちに、終わってしまったこともありました。自分だったらどんな事件でも解決できるなんて、そんなふうに自惚《うぬぼ》れているわけではありません。そんな気持ちは、これっぽっちもない……ただ今回は、どうも勝手が違う」

なぜそんなことを、東は自分に言うのだろう。

分からないので、陣内も下手に口を挟めない。

「明らかに、終わってない……終わっていないのに、終わったことに、されそうになっている。何一つ終わっていない、むしろ始まっている。今まさに、その大きな何かは動き出したばかりだ。それは分かっている。分かっているのに……私には、どうすることもできない。分かっているのは、私には何もできないという、ただ……そのことだけなんです」

陣内は、ラフロイグのボトルを摑み、何も言わず、東のグラスに注ぎ足した。

それ以上、言わなくていい。言わせたくない。

東がどこで足を止め、どこで迷っているのか。それは、陣内には分からない。だが、分かることもある。

この男を苦しめているのは、あの黒い、巨大な闇。

NWOであろうことは、まず間違いない。

今夜は陣内も、一杯だけ、ラフロイグを付き合おうか。

××× ××× ××× ×××

陣内の店を出て、でたらめに歩き始めた。

束にしては、珍しいくらいに酔っている。

急に、歩道橋を渡りたくなった。だったら、靖国通りだ。あの歩道橋を目指して歩こう。

少しフラつきはするが、転んで倒れて、身動きがとれなくなるほどの泥酔状態ではない。酔っ払いほど「酔っていない」と言い張るものではあるが、他にはさして通行人もいない。ここで身動きがとれなくなったところで、誰に迷惑をかけるものでもあるまい。

正直、陣内が羨ましかった。

いつも通り、いや、今夜はいつにも増してはっきりと、陣内の「凄み」を感じた。透き通った炎のような、目には見えない、だが決して触れることを許さない、切り裂くように鋭利な炎だ。

そんな陣内には、仲間がいる。小川がそうなのかもしれないし、あのレスラーのような男女も、そうなのかもしれない。ひょっとしたら、殺された上岡も。

小川は陣内のことを、優しい人だと言って、涙を流した。レスラーのような男女についても、明言こそしなかったが、きっと優しい、信ずるに足る人たちだと思う、と語った。

そんな仲間が、自分にはいるだろうか。

自分には、自分のことを「優しい」と言って、涙を流してくれる仲間が、果たしているのか。

五人も六人もなんて、そんな贅沢は言わない。一人でいい。たった一人でいいから。

もう、吉崎のことは信用できない。吉崎を信用しないのならば、磯谷のことも同様に信じることはできない。磯谷と同じ目的で動いていた川尻はどうだ。奴は本当に、信ずるに足る警察官なのか。相方の山本はどうだ。門倉美咲はどうなんだ。

新宿五丁目の、かつて東京厚生年金会館があった場所。その真ん前に、対向六車線の靖国通りを跨《また》ぐ恰好で、青い歩道橋が架かっている。

その階段を、上る。

始まったばかりの、六月一日。未明の、生ぬるい風に吹かれながら、ときおり手摺に摑まりながら、一段一段、踏みしめていく。

馬鹿言ってんじゃねえぞ、政治屋風情が。

階段を上りきり、道のちょうど真ん中、中央分離帯の真上まで進む。

上着の左ポケットから、写真を一枚抜き出す。陣内に確認させようと思い、わざわざコンビニでプリントアウトしてきたものだ。

レスラーのような男女と、中共要人の息子が写っている。

あなたなら、この二人をご存じでしょう。二人とも、この店の客なんですから。名前は分かりますか。年齢は。住まいはどこだと言っていましたか。ひょっとして、この少年も見たことがあるんじゃないですか。どうなんです。

馬鹿馬鹿しい。それを知ってなんになる。どこの誰に報告する。

写真の用紙は厚めで、少し硬かったが、なんとか半分に破いた。それをさらに半分に。さらに半分に。半分に、半分に、半分に。

警察官が、歩道橋からゴミをばら撒いたりしちゃいけないんですよ、ってか。誰だよ。誰がそんなこと、言うんだよ。

誰もいないじゃないか。

俺にそんなことを言う奴なんて、一人も、いやしないんだよ。

―了―

主要参考文献

『中国共産党　暗黒の百年史』石平（飛鳥新社、二〇二一年）
『私たちは中国が世界で一番幸せな国だと思っていた　わが青春の中国現代史』石平、矢板明夫（ビジネス社、二〇一八年）
『「反日」の敗北』石平、西村幸祐（イースト・プレス、二〇一四年）
『中国を捨てよ』石平、西村幸祐（イースト新書、二〇一四年）
『朱子学に毒された中国 毒されなかった日本』井沢元彦、石平（WAC BUNKO、二〇二一年）
『日本滅亡論　中国に喰われるか大国に返り咲くか』藤井聡（経営科学出版、二〇二一年）
『日本を喰う中国「蝕む国」から身を守るための抗中論』藤井聡（ワニブックスPLUS新書、二〇二一年）
『激突！ 遠藤vs田原　日中と習近平国賓』遠藤誉、田原総一朗（実業之日本社、二〇二〇年）
『ポストコロナの米中覇権とデジタル人民元』遠藤誉、白井一成（実業之日本社、二〇二〇年）
『永田町中国代理人』長尾たかし（産経新聞出版、二〇二二年）
『日中友好侵略史』門田隆将（産経新聞出版、二〇二二年）
『中国と戦うときがきた日本　経済安全保障で加速する日本の中国排除』渡邉哲也（徳間書店、二〇二一年）
『vs.中国（バーサス・チャイナ）　第三次世界大戦は、すでに始まっている！』山岡鉄秀（ハート出版、二〇二一年）
『目に見えぬ侵略　中国のオーストラリア支配計画』クライブ・ハミルトン著、山岡鉄秀監訳、奥山

真司訳（飛鳥新社、二〇二〇年）
『騒乱、混乱、波乱！　ありえない中国』小林史憲（集英社新書、二〇一四年）
『テレビに映る中国の97％は嘘である』小林史憲（講談社＋α新書、二〇一四年）
『中国臓器狩り』デービッド・マタス、デービッド・キルガー著、桜田直美訳（アスペクト、二〇一三年）
『日本人はなぜ中国人、韓国人とこれほどまで違うのか』黄文雄（徳間書店、二〇一二年）
『スパイ　スパイ活動によって日本は中国に完全支配されている！』坂東忠信（青林堂、二〇二二年）
『中南海　知られざる中国の中枢』稲垣清（岩波新書、二〇一五年）
『新華僑 老華僑　変容する日本の中国人社会』譚璐美、劉傑（文春新書、二〇〇八年）
『警視庁公安部外事課』勝丸円覚（光文社、二〇二一年）
『「日中韓」外交戦争　日本が直面する「いまそこにある危機」』読売新聞政治部（新潮社、二〇一四年）
『反日メディアの正体　戦後日本に埋め込まれた「GHQ洗脳装置」の闇』上島嘉郎（経営科学出版、二〇一八年）
『ミステリーファンのための警察学読本』斉藤直隆（アスペクト、二〇〇四年）
『検死ハンドブック』高津光洋（南山堂、一九九六年）
『死体検案ハンドブック』的場梁次、近藤稔和編著（金芳堂、二〇〇五年）

本書は、「中央公論」（二〇二二年八月号〜二〇二三年四月号）にて連載された同名小説を書籍化したものです。

この作品はフィクションであり、実在する個人、団体等とは一切関係ありません。

装幀　bookwall

誉田哲也

1969年東京都生まれ。2002年『妖の華』で第2回ムー伝奇ノベル大賞優秀賞受賞、03年『アクセス』で第4回ホラーサスペンス大賞特別賞受賞。主なシリーズとして、『ジウⅠ・Ⅱ・Ⅲ』に始まり『国境事変』『ハング』『歌舞伎町セブン』『歌舞伎町ダムド』『ノワール　硝子の太陽』『歌舞伎町ゲノム』と続く〈ジウ〉サーガ、『ストロベリーナイト』から始まる〈姫川玲子〉シリーズ、『武士道シックスティーン』などの〈武士道〉シリーズがあり、映像化作品も多い。『アクトレス』『妖の絆』ほか著書多数。

ジウX

2023年 6 月25日　初版発行

著　者　誉《ほん》田《だ》哲《てつ》也《や》

発行者　安部順一

発行所　中央公論新社

〒100-8152　東京都千代田区大手町 1-7-1
電話　販売 03-5299-1730　編集 03-5299-1740
URL https://www.chuko.co.jp/

DTP　ハンズ・ミケ
印　刷　大日本印刷
製　本　小泉製本

Published by CHUOKORON-SHINSHA, INC.
Printed in Japan　ISBN978-4-12-005661-1 C0093

定価はカバーに表示してあります。落丁本・乱丁本はお手数ですが小社販売部宛お送り下さい。送料小社負担にてお取り替えいたします。

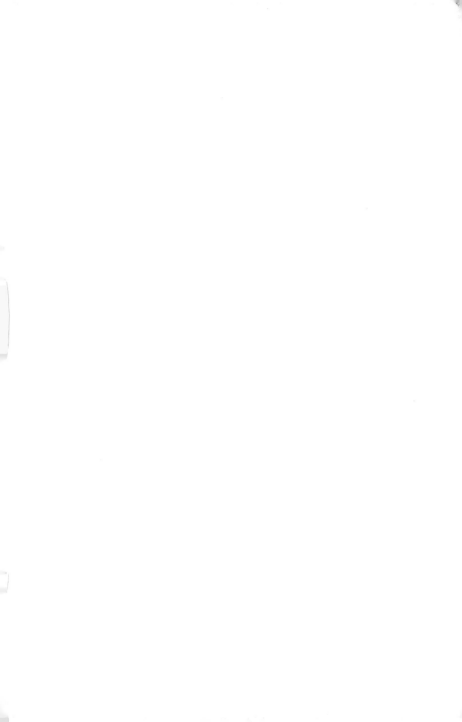